KB237269

# 궁안에 잠들어 있는 꽃 2

단글

궁안에 잠들어 있는 꽃 2

초판 1쇄 발행  2014년 6월 20일
초판 2쇄 발행  2016년 1월 14일

지은이 차혜진(초콜릿악마)
발행인 오영배
기획 박성인  책임편집 김규영
표지·본문 디자인 신경선  일러스트 하엘

펴낸곳 (주)삼양출판사·단글
주소 서울특별시 강북구 도봉로 173
대표 전화 02-980-2112 팩스 / 02-983-0660
블로그 blog.naver.com/dreambookss
출판등록 1999년 3월 11일 제9-00046호

ISBN  979-11-313-0043-5 (04810) / 979-11-313-0041-1 (세트)

은 (주)삼양출판사의 로맨스 문학 브랜드입니다.

# 궁 안에 잠들어 있는 꽃

차혜진 장편소설

2

단글

# 목차

七花 * 한 번도 본 적 없는 꽃  7

八花 * 꽃이 지나간 자리  45

九花 * 꽃은 향기를 남긴다  79

十花 * 서하연의 꽃  133

十一花 * 궁 밖에 있는 꽃  183

十二花 * 이 세상에 한 송이밖에 없는  213

十三花 * 꽃의 이름을 아는 자  251

# 七花 * 한 번도 본 적 없는 꽃

"어? 이랑 님, 아직도 주무세요?"

오늘 역시 희수궁에 찾아온 수아가 평소라면 열렬히 그녀를 환영했을 이랑이 없자, 의아하다는 듯 그녀의 방문 앞을 지키고 서 있는 유시후를 향해 물었다.

"아니. 일어나시기는 했는데, 생각할 게 있다고 다 나가 있으라고 하시네."

"고민이라도 있으신 걸까요? 아, 곧 있을 시험 때문에 긴장해 예민하다거나."

"아니, 절대 그런 걸로 긴장 같은 거 하실 분은 아니지."

그런 일은 절대 없을 거라는 확신이 담긴 유시후의 말에 수아가 '그럼 도대체 뭔데요?'라는 표정으로 그를 올려다보았다. 그러나 그 역시 이유를 모르겠다는 듯 어깨를 으쓱해 보이는 것으로 답을 대신했고, 곧 걱정이 가득한 얼굴로 닫힌 문을 바라보기 시작했다.

"조용하면 오히려 더 불안한데 말이지."

"걱정하지 마세요. 별일 아닐 거예요."

가만히 서 있던 유시후가 나름대로 자신을 걱정해 준 아이의 말이 끝나기 무섭게 그게 무슨 소리냐는 투로 말했다.

"아니, 지금 내가 걱정되는 건 바로 나 자신이야. 또 어떤 문제에 휘말릴지 모르니 불안해서 미칠 지경이야."

그는 차라리 시끄러운 소음으로 가득하던 나날이 더 나았다고 투덜거리기 시작했다.

한편 말 많은 밖과 달리 방 안에 있던 이랑은 그다지 방음이 잘 되어 있지 않은 탓에 들려오는 자신에 대한 이야기를 가만히 듣고 있었다. 평소라면 문을 벌컥 열고 나가 유시후를 향해 한바탕 짜증을 부려 주고도 남았을 그녀였지만 오늘만큼은 별다른 반응을 보이지 않았고, 분명 자는 것은 아니었지만 두 눈을 감고 어떠한 움직임조차 보이지 않았다.

밖에서는 다들 자신의 갑작스러운 태도 변화에 혼란스러워하고 있는데 정작 방 안의 인물은 평소보다 더 침착함을 유지하고 있었다. 마치 명상이라도 하는 듯 아무런 미동조차 없던 이랑이 곧 감겨 있던 두 눈을 번쩍 뜨는가 싶더니 곧바로 인상을 찌푸려 버렸다.

"시…… 뭐였는데……."

깊은 한숨을 들이쉬며 앉아 있던 그녀가 그대로 뒤로 벌러덩 누워 버렸다.

"……빨리 생각해 내야 하는데……."

그녀는 지금 시하루의 이름을 기억해 내기 위해 안간힘을 쓰고 있었다. 오죽하면 방 안에 아무도 들이지 않고 집중할 정도로.

"얼마 남지 않았는데……."

하지만 아무리 생각을 해 보아도 이름은커녕, 다른 생각들이 그녀의 머릿속을 맴돌고 있을 뿐이다.

"……이제 못 만날지도 모르는데……."

그렇게 멍하니 천장을 올려다보던 이랑이 다시 몸을 일으키더니 여기서 그냥 물러설 수 없다는 눈빛으로 다시 집중하기 시작했다.

'시하루'라는 이름을 떠올리기 위해.

사실 그녀가 눈치채지 못한 아주 간단한 방법이 하나 있었다. 바로, 방 밖에서 불안에 떨고 있는 유시후에게 물어보는 방법. 영희궁 안에만 있던 이랑과는 달리 그는 호위대장이었기 때문에 궁 밖으로 나가는 일이 종종 있었다. 게다가 군인이다 보니 이 나라 왕의 이름을 알고 있는 게 당연하지 않겠는가.

아직까지 그 간단한 방법을 눈치채지 못한 그녀가 더더욱 안타까운 상황이었지만 어쩔 수 없다. 그만큼 그녀는 자신의 문제에 있어, 타인의 힘을 빌릴 수 있다는 사실을 종종 까먹을 정도로 고민이나 문제들을 혼자 떠안는 성격이었으니까.


　이번에는 다른 커다란 방 안. 아까부터 연신 불안하다는 표정으로 작은 그릇 위에 놓인 다과를 집어 먹던 대비에게 옆에 서 있던 궁녀가 물어왔다.
　"어디가 불편하십니까?"
　그러자 그녀가 대답했다.
　"아니, 그런 게 아니라…… 그, 왜 있지 않느냐. 마치 어떤 큰일이 들이닥칠 거 같은 불안감이랄까, 뭐 그런……."
　"대비마마!"
　나긋나긋한 목소리로 자신의 기분이 어떤지 설명을 해 주고 있던 여인의 목소리는 다급하고도 높은 다른 음성에 묻혀 버렸다. 곧 다급한 목소리에 이어 등장한 어떤 상궁에 의해 대비의 불안은 더욱 커져 갔다.
　"전하께서 오고 계십니다."
　"그럴 줄 알았어."
　제 아들이 찾아오고 있다는 말에 어미가 돼서 반갑게 웃으며 맞기는커녕 인상부터 쓰는 그 상황이 재미있다는 듯, 궁녀들이 뒤에서 몰래 웃고 있었다. 그리고 그 문제의 아들이라는 분께서 또 이 대비전에 걸음하고 계신다는 소식을 들은 궐 안의 모든 궁인은 '또 어떤 이야기가 나올까?'라는 기대감에 잔뜩 설레었다. 그만큼 이랑과 하루의 이야기는 희수궁을 제외한 궐 안의 모든 이들에게 있어서 엄청난 관심거리였다.

"오랜만……은 아니군요. 최근에 뵈었으니 말입니다."

나름대로 표정 관리를 하고 있었지만, 대비의 얼굴 곳곳에 보이는 그 불안감은 숨기려고 해도 완벽하게 숨길 수 없었다. 대비전에 들어와 그녀의 방까지 단숨에 걸음한 시하루가 예의를 갖춰 인사를 올리는가 싶더니, 자신의 인사 하나에 오락가락하는 대비의 표정에 피식 웃어 버렸다.

"전에는 자주 찾아오라고 하시더니 이제는 제가 별로 반갑지 않으신가 봅니다."

"그럴 리가요. 이 어미는 지금 매우 기쁘답니다."

말은 기쁘다고 말하고 있었지만, 그것이 진심이 아니라는 것은 그 방 안의 모든 이들이 알 수 있었다. 시하루 역시 그 사실을 잘 알고 있었지만 마치 모른다는 표정으로 싱긋 웃으며 물었다.

"아, 그럼 앞으로는 매일 찾아올까요? 원래라면 매일 아침에 문안 인사를 올리는 게 예의……."

"괜찮습니다. 바쁘실 텐데 그럴 필요까지는 없습니다."

언제부터 그랬다고 갑자기 '예의'를 들먹이며 효자 노릇 해 보겠다는 말하는 시하루와 그럴 필요 없다고 말리고 있는 대비의 태도에서 정말 며칠 전과는 반대로 바뀌어 버린 둘의 위치가 느껴졌다.

"그, 그나저나 무엇 때문에 이리 찾아오신 건지……."

놀려 먹는 재미가 쏠쏠하다며 즐거워하던 얼마 전과는 달리,

눈앞에 앉아 있는 아들을 이기기에는 이제 너무 늙었다는 엄살과 함께 눈물까지 글썽거리는 대비가 그에게 조심스럽게 물었다.

"별일은 아니고 그냥 여쭤볼 게 있어서 온 건데……."

별일 아니라는 말에 조금은 안심을 한 건지 안도의 한숨을 내 쉬며 어서 말해 보라고 고개를 끄덕이는 대비였지만, 시하루는 오 히려 그 풀어진 틈을 놓치지 않고 공격했다.

"그 꼬맹이에게 어머니께서 약조하신 '기한'이라는 게 무엇입니 까?"

"쿨럭."

별거 아니라더니…….

다짜고짜 본론으로 넘어가 버려 정신이 없어진 대비가 들고 있 던 차를 쏟아 버렸다. 그러자 옆에서 대기하고 있던 상궁이 다급 히 다가오더니 재빨리 그것을 정리하고 새로운 차를 내왔다. 여 러 명의 사람이 분주하게 움직이고 있던 그 상황에서도 시하루의 시선은 자신의 어머니에게 고정되어 있었다.

"……누가 그러던가요?"

"그 유명하시다는 호위 무사, 유시후가요."

시하루의 눈이 그냥 넘겨짚은 것이 아니라 자신도 제대로 듣고 왔으니 발뺌할 생각은 하지 않는 게 좋을 거라 말하고 있었다. 그 런데 대비는 곤란해하기는커녕, 오히려 당황스러워 보였다.

"유시후가요?"

고개를 든 시하루는 가만히 대비를 바라보았다. 전부터 뭔가 이상하다고 생각하긴 했었다. 전에도 그렇고, 이번에도 그렇다. 방금 대비의 태도는 그냥 유명해서 알고 있다기보다는 마치 개인적으로 잘 알고 있는 친숙한 사람의 이름을 부르는 느낌이었다. 고개를 갸우뚱거리던 시하루가 이제는 알아야겠다는 듯 인상을 찌푸렸다.

"……도대체 그 유시후란 녀석의 정체가 뭐죠? 왜 모든 일에 그 녀석이 관련되어 있는 거 같죠?"

단순히 지금 모자간 대화의 주인공, 소이랑을 지키는 호위 무사로서 자연스럽게 이야기에 거론된 것만은 아닌 거 같았다. 마치 그 역시도 이 모든 문제와 직접적인 관련이 있을 것만 같은 이상한 기분이 들었다. 그리고 지금까지의 경험으로 추정하건대, 자신의 불안한 예감은 틀린 적이 없었다.

"하아…… 유시후……말인가요."

"일반 호위 무사를 부르는 게 아니라 마치 전부터 알고 있던 사람을 부르는 것처럼 자연스러운 게 신경이 쓰여서요."

시선을 피하는 게, 확실히 자신에게 뭔가를 감추고 있다. 그러나 계속해서 움찔거리고 있을 뿐 대답할 생각이 없어 보이는 어머니의 태도에, 시하루는 일단 '유시후'와 관련된 이야기는 포기하기로 결심했다. 오늘 자신이 대비전을 찾은 이유는 전에 그가 말한 '기한'에 대한 이야기를 듣기 위해서지, 유시후에 대해 알아내기 위해서가 아니었으니 말이다.

"그럼 제가 여쭤 본 질문에 대한 대답은 들을 수 있을까요?"

대비는 잠시 제 아들의 눈을 똑바로 바라보았다. 이제 그들과 약속한 시간이 정말 얼마 남지 않았는데, 원래 계획은 그가 이랑의 존재를 처음부터 끝까지 모르게 하는 것이었지만 상황이 이렇게 되어 버렸다.

어쩌면 이건 운명일지도.

"……사실 제가 이랑을 궐 안으로 데리고 올 때 누군가와 약조한 것이 있었습니다."

"누군가라는 건……?"

"죄송하지만, 그것까지는 말씀드릴 수 없습니다. 너무 표면에 드러나면 안 되는 인물이니까요."

'표면에 드러날 수 없는 인물이라?'

시하루가 미심쩍다는 표정을 지었지만 지금 자신이 가장 듣고 싶은 이야기는 그 제한되어 있다는 '기한'에 관련된 이야기였으니 뒤에 누가 있든 자신이 알 바가 아니었다.

"그래서 그 기한이 의미하는 게 무엇입니까?"

"이랑이 왕후 자리에 앉아 있는 기한을 의미합니다."

어느 정도 여유가 있었는지 차와 함께 나온 다과를 오물거리던 시하루가 그것을 삼키지 못하고 멀뚱멀뚱 자신의 어머니를 바라보기 시작했다. 마치 지금 자신이 못 들을 말을 들었다는 듯.

"예?"

"딱 십 년."

이제는 빙빙 돌려 말하는 것을 포기하기로 한 대비가 모든 것을 털어놓겠다는 항복의 의사로 한숨을 내쉬며 술술 대답했다.

"그것이 제가 제시한 기간이었습니다."

기껏 포기하고 솔직하게 모든 것을 알려 주고자 착한 마음을 먹은 대비였지만, 그녀의 그러한 솔직한 답변은 오히려 시하루의 정신을 뒤집어 놓았다. 아까까지만 해도 기세등등하던 시하루가 전혀 예상하지도 못한 진실에 당황하다가 조금은 정신을 차린 듯 조심스럽게 묻기 시작했다.

"십 년……이라는 건 정확하게 언제부터…….."

"그러니까 이랑이가 이 궐 안에 들어오게 된 시점부터…….."

"정확하게 언제 들어왔는데요?"

이제는 대답을 기다릴 여유조차 없는지 급하게 질문 공세를 펼치고 있는 시하루를 보며 잠시 말없이 생각에 빠진 대비가 기억이 났다는 듯 눈을 반짝이며 말했다.

"8살이 되던 해의 마지막 달이었습니다."

"8살이 되던 해의 마지막 달을 시작으로 십 년?"

순간 빠르게 계산을 해 본 그가 자신의 머릿속에서 나온 답에 말도 안 된다는 표정을 지었다.

"그거 올해가 아닙니까."

"정확하게는 다음 달이죠."

그동안 여기저기서 '얼마 남지 않았네…….'라는 말을 들어서 어느 정도 각오를 하고 있던 그였지만 설마 이 정도일 줄은 몰랐다는 반응이다. 물론 그동안 그녀의 존재를 몰랐다는 것이 어이가 없기도 했지만, 그들에게는 앞으로라는 시간이 있으니 그동안 못 해 줬던 것을 이제부터 해 주면 되겠지, 라는 막연한 생각을 갖고 있었다. 하지만 현실은 이랑과 장난치고, 괜히 이름 하나에 삐쳐서 떨어져 있을 여유 따위 없을 정도로 시간이 촉박했다.

"잠깐. 전 그 아이와 만난 지 얼마 되지도 않았습니다."

"원래 계획대로라면 주상은 그 아이와 만나지 않으셨어야 했습니다."

그렇게 대답하던 대비의 머릿속에는 얼마 전에 그녀의 아들 시하루가 했던 질문이 자연스럽게 떠올랐다.

'어머니께서는 제가 그 아이를 마음에 두기를 바라시는 겁니까, 아니면 그냥 지금처럼 모르는 채로 있기를 바라셨습니까?'

'글쎄요…… 잘 모르겠네요. 과연 저는 어쩌고 싶었던 걸까요?'

당시 아들의 질문에 얼버무리듯 대답해 버린 그녀였다. 차라리 만날 거면 좀 더 빨리 만나든가. 아니면 이 궐을 떠날 그 날까지 아예 만나는 일이 없든가…… 너무나도 애매한 시점.

사실 대비는 이랑이 왕후가 되었으면 좋겠다는 생각은 계속했었다. 그 생각은 지금도 마찬가지이다. 하지만 그건 그녀의 이기적인 생각일 뿐. 막상 희수궁으로 옮겨진 그녀를 보니, 이건 또 아니지 싶기도 했다. 게다가…….

"게다가 그 아이에게 희수궁은 위험합니다."

영희궁 밖에 나온 이상, 이랑의 신변은 이미 위험해진 것과 다름없었다. 왜 그 긴 십 년이란 세월 동안 그녀가 마치 존재하지 않

는 것처럼 영희궁에서 조용히 살아야 했었는가. 이랑을 떠올리
자, 대비는 절대로 잊으면 안 된다고 했던 십 년 전의 어느 약속이
떠올랐다.

　　"좋아. 그럼 나랑 약속하자. 딱 십 년이야. 십 년이 지나면
　이랑이는 내가 데려갈 거야."


　가뜩이나 어두운 밤에 검은 너울을 쓴 상대편 여인은 얼굴이
보이지 않았지만, 주위의 고요함 덕분에 그 목소리는 바로 옆에서
말하고 있는 것처럼 아주 확실하게 들렸던 것까지 기억 속에 생
생하게 남아 있었다.
　"……무슨 생각을 그리하십니까."
　자신과의 대화에 집중하고 있지 않은 대비의 상태를 눈치챈 시
하루가 잠시 눈치를 보다가 조심스럽게 말을 걸자, 그제야 자신이
지금 그와 대화를 하던 도중이었다는 것을 깨달은 대비가 조금은
호들갑을 떨며 정신을 차렸다.
　"아무것도 아닙니다. 어찌 되었든 더 이상 전하께서 할 수 있는
일은 없으실 겁니다. 아니, 전하는 물론 저 역시 어떻게 할 수 없
겠죠."
　"만약 그 꼬맹이가 스스로 이곳에 계속 남고 싶다고 하면 모두
해결이 되는 건가요?"
　"그럼 좋겠지만……."

그게 쉬운 일인가. 남 몰래 울상 짓던 대비는 한숨이 나왔다. 밖에 나가야만 하는 이랑과 그렇게는 안 된다고 고집부리는 자기 아들 사이에서 이러지도 저러지도 못하고 있는 자신의 처지가 불쌍했다.

"그렇다면 정식으로 왕후 책봉 교지를 내리겠습니다."

"받아들일 리가 없습니다."

소용없을 거라는 말을 하면서도, 사실 대비는 놀랐다. 제 아들 입에서 정식으로 왕후 책봉 교지를 내리겠다는 말이 나오다니.

"그럼 제가 설득시켜 보겠습니다."

일할 때 빼고는 좀처럼 보이지 않는 초롱초롱한 눈빛과 함께 어디서 나오는지 모를 자신감을 꾹꾹 눌러 담아 걱정 따위 없다는 듯 말하고 있는 제 아들을 가만히 바라보던 대비는 오늘 이미 여러 번 놀라고 있다.

"소용없을 겁니다. 아마 스스로 나가겠다고 할 테니 말입니다."

딱 잘라 말하는 대비의 말은 그에게 작은 희망조차 내주지 않고 있었다. 이미 이랑에 대해 잘 알고 있는 그녀였으니 이랑이 다른 선택을 하지 않을 거라는 안타까운 확신이 있었기 때문이다.

"아니, 도대체 밖에 무엇이 있다고 스스로 나가려고 한다는 겁니까? 이곳보다 더 좋은 곳이라도 있는 겁니까? 혹 아직 어려서 부모를 그리워하는 거라면……."

이미 정식 왕후로 임명하겠다는 말까지 나온 마당에 못 할 게 없는 그였다. 하지만 더 이상 말을 들어 봤자 시간 낭비라고 생각을 하는 것인지, 대비의 시선은 이미 그의 아들을 향하고 있지 않았다. 가만히 찻잔을 내려다보던 대비의 시선은 곧 그들이 앉아 있던 탁자의 아래로 슬그머니 떨어졌다.

그들이 자리 잡고 있던 탁자 아래에는 옻칠된 장신구 함이 있었는데, 대비의 방 안 이곳저곳에 놓여 있는 다양한 크기의 화려한 함들에 비하면 너무 작고 투박하기만 한 모양이었다. 가만히 손을 뻗어 닫혀 있던 함을 살짝 연 그녀가 그 안에 자리 잡고 있는 작고 하얀 노리개를 집어 들려고 할 때, 자신의 질문에 아직 대답하지 않았다는 것을 일깨워 주기 위해서인지 얌전히 기다리고 있던 시하루가 헛기침을 했다.

"그 아이에게는 부모가 없습니다. 어렸을 때 불의의 사고로 세상을 떠나셨죠."

장신구 함을 닫은 대비가 탁자의 그림자 안으로 그것을 밀어넣으며 말했다.

"그럼 궐 밖에는 그 아이가 돌아갈 곳 따위 없는 거 아닙니까?"

왠지 모르게 평온한 표정을 짓고 있는 대비와는 달리, 도대체 뭐가 문제인지 모르겠다는 시하루는 답답해 미칠 지경이었다.

부모가 없다. 그렇다면 궁 밖에는 그 아이가 돌아갈 곳이 없다는 뜻이건만 어째서 밖으로 나가려고 하는 건지, 그의 머리로는 도저히 이해할 수가 없었다.

"'서하연(曙荷娟)'에 대해서 모르고 계시지는 않으시겠죠?"

뜬금없이 '서하연'이라는 말을 꺼내는 대비에 순간적으로 당황하던 시하루가 곧 어떻게 그걸 모를 수 있겠냐는 듯 고개를 끄덕이며 말했다.

"천유국의 사람이라면 누구나 다 알고 있을 '서하연'을 제가 모를 리가 있습니까. 이 천유국 최초의 여성 전문 교육기관. 그런데 그게 저랑 무슨 상관…… 잠깐, 설마 그 꼬맹이가…… 그럴 리가요. 그곳은 입학시험부터가 어렵기로 유명한데 설마 이제부터 공부해서 들어가겠다는 건 아닐 테고. 그것보다 꼬맹이 녀석에게는 정말 미안하지만 그리 박식해 보이지도 않……."

이랑의 실력으로는 그곳에 합격할 수 없을 거라고 확신을 한 그는 그럴 리가 없다고 완강하게 고개를 저었다. 그도 그럴 것이 그가 희수궁에 찾아갈 때마다 이랑은 대부분 먹거나 졸거나 하는 모습만을 보였으니. 물론 책을 좋아하는 거 같긴 했지만, 겨우 그 정도로 합격할 만한 곳이 아니었다. 서하연의 문턱이란 그만큼 높았다.

"그럼 그것도 알고 계시겠네요. 서하연 설립 역사상 최연소 6살의 나이에 합격한 아이가 있다는 이야기."

"아…… 얼핏 그런 소문을 들었던 것도 같지만 분명 실제로 서하연에서 그런 아이를 본 사람은 아무도 없었다고……."

순간, 아까 대비의 말과 조금 전의 말을 연결 지어 생각하던 시하루가 말을 멈추었다. 그리고 가만히 자신의 어머니를 바라보기 시작했다. 명쾌한 답을 요구하는 시하루의 혼란스럽다는 눈빛에 아주 짧은 말 한마디로 결론을 지어 주는 대비였다.

“이랑이를 무시해서는 안 됩니다.”

“…….”

“아무 생각이 없어 보이겠지만 속이 깊은 아이입니다. 절대 자신의 능력을 겉으로 드러내지 않는 그런 아이죠. 어쩌면 이미 전하께서 생각하시는 것보다 더 앞을 내다보고 있을지도 모릅니다.”

나름대로 조언을 해 주고 있는 대비였지만, 그는 피식 웃기까지 하며 이제는 대놓고 이랑을 무시하기 시작했다.

“그럴 리가요. 아직 제가 이 나라의 주인인 것조차 예상하지도 못하고 있는 걸요.”

“그렇다면 다행이지만…… 어찌 되었든 이랑을 무시하지 않는 게 좋으실 겁니다. 그 아이는 특별한 아이이니 말이에요.”

“어마마마야말로 아들을 너무 무시하시는 거 아니십니까?”

표면적으로야 이랑의 실력을 인정하는 것처럼 들린다 해도, 조금 더 생각해 보면 결국에는 ‘나는 너보다 이랑이 더 영특하다고 생각하고 있다.’라는 뜻이었으니 이는 분명 그에게 있어서는 자존심이 상할지도 모르는 발언이다. 그러나 뭐가 기분이 좋은지 오히려 실실 웃기까지 하며 나름대로 투정이 섞인 말을 내뱉고 있는 그의 태도에 놀란 것은 대비였으니, 차에 이상한 거라도 들어간 건 아닌지 걱정스러운 눈빛으로 제 아들을 바라보기 시작했다.

“그래도 저에게 말씀을 해 주시지 그러셨습니까.”

“예?”

어쩌면 화를 낼지도 모른다고 생각을 한 건지 그의 눈치를 보고 있던 대비가 뜬금없는 그의 말에 주춤했다. 그러나 그녀의 반응에도 대수롭지 않다는 듯 표정 변화 하나 없는 시하루는 여유롭게 차를 한 모금 마시고는 말했다.

“이 궐 안에 들어왔어야만 했던 이유가 무엇이든, 그 긴 시간 동안 혼자 그 작은 궁 안에서 지내기는 쓸쓸했을 테니 말입니다.”

“대놓고 밖에 내놓았다가는 희안궁의 여우들과 그녀들의 아비들에게 물려 뜯길까 봐 두려웠습니다. 마음이 여린 아이니까요.”

글쎄, ‘여리다.’라는 말에는 동의할 수 없는지 그 단어에 대한 거부감을 나타내던 그가 그래도 어느 정도 그녀의 생각이 이해가 가는지 다행이라는 미소와 함께 작게 고개를 끄덕였다.

“……우리는 그저 보낼 수밖에 없습니다.”

“…….”

잠시 동안 어떠한 말도 하지 않는 것이 그는 지금 깊은 생각에 잠긴 게 분명했으나, 그런다고 뭐가 나아질 상황이 아니었다.

‘그러고 보니…….’

어디 사는 멋진 조언자가 그러지 않았는가,

[어쩌면 정말, 시간이 얼마 안 남았을지도 모릅니다.]

‘고집을 부리는 것도 괜찮겠지.’

그러자 그제야 골치 아팠던 문제가 해결이라도 된 것처럼, 그가 웃기 시작했다. 대비를 향해 자신은 절대 물러서지 않겠다는 듯 말했다.

“다시 말하지만 전 안 내보낼 겁니다.”

그의 말에 당황한 건지 차를 따르던 대비의 손이 떨려, 따르고 있던 뜨거운 차가 잔에 떨어지지 못하고 탁자 위에 흩뿌려졌다.

“이런, 괜찮으십니까? 제가 따라드리겠습니다.”

자기가 무슨 소리를 했냐는 듯 싱긋 웃으며 평소에 안 하던 착한 아들 역할을 하는 시하루를 바라보는 대비의 눈동자가 흔들렸다.

“하지만 약속을 했습니다.”

“약속을 한 건 어마마마시지 제가 아니지 않습니까. 저랑은 상관없습니다.”

막상 고민하기를 포기하니, 의외로 간단한 문제였다. 스스로 생각해도 우스운 일이었다. 자신이 언제 그렇게 남의 말을 잘 들었다고 직접 하지도 않은 약속 같은 것에 발목을 잡혔을까. 답지 않은 고민을 하고 있었다. 또다시 자신에게 무슨 말을 하려는 듯이 보이는 대비가 먼저 입을 열기 전에 미리 자리에서 일어난 시하루는 문가에서 서서 말했다.

“그동안 그 꼬맹이를 지키느라 수고하셨습니다. 어마마마께서 이제 나이도 있으시니 그 역할, 제가 하도록 하죠.”

대비가 붙잡을 새도 없이 그렇게 말하고는 쌩하니 나가 버리는 그였다. 자존심이 강한 자기 아들이 이리 미련이 남은 태도로 나올 것이라 예상 못한 대비였지만, 최근에 좋은 조언자를 얻은 그는 그깟 자존심에 매달리지 않고 '인정'하고 받아들이는 방법을 배운 뒤였다. 방을 나와 긴 복도를 걷는 그의 얼굴에서는 처음에 그 방에 들어서기 전에 보였던 걱정이나 불안을 찾아볼 수가 없었다.

'아직 확신이 없다면 더 곁에 두고 확인해 보는 수밖에 없겠지.'

"간단하네. 이 궐 안에 남아야만 하는 이유를 만들면 끝나는 거 잖아?"

글쎄, 그게 그렇게 간단한 문제일지는 모르겠지만 말이다. 자신만만한 그를 비웃기라도 하듯, 그가 원하는 것과 다른 결과를 기대하는 이들이 더욱 많은 것이 현실이었다.

*　　*　　*

## 희안궁(姬安宮)

"월향 님, 가주(家主)님께서 오셨습니다."

얼마 전의 일이 제 뜻대로 풀리지 않아 며칠 동안 계속 저기압이던 월향이 궁녀의 말에 활짝 웃으며 자리에서 일어나 손님을 맞이했다.

“오셨습니까, 아버님.”

“도대체 일 처리를 어떻게 한 것이냐!”

문이 닫히기 무섭게 호통부터 치고 있는 중년 남자의 눈치를 보던 월향이 일단 자리에 앉으라는 말을 건네었다. 월향의 아버지는 바로 시하루가 그렇게 싫어하는 진유한이었다. 혼자 분을 이기지 못하고 씩씩거리던 그가 곧 몇 번 숨을 고르더니 어느 정도 진정이 된 건지 털썩하고 자리에 앉았다.

“죄송합니다. 설마하니 이 정도로 멍청할지는 몰랐습니다.”

아직 분이 덜 풀린 듯이 보이는 진유한에게 진정하라 말하며 월향은 차를 대접했다. 그런 자신의 딸을 바라보던 그는 여전히 인상을 찌푸린 채 물었다.

“그래서, 그 계집에게 갔었다는 그 아이들은 전부 어찌 되었느냐.”

“전부 궐 밖으로 쫓겨났다고 합니다.”

“쯧쯧. 그나마 다행이라고 해야겠구나.”

쌤통이라는 듯 비열한 미소를 머금은 채 단숨에 차를 들이켠 진유한에게 월향은 단도직입적으로 그를 부른 이유를 말하기 시작했다.

“아버님…….”

이미 자신을 부른 목적을 눈치채고 있던 건지, 그는 별다른 표정 변화 없이 말하지 않아도 알고 있다는 듯 가만히 고개를 끄덕였다.

"넌 이곳에 있는 다른 여식들과는 다르다고 누누이 말해 왔던 걸 잊지 말거라. 우리가 아무리 이렇게 명문 소월가의 주인이라지만 주변에서 우리를 어떻게 보고 있는지는 너도 잘 알 것이다."

"네, 잘 알고 있습니다."

도도하기만 하던 월향의 표정이 안 좋은 기억들이라도 떠오른 듯 일그러지기 시작했고, 앞에 앉아 있던 진유한 역시 분하다는 듯 탁자 위를 주먹으로 내려치며 외쳤다.

"우리는 정당하게 이 자리를 차지한 것이야. 그럼에도 불구하고 우리를 도둑놈처럼 바라보는 인간들의 시선을 잊었느냐? 그놈들 앞에서 당당해지기 위해서는 소월가의 성을 제대로 가져야 해. 왜 엄연한 후계자인 네가 '소월향'이 아닌 '진월향'으로 살고 있는지 모르는 건 아니겠지? 그것을 위해서는 우리를 무시하는 그 누구보다도 더 높은 권력을 가져야 하고, 그러기 위해서는 네가 왕후 자리에 앉아야 한다. 하다못해 후궁이라도!"

"알고 있습니다. 그래서 아버님의 도움이 필요한 겁니다."

도와 달라는 딸을 바라보며 한숨을 내쉬던 그가 그러지 않아도 준비한 게 있다며 새하얀 종이로 깔끔하게 포장이 된 종이 다발을 보여 주었다.

"그 꼬맹이 왕후가 희수궁에 들어갔다는 말이 나올 때부터 혹시 모를 일에 대비해 준비하고 있던 것이다. 아마 이것만 있으면 폐위는 문제없을 게야."

왕후를 폐위시키는 데 문제가 없을 거라 자신 있게 말하며 자신의 아버지가 내민 종이에 시선을 고정하고 있던 월향이 호기심이 생긴 건지 살며시 손을 뻗었다.

"그것이 무엇입니까?"

그러나 그녀의 손이 닿기도 전에 그 종이들은 다시 보자기 안으로 들어갔다. 월향은 자신에게 그 종이에 적힌 것들을 보여 주지 않는다는 게 마음에 안 들었지만, 딸의 기분이 어떻든 간에 만족스럽게 웃고 있던 진유한은 미소 지으며 대답했다.

"대비께서 감추려고 했던 것이다. 조만간 궐 안이 시끄러워질 것이나 너는 그냥 잠자코 앉아 구경이나 하고 있거라."

 

＊　　＊　　＊

 

요즘 궐 안은 아주 평화로웠다. 물론 여전히 왕래가 없는 왕과 왕후 때문에 그들의 사랑을 응원하는 궁인들은 이야깃거리가 없어서 심심했지만, 이안이 '사실 주군께서는 매일같이 희수궁의 정문까지 가셨다 돌아오시고는 한다.'라는 이야기를 한 뒤부터는 궐 안에 다시 생기가 돌았다.

그러거나 말거나, 시하루는 여전히 고민 중이었다. 도대체 어떻게 하면 이랑이 자신의 이름을 기억해 낼 수 있을지를. 여러 가지를 생각해 봤는데, 역시 이안을 시켜 자기 이름을 넌지시 알리는 작전이 가장 자연스럽고 괜찮아 보였다. 시간이 없다. 한시라도 빨리. 그런데 작전 수행을 위해 필요한 이안을 불러놓았더니,

그에게서 뜻밖의 말을 듣게 되었다.

"뭐? 그게 무슨 말이야."

"그러니까……."

하필이면 꼭 이럴 때 자신이 안 좋은 소식을 전해야 하는 건지, 이안은 진심으로 신께서 자신을 버리신 건 아닌가 하는 생각마저 들었다.

"똑바로 말해."

얼버무리고 있는 이안이 답답해지기 시작한 시하루가 아까보다 더욱더 짜증을 내기 시작했다. 더 이상 미루어서 될 문제가 아니라고 판단한 건지, 뜸을 들이던 이안은 그제야 입을 열었다.

"대신들이 왕후마마의 폐위를 요구하는 상소문을 올리고 있습니다."

"그러니까 갑자기 왜? 잠잠했었잖아."

"원래부터 예의 주시하고 있었는데 얼마 전, 전하께서 희수궁에 찾아갔다는 이유만으로 희안궁의 여인 두 명을 내치신 게 원인이 된 거 같습니다."

'젠장. 어머니께서 조심하고 있었던 게 이것이었군.'

안 그래도 얼마 전 대비전에서 나눈 대화 이후, 그는 아무런 준비도 없이 무작정 이랑을 희수궁으로 데려온 건 너무 섣부른 행동이었다는 걸 뒤늦게 깨달았다. 희수궁이 어떤 자리인데. 많은 눈과 음모들이 향하는 목적지와도 같은 자리가 아닌가. 그런 자리에 아무 생각도 없이 이랑을 앉혀 뒀으니 그녀의 신변이 위험해지는 건 어쩌면 당연한 일.

본궁의 바로 옆이었기 때문에 대놓고 그녀를 건들 수야 없겠지만, 물리적으로 상처 주는 일 이외에도 공격할 수 있는 방법은 아주 많았으니, 그 대표적인 예가 바로 이것이다. 예상했던 것보다 너무 빠른 대신들의 움직임에 그는 적지 않게 놀라고 있었고, 제 이익들 챙기기 바쁘던 대신들이 뭉치니 이런 일까지 가능하다는 걸 새롭게 알게 되었다.

그러나 어찌 되었든 이미 일은 벌어진 상황. '소 잃고 외양간 고친다.'라는 말도 있듯 이제 와서 다시 이랑을 영희궁으로 돌려보낸다고 끝날 일이 아니었다.

아니, 오히려 그편이 더 위험했다. 일이 이렇게 되었으니 본궁에서 멀어지면 멀어질수록, 자신의 눈에서 멀어지면 멀어질수록 이랑이 더더욱 위험해지는 상황이 될 테니까.

"그것들이 단체로 제정신이 아니군."

"예?"

"폐위가 무슨 개 이름인가. 그리 쉽게 부르게. 아무런 명분도 없이 무슨 폐위야."

비웃는 그의 말에 뒤를 따르던 이안이 곤란하다는 듯 또다시 주춤거리기 시작했다. 그리고 그런 낌새를 눈치챈 시하루가 본궁에 돌아가기 전에 할 말 있으면 지금 여기서 다 하라는 듯 걸음을 멈추었다.

"아…… 그것이……."

"뭐야. 또 뭐가 있어?"

제발 부탁이니 할 말이 있으면 조금씩 할 게 아니라 한 번에 다 이야기하라는 듯 성격이 급한 시하루가 이를 갈며 마지막 인내심을 발휘했다.

"그들이 주장하고 있는 게 있기는 합니다만……."

"뭔데?"

이랑이 희수궁의 자리에 오르면 안 되는 이유 따위, 아무리 생각해 봐도 없는 거 같은데. 아니, 사실은 그보다 자신도 모르는 문제를 그 귀신 같은 대신들이 찾았다는 것부터가 마음에 들지 않았다. 애초에 그동안 거의 유폐되다시피 영희궁에서 지냈던 데다 자신의 어머니가 철저히 보호하고 있었기 때문에 그녀에 관한 정보는 일절 얻을 수 없었을 텐데 도대체 그들이 제시한 명분이 뭘까. 짐작조차 할 수 없었다.

실컷 뜸을 들이던 이안이 답한 것은 이것이었다.

"이랑 님의 출신에 관한 문제인 거 같습니다."

*　　*　　*

한창 궐 안의 화젯거리였던 차가운 왕과 궐 안에 고이 잠들어 있던 왕후마마의 사랑 이야기가 위기를 맞이하는 순간이었고, 그것은 궁인들에게 고스란히 충격을 안겨 주었다. 그리고 그 충격은 철벽과도 같은 수비가 존재하고 있는 희수궁도 예외는 아니었다. 본궁은 물론이요, 궐 안의 이곳저곳이 술렁이기 시작한 마당에 문제의 중심인 희수궁만이 조용하다는 건 있을 수 없는 일이었다.

"이랑 님!"

빠른 걸음으로 잘 정돈된 정원을 가로지르고 있던 유시후는 아침부터 보이지 않는 누군가를 찾기 위해 이곳저곳을 돌아다니고 있던 중이었다.

"지금 이러실 여유 없으십니다!"

원래는 서서히 화를 내는 성격인 그가 오늘은 웬일로 바로 불같이 성질을 내고 있었다. 덕분에 오랜만에 나무 위에 올라 그를 내려다보고 있던 이랑은 더 이상 버틸 용기가 나지 않는 듯 보였다. 유시후가 머리끝까지 화가 나면 얼마나 무서운지 잘 알고 있었으니까.

"오늘따라 더 저기압이네. 왜 그래?"

결국, 나무 위에서 내려와 자진 출두를 해 준 이랑 덕분에 유시후는 더 이상 아침부터 희수궁이 떠나갈 정도로 고래고래 소리를 지르는 것만은 면할 수 있었다.

"안녕, 유시후. 좋은 아침이야."

"좋은 아침이요?"

생각이 있는 건지 없는 건지 이해를 할 수 없는 묘한 표정의 이랑이 유시후의 앞을 지나 정원에 놓여 있는 야외 탁자에 앉으며 인사를 건네었고, 그런 그녀를 가만히 지켜보고 있던 유시후는 어이가 없다는 표정으로 그 인사를 받아 주었다.

"잠깐. 무슨 말을 하려고."

한바탕 잔소리가 시작될 것을 예상한 이랑이 먼저 그만 말하라는 듯 인상을 찌푸리고는 궁녀가 내온 과일을 먹는 것으로 스스로의 입을 봉인했다.

"오늘도 세상은 평화롭구나."

"평화? 지금 밖이 얼마나 시끄러운지 아세요? 난리도 아니라고요."

"또 무슨 일인데 그래."

제 일임에도 불구하고 마치 남의 일을 묻는 듯, 무심한 반응이다.

"지금 대신들이 이랑 님의 폐위를 요구하는 상소문을 끊임없이 올리고 있어요."

나름대로 진지하게 말한 거였는데 받아들이는 입장인 이랑은 오히려 재미있다는 듯 웃고 있었고, 그것은 또다시 유시후를 불안하게 만들었다.

"지금 웃으실 때가 아닐 텐데요."

"왜? 잘됐지, 뭐. 가만히 있어도 폐위당하게 생겼네. 좋은 거 아닌가?"

본인의 목적 달성에만 충실한 그녀였으니, 결과만 같으면 과정이 어떻든 상관없다는 의미와도 같았다.

"그동안 내색을 안 해서 그렇지 사실 나……."

이랑이 다음으로 할 말이 무엇이지 유시후는 대충 예상이 갔다. 늘 씩씩하게 내색을 안 해서 그렇지, 그녀도 사실은 아주 외로웠을 것이고 한시라도 빨리 이곳에서 나가고 싶었을 것이다. 예를 들면 '혼자 큰 궐에서 지내다 보니 쓸쓸했다.'라든가…….

"……편지 쓰는 거 지겹더라. 팔도 아프고. 슬슬 소재도 고갈되고."

"그렇죠. 늘 이렇게 제 예상과 어긋나고는 했죠."

유시후는 이미 포기했다는 듯 한숨을 내쉬며 고개까지 끄덕였다. 과일을 집어 먹고 있는 그녀를 바라보던 그가 한숨을 내쉬며 잠시 주위를 살피더니 작은 목소리로 말했다.

"며칠 전, 소월가의 가주가 입궐하는 걸 목격한 이가 있다고 합니다."

그의 말이 끝나기 무섭게, 소란스러운 밖과는 너무나도 대조적으로 평화로워 보이던 이랑의 모든 움직임이 멈추었다. 가장 큰 변화는 열심히 과일을 향하던 손 역시 허공에 멈추었다는 것. 이것은 먹을 것을 밝히는 이랑으로서 매우 이상한 행동이다.

"왜?"

기나긴 침묵 끝에 내뱉은 말치고는 너무나 짧은 질문이었지만 그 '왜?'라는 말에는 아주 많은 의미가 담겨 있다는 걸 유시후는 잘 알고 있었다.

"글쎄요. 그건 잘 모르겠지만……."

유시후가 말을 하는 데 뜸을 들이는 걸 보아 아직 말할 게 더 남아 있다는 의미였고, 그 뒤에 올 말이 더 중요한 게 분명했다.

"희안궁을 찾아갔다고 하더군요."

먹을 생각이 사라져 버려 과일들을 가지고 탁자 위에 줄을 세우며 딴 짓을 하고 있던 이랑이 그래도 들을 건 다 듣고 있던 모양인지 중얼거리기 시작했다.

"희안궁이라……."

별로 가까이하고 싶지 않은 장소 중 하나건만, 요즘 들어 자주 등장하는 단어이다 보니 신경을 안 쓸래야 안 쓸 수가 없었다.

"그 말뜻은……."

"희안궁에 딸이 있다는 뜻이겠죠."

"아……."

갑자기 탁자 위로 털썩하고 엎어지며 외마디 신음을 내뱉는 이랑이었다.

"이제야 좀 심각성이 느껴지네."

"어쩌실 거예요."

"어쩌긴, 이제 슬슬……."

의미심장한 질문을 해 오는 유시후를 빤히 쳐다보던 이랑이 무슨 그런 재미없는 질문을 하느냐는 듯 피식 웃더니 대답했다.

"늙은 여우 사냥을 준비해야지."

여우 사냥이라는 말이 끝나기 무섭게, 호랑이 유시후의 눈이 반짝이기 시작했다. 하지만 웬일로 흥미를 느낀 그와는 달리, 이랑은 한숨을 내쉬며 중얼거렸다. 아무래도 그 일이 그렇게 간단하지만은 않은 게 분명했다.

"그러기 위해선 일단, 이 궐에서 나가는 게 우선이야. 더 이상…… 이 궐은 나에게 안전한 곳이 못 되니 말이야."

차근차근. 모든 일은 차근차근 해 나가야 한다. 그래, 우선은 잠시 뜸해졌던 폐위 먼저.

"……괜찮으시겠어요?"

걱정스럽다기보다는 불안하다는 목소리였다. 그동안 '폐위'라는 말을 입에 달고 살던 이랑이다. 유시후는 늘 시끄럽다고 주의를 주었지만, 최근 들어 그 이야기가 쏙 들어가니 그는 괜히 불안해졌다.

설마, 이 궐에서 나가고자 했던 의지가 흔들리고 있는 건 아닌가 하고.

최근 자신이 모시는 어린 왕후님께서는 어딘가 달라지셨다. 마치…… 그럴 일도 없겠지만, 그리고 그런 일이 있어서도 안 되겠지만.

마치 마음속에 누군가를 품은 여인처럼.

"괜찮고 안 괜찮은 게 어디 있겠어."

속 시원한 대답은 아니었지만, 계획을 실행하는 데 문제없을 거라는 뜻임은 분명했다.

그녀 역시 잘 알고 있었다. 쓸데없는 감정에 신경 쓰느라 큰일을 망칠 수는 없으니.

*     *     *

본궁과 가까운 거리에 있는 또 다른 장소.

넓은 공간의 맨 위를 차지하고 있는 상석을 제외한 자리들이 꽤 많은 인원으로 가득 채워져 있었다. 밖에서 안을 슬쩍 들여다보고는 이걸 들어가야 하는지 말아야 하는지 수십 번도 고민하던 시하루는 결국 안으로 걸음을 옮겼다. 그의 등장에 이미 그 공간을 가득 메우고 있던 대신들이 웅성거리던 것을 멈추고 모두 고개를 숙여 주군을 향해 인사를 올리기 시작했다.

"됐다."

일을 이 지경으로 만들어 놓고, 이제 와서 무슨 예의를 차리겠다고 뻔뻔하게도 인사를 올리고 있는 건지. 그들의 인사를 매정하게 무시한 시하루는 가장 높은 자리에 앉았다.

"……."

오늘도 이신은 쓸데없이 회의에 참석해서 차만 홀짝이고 있었다. 그런 그가 눈에 거슬리는 시하루였지만 이미 그 문제는 포기한 후였으니 내버려 두고, 두 번째 문제이기도 한 누군가를 찾기 위해 왼쪽으로 고개를 돌렸으나 텅텅 빈 자리가 그에게 배신감까지 안겨 주었다. 반대로 오른쪽 자리를 바라보는데 그 자리 역시 주인이 없는 공석. 하지만 왼쪽 자리 때의 배신감과는 달리, 비어 있는 오른쪽 자리는 그를 불안하게 했다.

재빨리 자신의 옆에 있던 이안을 부른 시하루가 귓속말로 그에게 물었다.

"소월가의 가주는 아직 오지 않은 건가?"

"그것이…… 입궐할 때는 분명 같이 있었는데……."

일을 이렇게 벌여 놓은 장본인이 모습을 나타내지 않고 있다니. 불안해진 그가 다른 대신들에게 소월가 가주의 출석을 묻자, 다들 고개를 갸웃거리더니 자신들은 그저 모이라기에 모였다는 등의 말을 들려 주었다.

"설마 나를 이곳에 묶어 두고 그 꼬맹이에게 찾아간다거나 하지는 않겠지?"

"그럴 리가요. 그 사람이 그렇게까지 표면에서 움직인 적이 어디 있었나요. 하지만 만일 그렇다 해도 걱정 안 하셔도 될 거 같은데요?"

"하긴……."

자신은 전혀 걱정이 안 된다는 이안의 말에, 깜빡하고 있었다는 듯 시하루가 고개를 끄덕이며 동의했다.

"희수궁에는 무서운 호랑이 한 마리가 살고 있었지."

하지만 설마는 늘 사람을 잡았고, 그들은 꽤나 희수궁을 지키는 호랑이를 철석같이 믿고 있는 거 같았지만, 안타깝게도 이번만큼은 그들의 예상대로 일이 이루어지지 않았다.

그들이 고개를 끄덕이며 호랑이를 운운하고 있을 시각. 그 근처에 있는 커다란 궁에서 역시 다른 의미의 호랑이가 거론되고 있었다.

"호랑이도 제 말 하면 온다더니."

이랑의 시선이 잠시 동문을 향했고, 지금 막 그 문턱을 넘어서는 남자를 바라보며 그녀가 한숨을 내쉬었다.

"빨리도 납시었네."

유시후 역시 표정이 좋지 못한 게, 제 임무를 지키지 못한 이들을 매서운 눈빛으로 노려보았다.

"분명히 아무도 들이지 말라고 했을 텐데."

침입자의 뒤를 졸졸 따라오는 호위 무사들을 겨냥한 말이다. 하지만 그들도 할 말은 많았으니, 이 침입자는 말이 통하지 않는 상대였다. 자신들이 어떻게 하고 싶어도 함부로 건드릴 수 없는 존재였기 때문이다. 이미 이 희수궁에 발을 들여놓았으니 막아서기에는 늦은 시점이었고 그렇다고 내쫓을 수도 없었다.

요즘 들어 손님들의 방문이 끊일 생각을 않던 희수궁이었지만, 이번은 특히 최악이었다. 오죽하면 차라리 시하루의 방문을 웃으며 반겨 줄 수 있을 거라고 유시후가 생각할 정도로.

"저는 이곳을 총괄하는 대장……입니다. 함부로 희수궁 안에 들어오실 수는……."

"어허, 내가 누군지 모르는가? 나는 이 천유국의 월가, 소월가의 가주이다. 잠시 왕후마마를 만나러 왔으니 썩 비키거라."

생각이 있는 건지 없는 건지 막무가내로 왕후의 궁, 희수궁에 발을 들여놓은 건방진 가주였지만, 그의 말 대로 지금의 유시후로서는 그를 막을 힘이 없었다.

"괜찮아."

이랑은 잠시 이야기를 하러 온 거 같으니, 그렇게까지 경계할 필요 없다고 말하며 유시후를 진정시켰다. 그녀의 허락이 떨어지기 무섭게, 자신을 막아서는 이들을 유유히 지나치던 그 남자가 갑자기 걸음을 멈추었다. 그러고는 분하다는 표정으로 한발 물러나 있는 유시후의 앞으로 바짝 다가가 관찰이라도 하는 듯 눈을 굴리더니 물었다.

"그런데 말이지, 혹시 전에 어딘가에서 만난 적이 있지 않나? 낯이 많이 익은 거 같은데……."

"그럴 리가 있겠습니까."

"하긴 그렇겠지. 내가 일개 호위 무사 따위를 기억하고 있을 리가 없지."

고개를 갸웃거리다가 마치 심문이라도 하듯 물어오는 질문에 유시후가 자연스러운 미소까지 지어 보이며 흘려 넘겼다. 그런 그를 뚫어져라 쳐다보던 남자는 곧 자신이 다른 이와 착각을 했다는 결론을 내린 건지 바로 시선을 떼고 이랑의 앞으로 다가왔다.

"원래 위치 같은 것을 내세우거나 하는 성격은 아니지만, 꽤나 무례하신 거 같습니다."

유시후를 골탕먹이거나 괴롭힐 때를 제외하고는 절대 한 번도 자신의 이익을 위해 '왕후'라는 지위를 내세워 본 적이 없는 그녀였다. 딱히 '왕후'라는 자리에 미련이 없다는 의미로 해석될 수 있겠지만, 이번만큼은 별개였다. 이리 함부로 들이닥치다시피 자신을 찾아왔다는 것이 마음에 들지 않았기 때문이었다.

"제대로 소개를 해 주세요. 당신은……누구죠?"

나름대로 목소리를 깔고 상대의 기에 눌리지 않고자 무게 잡고 한 말이었는데, 중년의 남자는 오히려 그런 이랑이 가소롭다는 듯 약간의 비웃음으로 답을 대신했다.

"오히려 그 질문은 제가 하고 싶군요. 이 사람은 소월가의 가주, 진유한이라고 합니다."

침입자의 성의 없는 자기소개가 끝나기 무섭게, 그들 주위에 있던 궁인들이 아리송한 표정으로 서로 시선을 주고받았다. 그도 그럴 것이 지금 자신들의 눈앞에 서 있는 진유한이라는 남자는 천유국에서 둘째가라면 서러운 명문 소월가의 가주였지만, 늘 사람들에게 '소월가의 가주'나 '소월가의 주인' 정도로만 자신을 소개해서 그의 정확한 이름을 알고 있는 자는 극히 드물었다.

왜냐하면 그는 스스로의 이름을 싫어했기 때문이다. 지금의 궁인들처럼, 자신의 이름을 들은 자들은 늘 같은 반응을 보였으니까.

"희수궁의 자리에 앉아 있는 당신은 누구입니까?"

이랑이 먼저 무슨 말을 하려고 했지만 진유한의 말이 더 빨랐다. 그 질문은 '네가 누군데 지금 그 자리에 함부로 앉아 있는 것이냐?'고 묻는 것과 다름없었고, 지금 자신의 눈앞에 앉아 있는 너울을 쓰고 있는 여인에 대한 호기심이었다.

조심해서 나쁠 건 없다고, 조만간 그가 자신을 찾아올 것을 예상한 이랑은 불편했지만 한동안 이렇게 너울을 쓰고 생활하고 있었다. 하지만 너울의 특징상 얼굴은 희미하게 가릴 수는 있다고 해도 목소리까지 어떻게 할 수 있는 건 아니었다. 때문에 이랑은 목소리에서 떨림이 느껴지지 않도록 부단히 노력해야 했다. 이미 등장에서부터 예의 따위 느껴지지 않았기 때문에, 기대도 하지 않은 그녀는 그의 태도를 덤덤하게 받아들였다.

"그 질문에 대해서는 그대가 원하는 답을 드릴 수 없을 거 같군요."

대답하기 싫다는 이랑이었지만, 진유한은 무슨 생각인지 화가 났다기보다는 오히려 여유로운 표정. 그리고 그 표정은 더더욱 이랑의 마음에 들지 않았다.

"하긴, 누구면 어떻습니까. 어차피 곧 있으면 그 자리에서 내려올 텐데."

얼마 전에 이랑은 그를 '늙은 여우'라고 불렀지만, 눈을 번뜩이며 말하는 것이 마치 늙은 살쾡이 같아 보였다.

"안타깝게도 저에게는 든든한 배경이 없어서 말이죠. 대귀족님께서 저를 협박하신다고 해도 딱히 대응할 방법이 없네요."

그녀는 이 의미 없는 싸움에 끼고 싶지 않다는 태도였다. 자신이 안 나가겠다고 버티는 것도 아닌데 왜들 이리 못 괴롭혀서 안달인가. 그냥 이대로 시간이 흘러, 때가 되면 알아서 폐위를 당할 것이고 그렇게 되면 나 좋고 너희 좋고 다들 좋은 걸로 끝나는 일인데. 웬만해서는 화를 잘 내지 않던 이랑이었지만, 이번만큼은 굳이 자신을 찾아와 협박과도 비슷한 분위기를 풍기는 그에게 강한 불쾌감을 드러냈다.

그러나 상황은 그녀가 생각하는 만큼 순조롭게 흘러가지 않았으니, 진유한 그 역시 이 작은 왕후가 스스로 폐위를 희망하고 있다는 사실은 잘 알고 있었다. 그동안 이대로 내버려 두면 제 발로 나가겠지 싶어 그냥 두고 봤었던 것이다. 하지만 모든 일에는 예상치 못한 변수라는 게 존재했다. 이번 일의 변수는 바로 왕이 그녀에게 관심을 두기 시작했다는 것.

왕후가 혼자 폐위를 주장한다 해서 그것이 쉽게 승인되는 게 아니었다. 안 그래도 폐위 과정이 복잡할 텐데 왕이 그녀에게 마음이 가 있는 지금이라면, 어쩌면 폐위는커녕 정식으로 왕후 자리에 그녀를 책봉하려고 할지도 몰랐다. 하지만 왕이라고 해서 주위 의견을 다 무시하고 무조건 자신의 의견만을 밀어붙일 수 있는 것도 아니니 모든 대신의 목소리를 모아 그녀가 폐위당해 마땅한 이유를 만들어 둬야 했다.

"송구스럽지만 제가 마마님의 뒷조사를 좀 했습니다. 그랬더니 과거 행적이…… 아주 깨끗하시더군요."

"제 삶의 목표가 나쁜 일을 안 하는 착한 어린이거든요."

지금 장난을 치는 건지, 이랑이 그의 말을 유연하게 받아쳐 냈다.

"그 말이 아니라, 제 말뜻은 아주 '백지'였다는 말입니다. 이 점에 대해서는 본인도 알고 계셨을 거라고 생각하는데요?"

한마디로 그녀의 과거에 관한 어떠한 기록도 남아 있지 않다
는 의미였다. 어디서 태어났고, 부모님은 누구인지, 어디서 살았
는지. 그녀가 궐에 들어오기 전까지의 기록은 어디에서도 찾아볼
수가 없다는 말.

"그게 무슨 문제가 되나요?"

"어떻게 호패를 받을 수 있었는지는 모르겠지만, 천유국에서는
그 사람의 신분을 보장할 수 없는 경우에는 호패 발급이 안 되는
것으로 알고 있습니다. 그리고 과거 기록이 없는 사람이 천유국
의 국민으로 인정받기 위해서는 적어도 다섯 사람이 신분을 보증
해 줘야 합니다. 하지만 그 기록 역시 없더군요."

그렇게 말하며 자신이 지금 말하고 있는 내용에 한 치의 거짓
도 없다는 것을 증명하기 위해서인지 천유국의 법에 관련된 서적
을 펼치며 자세히 짚어 주기까지 했다.

"당신이 갖고 있는 호패의 위력은 무효입니다. 천유국의 국민
으로 인정받을 수 없습니다."

"……."

무슨 생각인지 아까부터 이랑은 별다른 대꾸 없이 가만히 앉아
그의 말을 듣고 있었다. 그녀의 태도에 진유한은 더욱더 자신감
이 붙은 건지, 마무리를 짓기 위해 낮은 음성으로 말했다.

"정체를 알 수 없는 사람에게 천유국 왕후의 자리를 내어줄 수
없다는 말입니다."

진유한의 웃음소리가 희수궁 안을 맴돌았다. 저 하고 싶은 말만 한 그는 만족스러운 미소를 지으며 희수궁을 나섰다. 그런 그의 뒷모습을 가만히 바라보고 있던 이랑은 어느 정도 그가 보이지 않게 되자, 답답했던 너울을 걷어 올렸다.

"이거 일이 이상하게 꼬여 가는데?"

그녀의 말에 동의하는지 옆에 서 있던 유시후가 고개를 끄덕였다.

"……빨리 움직이지 않으면 큰일 나겠어요."

# 八花 * 꽃이 지나간 자리

방 안은 화사했지만, 그 중심에 서 있는 이의 분위기는 어두웠다. 그리고 그 옆에 서 있던 이는 잔뜩 움츠러들었다. 방 가운데 놓인 의자에 앉아 있던 어두운 분위기의 남자가 곧 못 참겠다는 듯 자리에서 벌떡 일어났고, 그의 큰 동작에 소스라치게 놀란 또 다른 남자는 더욱 움츠러들더니 티 나지 않게 구석으로 향했다.

"이게 도대체 무슨 일이야!"

그 망할 소월가의 가주가 자신이 회의로 발이 묶여 있는 사이에 이랑을 찾아갔었다는 이야기가 그의 귀에 들어오게 된 건 바로 몇 시간 전이었다. 이유도 모르고 회의에 참석한 대신들을 설득해 돌려보내는 그 짧은 시간 동안 희수궁을 찾아갔을 리가 없을 거라 굳게 믿고 있었는데 그 믿음이 이리 쉽게 깨질 줄이야!

‘도대체 호랑이 놈은 뭐 하고 있었던 거야?!’

혹시 몰라 바깥의 상황을 알아보기 위해 이안을 통해 궁인 몇 명을 보내어 대충 어떤 이야기가 오고 갔는지 전해 듣기는 했는데 이게 또 문제였다. 생각보다 일이 너무 커져 버린 것이다.

‘그때 눈치를 채고 바로 희수궁으로 달려갔었어야 했는데…….’ 등의 후회를 하며 그는 방 안을 이리저리 돌아다니고 있었고, 방 구석으로 피신 중이던 이안은 오늘도 불안감에 떨었다. 언제 시하루가 폭발해도 전혀 이상할 게 없는 상황이다 보니 상처받지 않도록 더욱 마음의 준비를 철저히 해야 했다.

“이안!”

역시, 오늘도 여느 날과 마찬가지로 그가 주군의 화풀이 대상 1호로 지명되고 있었다. 이미 질릴 정도로 겪어 왔기 때문에 이제는 놀랍지도 않다는 게 오히려 슬플 지경.

“뭐 하고 있는 거야? 당장 가져오지 않고!”

“무, 무슨……?”

뜬금없이 자신을 향해 ‘뭘 하고 있는 거야?’라고 질타하고 있는 시하루를 바라보며, 이안은 자신에게 원하는 게 뭔지 구체적으로 설명해 달라고 눈빛으로 말하고 있었다.

“종이랑 붓!”

그럼 처음부터 그걸 가져오라고 말하면 될 일을 왜 이리 귀찮게 만들고 있는 건지. 고개를 가로젓던 이안이 곧 허둥지둥 방 안을 돌아다니며 종이와 붓, 그리고 먹을 준비해 그의 앞에 대령했다.

"서화당의 유아에게 편지를 보낼 생각이야."

"아니…… 이번에는 안 여쭤 봤는데요……."

"평상시라면 귀찮을 정도로 물어봤으면서 어째서 이번에는 조용히 있는 거야?"

묻지도 않았는데 제멋대로 대답을 하는 것도 모자라, 평소에 질문하면 귀찮다고 화를 내던 주제에 이제는 왜 안 물어봤느냐고 화를 내고 있다. 그에 이안의 눈에서는 눈물이 흐르고 있지 않았지만, 이미 마음속은 눈물로 가득 찼다. 도대체 자신이 어떻게 하기를 바라는 건지, 그때그때 상황에 따라 변화하는 주군의 요구를 따라가기 어려운 그로서는 한숨만 나오는 상황이다.

"무…… 뭐라고 쓰실 생각이세요?"

"알아서 뭐하게."

안타깝게도 이번에는 실패인가 보다. 예민하게 반응하며 자신이 무슨 편지를 쓰는지 알 필요 없다는 듯, 십 보 이상 떨어져 있으라는 명령까지 내린 시하루는 곧바로 엄청난 속도로 하얀 종이 위를 검은 글씨로 채워가기 시작했다. 서화당에 편지를 보내지 않았던 그동안 하고 싶은 말이 얼마나 많았기에 저 정도일까. 시하루의 명령에 따라 먼발치에서 바라보고 있던 이안의 눈에 내용까지는 보이지 않았지만, 여백이 얼마 없을 정도로 빽빽하다는 건 알 수 있었다.

"자, 서화당에 보내고 와."

이번만큼은 안 좋은 말을 듣지 않기 위해 연신 고개를 끄덕이며 편지를 받아 잽싸게 방 밖으로 나가려던 이안이 마침 밖에서 들어오려고 문을 열던 자신의 아버지 이신과 마주쳤다.

"어디 가는 것이냐?"

"아버지……."

왜 이제야 오셨냐고 붙잡고 묻고 싶었지만 그랬다가는 또 아버지가 없는 자리에서 된통 혼쭐이 날 테니 꾹 참고 자신의 임무를 달성하기 위해 나아가는 기특한 이안이다.

"……또 제 아들 녀석에게 화풀이라도 하셨습니까?"

이안은 아무 말도 하지 않았지만, 이미 그의 표정에서 '살려 주세요.' '나는 억울해요.' '힘들어서 못 해먹겠어요.' 등의 도움 요청을 읽어 낸 이신이 제발 좀 자기 아들 괴롭히는 건 그만 두라는 말투로 말했다.

"뭐야, 또 그 사이에 일러바친 거야?"

"부모의 감이라고 해 두죠."

대충 말을 얼버무리며 화제 전환을 시도해 보는 이신이었지만, 눈치 빠른 시하루는 이미 어느 정도 감을 잡고 다음에 그가 없을 때 이안을 단단히 혼내 놓아야겠다고 생각했다.

"그래서, 또 무엇 때문에 이리 온 거지?"

이번에는 제발 좀 부탁이니 자신을 귀찮게 하지 말아 달라는 시하루의 표정을 읽은 이신이 곧 '저에게 이러시면 후회하실 텐데…….'라는 말을 중얼거리며 아까 시하루가 서화당의 유아에게 편지를 쓰기 위해 준비시킨 붓을 집어 들었다. 그러고는 여기저기에 널려 있던 종이 중 한 장을 끌어다가 무언가를 끄적이며 대꾸했다.

"이야기는 들었습니다."

"그러니까 무슨 이야기?"

일부러 그의 호기심을 끌어내는 것이 목적인 이런 대화 방식은 시하루가 가장 싫어하는 방식이었고, 그것을 잘 알고 있는 이신이 시하루와의 대화에서 자주 사용하는 방법이었다. 대본처럼 예상된 반응을 얻어 낸 이신은 여유로운 미소를 지어 보이며 그새 쓰던 것을 마쳤는지, 마무리로 품 안에서 작은 도장을 꺼내어 종이의 여백에 그것을 눌러 찍었다. 그리고 더더욱 신뢰성을 주고자 자기 엄지손가락의 지장까지 확실히 찍어 두는 철저함을 보였다.

"왕후마마에 관련된 이야기지요."

시하루는 자신도 방금 전에 들은 이야기를 어떻게 이신이 벌써 들은 건지 궁금하다는 눈치였다.

"혹시 이게 필요하지는 않으실까 해서 잠시 들렀습니다."

작업이 끝난 그 종이 한 장을 시하루의 앞에 조용히 내밀고는 물러서는 이신이었다. 무심한 듯 눈길조차 주지 않던 시하루가 잠시 그것을 바라보더니 의아하다는 표정으로 바뀌어 생글생글 웃고 있는 이신을 올려다보았다.

"이게 뭐지?"

"왕후마마의 신원을 제 이름을 걸고 보장한다는 문서입니다."

천하의 이신이 자신의 이름을 걸고 누군가의 신원을 보장한다는 문서를 작성하다니. 그것도 누군가의 강요가 아닌 자신의 의지로. 잘못하면 그가 쌓아 온 지금까지의 명성을 한순간에 잃을지도 모르는 일이었다.

"혹시 모르셨습니까? 천유국 법률상 누군가의 신원을 인정받기 위해서는 최소 다섯 명 이상의 신분 보증서가 필요하다는 걸."

"아니…… 그건 알고 있지만……."

"아, 참고로 보증인의 조건은 집행기관에 소속되어 있거나 어느 정도의 발언권을 갖고 있는 자. 그런데 저, 권한 있지 않습니까."

은근슬쩍 이신은 자신의 위치를 잊지 말아 달라고 말하고 있다. 그것은 자만이나 자랑이 아닌, 자신감이었다. 원래 그는 선대왕 때부터의 측근이었지만, 지금은 나이가 어느 정도 있기 때문에 자신의 동생에게 그 자리를 물려주기로 하고 시하루의 스승 자리에 앉아 궐 안 돌아가는 일을 가만히 지켜보고 있었다.

"필요한 건 다섯 명의 신원 보증. 아마 대비마마께서 한 장 써 주실 거고, 그렇다면 남은 건 석 장이네요."

"아니, 내가 묻고 싶은 건……."

아까부터 하고 싶은 말이 있어 움찔거리고 있는 시하루였지만 이신은 그런 그가 무엇을 걱정하고 있는지 이미 다 알고 있다는 표정으로 먼저 선수를 쳤다.

"걱정하지 마세요. 제 예상대로라면 아마 그 석 장은 문제가 없을 테니까요."

"아니, 그게 아니야."

　그러나 시하루는 그런 건 전혀 문제가 되지 않고 걱정조차 한 적 없다는 반응. 그는 오히려 다른 무언가를 신경 쓰고 있는 듯 보였다.

　"내가 궁금한 건 어째서 이신, 그대가 이걸 쓰냐는 거야. 아무 관련 없는 일 아닌가? 원래 자신과 관련 없는 일에는 신경도 쓰지 않는 인간으로 알고 있었는데?"

　무슨 일이 일어나도 자신과 관련이 없다는 듯 멀찍이 떨어져서 아무렇지도 않은 표정으로 지켜보는 것을 즐기기로 유명한 이신이었기 때문에 이번 일에 대한 그의 반응은 이해할 수가 없었다. 자신을 의심스럽다는 눈으로 바라보고 있는 시하루의 눈초리에서 벗어나기 위해 재빨리 자리를 뜰 준비를 하던 이신이 그래도 방을 나서기 전에 돌아서며 말했다.

　"그렇다면 아주 조금은 관련 있는 거로 해 두죠."

　"잠깐. 정확하게 말을 하고 가야지, 아주 조금이란 게 도대체 뭔데!"

　전혀 없다고는 말하지 않는 이신의 애매한 대답이 시하루를 더욱더 큰 혼란에 빠뜨렸다. 도망치듯 재빨리 방에서 벗어나려는 이신을 붙잡는 데 성공한 그가 차와 몇 가지의 다과를 사이에 둔 본격적인 심문 시간을 가지려고 했지만, 아까 나갔던 이안이 문을 벌컥 열고 들어오는 바람에 기껏 시하루가 잡아 놓았던 이신은 미꾸라지처럼 빠져나가 버렸다.

　이신을 놓친 것도 모르고 그저 놀라 멍한 표정으로 이안을 바라보고 있을 뿐이었다. 그러다가 잠시 주춤거린 틈을 타 어느새 문가에 서 있는 이신을 본 시하루가 이안을 죽일 듯이 노려보기 시작했다.

"무슨 일이야!"

시하루가 너무도 두려웠지만, 방금 자신이 듣고 온 이야기는 꼭 전해야 하는 아주 중요한 일이었기에 이안은 잠시의 망설임도 없이 전해 들은 이야기를 그대로 말했다.

"지금 군사들이 희수궁으로 몰려갔다고 합니다!"

"이제는 아주 범죄자 취급을 하겠다 이거군요."

슬쩍 문을 열고 나갈 기회를 보고 있던 이신이 상황이 상황인 만큼 도망치는 것을 멈추고 중얼거렸다.

"이렇게까지 일을 벌이는 걸 보면, 아주 단단히 준비한 모양입니다."

"그래도 왕후인데 이렇게 함부로 대하면 안 되지! 당장 군사들을 보내⋯⋯."

"안 됩니다. 지금은 어떻게 손을 쓸 수가 없습니다. 괜히 전하께서 나서시면 상대 쪽에서는 신이 나, 준비해 온 명분들을 들먹일 게 분명하니까요."

이신의 말에 동의하는지 금방이라도 방 밖으로 뛰쳐나갈 것만 같았던 그가 문고리에서 손을 떼고 뒤로 돌아섰다.

"⋯⋯아니, 유시후 그놈은 뭐 하고 있었대?"

"그게⋯⋯ 지금 궐 안에 안 계시다고 들었습니다만⋯⋯."

"뭐? 자기가 모시는 마마가 옥에 갇히게 생겼는데 자리를 비웠다고? 제정신이야?"

유시후의 부재 소식을 접한 뒤의 시하루와 이신의 반응은 극과 극이었다.

"그분이라면 아마 지금 시하루 님과 달리 자신이 할 수 있는 한 최선을 다하고 있을 테니 그쪽은 걱정 안 하셔도 될 겁니다."

아무런 반응이 없던 시하루가 그게 말이 되느냐는 듯 펄쩍 뛰며 화를 내기 시작했다. 그러나 이신은 차분한 목소리로 그를 진정시켰고, 그에 시하루는 어떻게 하면 이런 상황에서도 차분함을 유지할 수 있는지 그 비법이 궁금해졌다.

"지금 전하께서 하실 수 있는 일은 딱 한 가지입니다. 왕후의 폐위 요구를 기각시킬 수 있는 보증서를 모으는 일이죠."

"세 장 남았다며. 일을 이렇게 크게 만든 걸 보니 분명 단합한 게 분명한데 대신 중 누가 서명을 하겠어?"

그렇게 싸울 때가 어제 같은데, 자기들 딸 정도 되는 왕후 하나 자리에서 몰아내 보겠다고 나이도 먹을 만큼 먹은 아저씨들이 단합하면서 이렇게까지 나오다니.

"생각해 보니 그러네요. 그럼 전하께서는 가만히 기다리고 계시면 될 거 같습니다. 마무리만 지어 주세요."

비꼬는 것처럼 들려오는 말이었지만 이신은 진심으로 한 말이었다.

"문제가 있다면 시간이겠군요. 일을 이리 빨리 터트린 걸 보면 판결 시간을 최대한 단축하겠다는 건데 과연 그 전에 유시후, 그가 찾으러 간 것들을 제때 들고 와 줄지……."

이신이 무슨 말을 하는 건지 이해를 할 수가 없었지만, 따지고 들 정신마저 없는 시하루였기에 다행히 이번에는 아무 말도 하지 않고 넘어가 버렸다.

*　　*　　*

늘 방긋방긋 웃고 있던 얼굴에도 먹구름이 피는 날이 있나 보다.

"이래서 결혼은 인생의 무덤이라고들 하나 봐."

"하하……."

어색하게 웃어 보이며 수아가 이랑의 투정을 들어 주고 있었다. 궐 밖에 나가기 전, 유시후는 다급히 수아를 불러 자신이 궐을 비우는 동안 이랑의 곁에 있어 달라는 부탁을 했다. 그리고 그 잠깐의 시간에 이렇게 일이 터지고 만 것이다.

일단 이랑이 갇혀 있는 옥까지 따라 들어오긴 한 수아였지만, 문제라면 이곳은 희수궁과 달라 자유롭지 못한 공간인 데다가 평생 가 볼 일 없을 장소라 여기고 있던 곳이었으니 어린 수아의 입장에서는 너무나 무서웠다. 정작 이 모든 문제의 중심지인 당사자에게서는 두려운 기색 따위 느껴지지 않고 있었지만 말이다.

"뜬금없이 이게 무슨 날벼락이야. 수아야, 너는 절대 결혼 같은 거 하지 마. 이건 경험자로서의 충고야. 잘 새겨들어.”

“그…….”

“생각해 보니 이거 억울하네. 눈물 핑 돌 정도로 감동적인 청혼을 했어, 엄청나게 성대한 가례식을 올리기라도 했어. 한 것도 없잖아. 희수궁에 앉히면 다야? 아이고…… 내가 남자를 잘못 만났지.”

이 상황에서까지 투덜거리며 책을 붙들고 있는 이랑이 그저 신기하고 존경스러울 따름이었다. 그래도 왕후라고 가능한 한 불편함이 없도록 대우해 주려는 그들의 노력이 보이는 부분이다. 하루아침에 범죄자라는 이름을 얻어 수감되어 있는 왕후를 감시하기 위해 밖에 서 있던 보초들도 지금 이 상황이 어떻게 돌아가는지 모르겠다는 듯, 어리둥절해하고 있었다.

그냥 위에서 내린 지시에 따르는 그들이었기에 정확히 들은 이야기는 없었다. 그저 범죄자를 연행해 왔으니 옥에 가두고 탈옥하지 못하도록 잘 감시하라는 명령을 받았는데, 나가 보니 범죄는커녕 개미 한 마리도 죽이지 못할 것처럼 생긴 여인과 그 옆에 딱 달라붙어 있는 7살 정도의 작은 여자아이뿐. 게다가 탈옥은커녕, 지금 이 상황 모두가 귀찮다는 표정으로 저항 따위는 없었고 스스로 옥에 들어가는 것도 모자라 뭐 필요 없느냐는 질문에 뜬금없이 ‘그럼 내 방에 있는 책 몇 권 좀.’이라는 소박하다 못해 성실하기까지 한 부탁을 한 이 아이들에게 오히려 자신들이 몹쓸 짓을 하는 거 같다는 생각마저 들었다.

“그냥 지켜보고 있으면 알아서 폐위당하겠지 했는데 설마 이렇게 될지는 몰랐지.”

옥 안에서까지 책을 놓지 않으려는 이랑의 학구열은 그 누구도 막을 수 없었다. 한 손에는 책을, 다른 한 손에는 붓을 들고 열심히 암기에 몰입 중이던 이랑에게 조금은 진정하라는 듯 수아가 어색하게 웃어 보이고 있었지만, 오히려 이랑은 자신은 걱정하지 말라는 듯 눈을 반짝였다.

“난 화가 나면 오히려 공부가 더 잘 돼.”

지금 이 상황을 즐기고 있다는 말로밖에 들리지 않는 수아가 자신은 한시라도 빨리 이곳에서 나가고 싶다는 듯 입을 삐죽거렸다. 그런 아이를 가만히 바라보던 이랑은 그제야 제대로 자신의 신세 한탄을 하려는 건지 한숨을 내쉬었다.

“설마 내가 스스로 폐위를 철회하기 위해 노력하는 날이 올 줄이야.”

물론 이대로 가만히 지켜보고 있어도 폐위당하는 건 문제없겠지만, 제 발로 나가는 것과 이대로 쫓겨나는 건 다른 문제였다. 방법이야 어떻든 나가기만 하면 된다지만 이대로 쫓겨날 경우에는 자신의 명예가 더럽혀지기 때문이었다. 죄인의 낙인을 찍은 채로 나갈 바에야 차라리 평생을 이 안에서 썩히는 게 더 나을 지경이다.

‘이렇게 나가는 건 죽어도 싫어. 차라리 폐위를 없던 일로 하는 게 낫지!’

*　　*　　*

## 서하연

이곳은 궐이 아니다.

커다란 건물들이 많이 줄지어 있기는 했지만 열려 있는 궐의 정문과는 다르게 굳게 닫혀 있는 이곳의 정문은 그 누구의 출입도 허가하지 않으려는 거 같았고, 밖의 세상과는 단절된 분위기였다. 그 안에 있는 사람들은 궐 안의 사람들과 달리 일에 치여 바삐 움직이고 있는 것이 아니라 여유롭고 품위 있게 움직이고 있었다.

한 가지 눈에 띄는 점이 있다면, 안을 돌아다니고 있는 이들은 하나같이 여자들뿐이고 그녀들의 손에는 모두 책이 들려 있다는 것. 그리고 그런 여인들의 사이를 빠른 걸음으로 가로지르며 나타난 어느 긴 머리의 여인에 독서 삼매경에 빠져 있던 다른 여인들이 허리 숙여 인사를 하기 시작했다.

"안녕하세요."

"안녕하세요, 삼화(三花) 님."

"안녕하세요!"

모든 이들의 시선을 받고 있던 여인이 익숙하게 그 인사들을 받아 주며 아주 큰 건물 안으로 들어섰다. 자신의 등장으로 인해 잠시 소란스러워졌던 밖과는 달리 내부는 아주 조용했다.

“대박.”

건물 안으로 들어선 이 긴 머리의 여성은 뭐가 웃긴지 복도가 떠나갈 정도로 웃으며 경쾌하기까지 한 걸음을 계속 옮기고 있었다. 그녀의 손에는 조금 전에 온 편지가 들려 있었고, 편지를 보낸 이의 다급함이 한눈에 느껴질 정도로 편지의 글씨체는 마구 휘갈기듯 쓰여 있었다.

“내가 글 쓸 때는 또박또박 쓰라고 그렇게나 경고했는데.”

곧 빠른 걸음으로 어느 문 앞에 도달한 여인이 잠시 자리에 멈추더니, 뛰다시피 걸어오느라 흐트러진 옷차림을 정리하고 허리까지 내려오는 곱슬머리를 단정하게 하나로 올려 묶었다. 그러고는 한 번 전신을 쭉 훑어보며 마지막으로 점검한 후 눈앞에 보이는 문을 두드리기 시작했다.

“들어오세요.”

방 안에서 들려오는 중년 여성의 목소리에 조심스럽게 문을 열고 들어서는 그녀.

“무슨 일이죠?”

방 안에 들어서자 하얀 종이를 바닥에 펼쳐 놓고 수묵화를 그리며 여유로움을 만끽하는 중년 여성의 모습이 보였다. 그녀는 유연하게 움직이고 있던 붓을 든 손은 허공에 멈춘 채 고개를 들어 자신을 찾아온 이를 반갑게 맞이했다.

“방금 제 앞으로 편지 한 통이 왔습니다. 꼭 보셔야 하는 내용이어서 가져왔습니다.”

젊은 여인이 내민 편지를 받은 중년의 여성이 아무 말 없이 그 내용을 훑어 내리더니 왜 밖에서 웃음소리가 났는지 이제야 알 거 같다는 표정으로 재미있다는 듯 따라 웃기 시작했다.

"이런, 우리 이랑이가 옥에 갇혔다고 하는군요. 지금쯤 그 아이는 겁에 질려 있을까요?"

중년 여인의 질문에 그럴 리가 없다는 듯 앞에 서 있던 다른 여인이 단호하게 고개를 저으며 말했다.

"옥에 들어가서도 책을 보고 있을 녀석이에요."

"쿡…… 그거 왠지 말이 되는군요. 하아…… 다섯 명의 승인이라……."

고개를 끄덕이며 다시 편지의 내용을 확인하던 여인이 나지막한 목소리로 마지막 부분을 반복해서 몇 번을 더 읽었다.

"제 것도 필요하다는 말이네요."

간단히 내용 정리를 끝낸 여인이 앉아 있던 자리 옆에 있는 작은 서랍 안에서 검은색의 주머니를 꺼내어 탁자 위에 올려놓았다. 안에 무엇이 들었는지 알 수는 없었지만, 그것이 탁자 위에 놓일 때의 소리로 보아 꽤 묵직한 물건임이 틀림없었다.

"제 인장은 옥새처럼 이곳저곳에 막 찍어 대는 게 아닌데 말이죠……."

꽁꽁 묶여 있는 끈을 풀어 낸 그녀가 곧 검은 주머니 안에서 작고 검은빛을 띠고 있는 네모난 도장을 꺼내 들었다.

"그 어떤 대신들도 설마 이 사람의 인장을 받아 내리라는 생각은 못 하고 있겠죠.”

그리고 잠시 고개를 돌리며 무언가를 찾더니 곧 조금 전까지 자신이 그리고 있던 수묵화 종이를 발견하고는 피식 웃으며 그 위에 도장을 눌러 찍었다.

“이거이거, 직접 가서 대신들의 반응을 보지 못한다는 게 아쉬운데요? 호호.”

*　　*　　*

누군가가 멍하니 어느 궁을 올려다보고 있던 시하루를 불렀다.

“뭐하십니까. 안 들어가실 겁니까?”

언제 온 건지 급하게 온 티가 나는 대비마마는 헝클어진 머리를 매만지며 숨을 몰아쉬고 있었다.

“아, 저는…….”

머뭇거리며 들어갈 생각이 없어 보이는 그를 뚫어져라 바라보던 대비가 한숨을 내쉬더니 고개를 절레절레 저었다.

“참석하지 않으실 생각이십니까?”

“하지만 여기서 제가 들어가면…….”

들어가고 싶은 마음은 굴뚝같았지만, 그럴 수 없는 현실에 그 역시 짜증이 난다는 표정이었다. 그동안 자신을 찾아와 따질 때의 기세는 다 어디다 갖다 버렸는지. 그런 그가 답답한 대비는 한숨을 내쉬고 톡 쏘아붙였다.

"겁쟁이 아드님이시네요. 무엇을 그렇게 두려워하시는 겁니까?"

그렇게 말하고는 괜히 시간만 낭비했다는 듯 쌩하니 안으로 들어가 버리는 대비이다. 망설임 없이 건물 안으로 들어서는 어머니의 뒷모습을 바라보던 시하루가 자신도 지금 상황이 답답하다는 듯 고개를 숙이며 중얼거렸다.

"……난 그저 지켜보고 있을 수밖에 없어."

*　　*　　*

"뭐야, 일주일 뒤라고 하지 않았어?"

"그게…… 회의를 통해 빨리 당겨졌다고…….."

주위에서 들려오는 '소음'들 때문에 집중할 수가 없는 최악의 공부 환경이었다. 그럼에도 불구하고 이랑은 주위에서 뭐라고 하든 신경조차 쓰지 않았고, 붙들고 있는 책을 놓을 생각이 없어 보였다. 아무리 그것이 자신의 '죄목'에 대한 판결을 내리는 자리여도 말이다.

기가 막힐 노릇이었다. 분명히 옥에 가둘 때는 일주일 뒤에 자신에 대한 재판이 열릴 거라고 했다. 그런데 오늘 아침, 눈을 떠 보니 뜬금없이 지금 당장 재판이 열릴 것이며 그곳에 죄인으로서 참석해야 한다고 하더니, 따지고 물을 틈도 없이 이렇게 끌려온 것이다.

“당장 폐위를 시켜야 합니다!”

“갑자기 폐위라니, 이건 말도 안 됩니다. 이 재판은 다 무엇입니까? 어째서 이 중요한 일을 우리는 오늘이 돼서야 듣게 된 거죠?”

“‘갑자기’라니요. 지금 순서에 따라 일을 처리하고 있는 거 안 보이십니까?”

“지금 순서라고 하셨습니까!”

양쪽으로 나누어 진 대신들이 서로 목소리를 높여 가며 자신들의 뜻을 말하고 있었다. 그리고 문제의 주인공은 양쪽에서 들려오는 목소리 사이에서 묵묵히 책장을 넘기고 있는 희한한 재판 모습이 아닐 수 없다. 마음 같아서는 책을 덮다 못해 던져 버리고 조용히 하라고 빽! 소리를 지르고 싶었지만 그럴 수도 없는 노릇. 곁에 유시후가 없는 이랑은 스스로 모든 일의 뒷감당을 할 자신이 없었다.

“일국의 왕후를 이렇게 죄인 취급을 하다니요! 옥에까지 가셨다고 들었습니다. 그것이 정말입니까?!”

“신분을 보장할 수 없는 자인 만큼 확실히 해야 했습니다.”

“맞습니다. 혹시 압니까? 타국에서 심어 놓은 사람일지도 모르지 않습니까!”

“그게 말이 된다고 생각하십니까!”

“그럼 백지화된 기록은 어떻게 설명하실 겁니까!”

둘로 나뉜 대신들의 공방은 계속 이어졌다. 이신을 필두로 왼쪽에 자리 잡고 있던 대신들은 길길이 날뛰며 이게 무슨 상황이냐 발악하고 있었고, 반대쪽에 위치한 진유한과 몇몇 대신들은 대꾸조차 하기 귀찮다는 듯 아예 돌아섰다.

"자, 그럼…… 천유국의 법에 따라 왕후…….."

"잠깐만요!"

진유한과 주변 대신들이 고개를 끄덕이며 다급히 판결을 내리려 하자 이게 말이 되느냐는 듯 반대편에 서 있는 대신들이 들고 일어섰다.

"이신 공! 어째서 아무 말씀도 안 하시는 겁니까?!"

엄숙한 재판은 이미 물 건너 간 지 오래고, 아예 싸움판이 되기 일보 직전이었음에도 차분히 앉아 이 상황을 무슨 연극 보듯 하고 있던 이신을 향해 대신들이 한마디 보태어 달라 요구하기 시작했다. 아무리 저들끼리 똘똘 뭉쳤다고는 해도 명색이 선대부터 명성이 자자한 이신인데 그의 말은 듣는 척이라도 하지 않겠느냐는 생각 때문이었다. 하지만 낄 생각이 없는 건지, 이신은 무관심한 표정으로 그저 문가를 바라보고 있을 뿐이다. 마치 누군가의 등장을 기대하고 있는 듯.

"대비마마께서 납시셨습니다."

그의 바람 덕분인지 높은 음성들이 오가고 있는 동안 굳게 닫혀 있던 문이 열리고, 위엄 있는 모습의 대비마마가 나타났다. 화가 난 건지 눈썹은 잔뜩 찡그려져 있었고, 가늘게 찢어진 눈은 조금 전까지만 해도 이랑의 폐위 문제에 목청껏 찬성을 외쳐 대던 이들을 향하고 있었다.

"참으로 가관이군요."

이제야 이 상황에서 벗어나게 해 줄 수 있는 이가 나타났다는 사실에 이랑이 대비를 향해 나름대로 밝게 웃으며 고개를 숙이는 것으로 인사를 대신했다.

"대비마마께서 이곳까지는 어이……."

"우리 어여쁜 왕후가 이리 대접받고 있다는데 당연히 와야죠."

궐 안 높으신 대비마마께서 이리 납시었는데 전혀 기가 죽지 않는 진유한의 반응으로 보아, 이미 그녀의 등장도 어느 정도 예상하고 있었던 게 분명했다.

"그래, 필요한 게 뭡니까. 신원 보증? 그거라면 내가 하지요. 다들 이미 아시겠지만 애당초 이 아이를 궐에 데리고 들어온 건 나입니다. 제 보증이라면 믿을 만하시겠죠?"

어느새 이랑의 옆까지 걸어간 대비가 그녀의 앞에 놓인 탁자 위에 미리 써 온 자신의 인장이 담긴 종이를 당당히 올려놓았지만, 반대파 대신들은 씨알도 먹히지 않는 듯 그 종이를 거들떠보지도 않았다.

"과거의 기록을 알 수 없는 이의 신분을 인정하기 위해서는 적어도 다섯 명의 보증이 필요합니다. 아무리 대비마마시라고는 하나, 나머지 네 명이 없어서는 승인할 수 없습니다."

하늘 같은 대비의 뜻을 한낱 대신이 거스르고 있었지만 그 누구도 그것에 대해서 뭐라 하지 않고 있었다. 아무리 이 나라 왕이라고 해도 독단적으로 바꾸거나 거스를 수 없는 것이 있다면 그것은

'법'이었다. 왕이 법을 지키지 않으면서 백성들에게 그것을 지킬 것을 강요한다는 건 말도 안 되는 이야기였으니까. 하물며 왕도 법을 지키는 데 대비라고 다를까. 대꾸할 말이 없는 대비가 그저 입을 꾸욱 다물고 있자, 벌써 이겼다는 생각이 든 건지 진유한과 다른 대신들이 미소를 짓는 게 보였다. 이랑은 그것이 마음에 안 들었다.

그때, 닫혔던 문이 다시 조심스럽게 열리더니 시녀 한 명이 종종걸음으로 수많은 사람의 사이를 지나쳐 대비 곁으로 다가가 작은 목소리로 뭔가를 알리기 시작했다. 대비의 바로 옆에 있던 이랑이었기 때문에 그녀 역시 시녀의 말을 들을 수 있었고, 짜증만 가득한 이 상황에서 시녀가 가지고 온 소식은 그녀의 입가에 미소를 만들기에 충분했다.

"아마 또 다른 보증서가 도착한 모양이군요. 들어오라 하세요!"

기세등등한 대비의 외침에 다시 문이 열리고, 이랑이 그렇게 기다리던 이가 오래간만에 그 얼굴을 내보였다.

"늦어서 죄송합니다."

안 그래도 다급히 온 티가 팍팍 나는 유시후이건만 이랑은 수고했다는 말 한마디 없었다. 오히려 왜 이렇게 늦게 왔느냐는 엄청난 눈빛으로 노려보았다. 그러자 그런 그녀의 시선을 피하고 있던 유시후가 작은 목소리로 사과했다.

"그래, 무슨 일이지?"

분명 전에 희수궁을 찾아갔을 때 본 호위 무사였다. 진유한이 일개 군사가 이곳에는 무슨 자격으로 왔느냐고 물었고, 그에 이랑 때문에 잠시 잊었던 자신의 소임을 떠올린 유시후가 곧 품 안에서 종이 두 장을 꺼내어 탁자 위에 올려놓았다.

갑자기 한 장에서 세 장으로 확 늘어나 버린 종이 수에 당황한 반대파 대신들이 술렁이기 시작했다. 일부러 이 재판을 소리 소문도 없이 준비했던 이유가 무엇 때문이었나. 괜히 알려졌다가 보증을 서겠다는 대신들이 모이는 일을 막기 위해서였다. 그런데 벌써 세 장이라니! 도대체 누가?

"누구의 보증입니까? 참고로 보증인의 조건은 집행기관에 소속되어 있거나 어느 정도의 발언권을 갖고 있는 자……."

"한 장은 유월가의 가주께서 보내신 친필 보증서입니다."

그 말에 장내가 술렁이기 시작했다.

'유월가'는 '소월가'와 마찬가지로 이름에 '월(月)'이 들어가는 또 다른 가문이었다. '하늘에 태양은 하나. 그리고 그 태양을 기준으로 양쪽에 달이 두 개 있으니.' 여기서 태양이란 왕을 뜻하는 것이었고 양쪽의 달은 그 태양을 보필하는 두 개의 가문을 의미하는 말이었다. 천유국의 수많은 가문 중에서도 그 이름에 '월'이 들어갈 수 있는 가문의 수는 딱 두 곳이었다. 바로 소월가와 유월가. 이 천유국의 두 개의 기둥이라는 뜻.

소월가의 가주인 진유한은 거의 궐 안에 살다시피 하지만, 유월가의 가주는 아주 가끔 그 모습을 드러내는 귀한 존재였다. 아무리 일이 많아도 귀신 같은 속도로 끝내 버리는 신의 능력을 가진 것도 모자라, 어떠한 어려운 일을 맡겨도 완벽하게 끝내 놓을 실력까지 갖추고 있었다. 하지만 시간 낭비라는 것을 아주 싫어해 일이 끝나면 무조건 퇴궐을 해 버리는 성격 탓에 주위 다른 대신들과 친분이 거의 없었고, 그러므로 그를 아는 이 역시 적었다.

그런 유월가의 가주에게서 보증서를 받아오다니, 이는 놀라지 않고 넘어갈 일이 아니었다. 그러나 그보다 더욱더 놀라운 것이 그들을 기다리고 있었다.

"그리고 이것은……."

평범한 종이들과 달리 화사한 꽃들이 붙어 있는 특별한 종이가 모든 이들의 시선을 사로잡았다.

"서하연의 려화께서 적어 주신 보증서입니다."

"잠깐! 서하연의 려화라니!"

유월가의 가주에 대한 충격이 아직 다 가시지 않은 상태이건만 그보다 더한 것이 등장해 대신들의 머릿속을 뒤집어 놓았다. 이는 찬성파 반대파 할 거 없이 모든 대신들이 그러했다.

천유국의 교육기관인 '서하연' 그리고 '서하연' 하면 자연스럽게 연상되는 말이 있었으니, 그것이 바로 '려화'라는 존재였다. 교육적인 문제에서 얼마든지 자유로운 발언을 할 수 있는 여인. 그것이 서하연의 정점에 있는 려화였다.

'도대체 저 여인이 뭐라고 유월가의 가주에 이어 려화까지 이리 나서는 거지?'

"잠깐만요! 여기서 왜 갑자기 서하연의 려화가 나오는 겁니까?"

"그분이 어떻게 이 일을 알고, 저 여인을 알고 있는 겁니까?"

지금 상황을 이해할 수 없는 대신들은 누군가가 나서서 설명해 주기를 바라고 있었다. 그리고 그것은 이랑의 왕후 자리 유지를 주장하던 대신들도 마찬가지였다. 하지만 그 질문을 듣고도 이랑은 아무런 대꾸도 하지 않았고, 그런 그녀의 반응 때문에 옆에 있던 대비가 대신 답을 해 줘야 했다.

"그녀가 서하연의 꽃이기 때문입니다."

대비의 말에 유시후가 미리 부탁을 받고 이랑의 방에서 가져온 새하얀 노리개를 들어 보였다. 그가 노리개를 들어 올리는 순간, 앉아 있던 이랑이 움찔하며 불안한 표정으로 그것을 바라봤지만 곧 유시후가 걱정할 거 없다는 듯 고개를 끄덕였다.

"……"

그것은 서하연의 학생, 즉, 서하연의 꽃임을 상징하는 노리개. 귀족이며 평민 할 거 없이 다양한 계층이 모여 있는 서하연에서는 그들 간의 빈부의 격차를 막기 위해 옷이며 장신구들을 모두 통일 했는데 유일하게 차이를 둔 게 있다면 바로 이 노리개였다.

오직 학력만으로 계급을 나누는 서하연에서는 노리개의 색으로 그들을 구분했다. 입학시험과 졸업 시험을 포함해 서하연의 꽃들이 치러야 하는 시험은 총 64개. 등급은 백(白), 적(赤), 황(黃), 록(綠), 청(靑), 남(藍), 자(紫), 흑(黑)으로 나뉜다. 처음 입학할 당시에는 '백' 그리고 각 단계의 진급을 거듭하다가 '남'이 되면 졸업을 할 수 있다. 하지만 졸업이 아닌 다른 길을 선택하는 서하연의 꽃도 있는데, 바로 그다음의 '자'가 서하연에서 단 세 명만이 지니고 있다는 삼화의 색이다. 그리고 그다음 삼화 중에서도 단 한 명, 서하연에서 오직 한 명만이 가질 수 있는 색. '흑'이 려화를 상징하는 색이었다.

모든 시선이 노리개에 집중되었고, 짧은 침묵 끝에 곧 그것을 알아본 몇몇 대신들의 목소리가 높아졌다.

"아, 저건 서하연의!"

"정말 서하연의 꽃이었다는 말입니까?"

아무것도 모르고 정체조차 알 수 없던 왕후란 여인이 서하연의 꽃이었다는 말에 주위가 술렁이기 시작했다. 자신이 원하는 대로 일이 풀리지 않자, 노골적으로 인상을 찌푸리고 있던 진유한이 더는 물러설 수 없다는 듯 벌떡 일어났다. 그러나 아까부터 그를 주시하고 있던 이신의 반응이 더 빨랐다. 평소에 본 적 없는 놀라운 속도로 앞으로 나온 그가 겹쳐 있던 세 장의 종이 위에 가만히 자신의 종이를 한 장 올려놓고는 유유히 문을 향해 걸어갔다.

"잠깐!"

대화들이 오가는 도중에 갑작스럽게 자신의 볼일만을 끝내고 나가려는 이신을 다른 대신들이 붙잡았다.

"뭡니까. 설마 저에게 자격 미달이니 그런 말을 하려는 건 아니겠죠?"

은근히 무시받는 것을 싫어하는 이신이었기에 그는 자신을 불러 세운 대신들을 날카롭게 노려보았다. 아무리 나이를 먹었다고는 해도 그 분위기가 어디 가겠는가. 이신의 기에 눌려 버린 진유한이 우물쭈물하며 눈치를 보고 있을 뿐이다. 만사가 귀찮기로 유명한 이신이 새벽같이 열린 이 회의에 떡하니 참석해 있는 걸 두 눈으로 보고도 믿기지가 않았는데, 설마 이렇게 보증서까지 써 올 줄이야.

"이신 공께서는 이 일과 무관하지 않습니까?"

말 그대로 왜 일부러 귀찮은 일에 끼어들고 있느냐는 질문이었다.

"무관하다니요. 아주 많이 관련 있습니다."

그런 진유한의 질문에 그 무슨 말도 안 되는 소리냐는 표정을 짓고 있던 이신이 곧 피식 웃었다.

"사실은 이 아이가 왕후가 되기 위해 궐 안에 들어오던 날, 저 역시 그 자리에 함께 있었기 때문입니다."

"예?"

따져 묻고 싶은 게 많아 보이는 몇 대신들을 뒤로한 채, 그저 뜬금없는 발언을 남긴 이신은 그대로 방을 나서 버렸다. 마치 아주 중요한 일이 남아 있다는 듯. 설명도 없이 통보나 마찬가지인 형태로 전혀 예상하지도 못한 사실을 알게 된 이들은 충격에서 쉽게 빠져나오지 못했다.

'설마 이신까지 저 꼬맹이를 왕후로 올리는 데 가담한 사람이었다니!'

'도대체 대비를 제외하고도 몇 명이 더 이 일에 관련된 거야!'

'유월가의 가주, 서하연의 려화, 대비마마로도 모자라 이번에는
이신 공까지?'

대신들은 점점 자신들 앞에 앉아 이 모든 일에 무관심한 반응을
보이고 있는 작은 여자아이가 두려워지기 시작했다.

*　　*　　*

일이 재미있게 돌아간다는 것에 만족감을 느낀 이신이 피식 웃
으며 궁을 나서고 있었다.

"아, 이신!"

그때까지도 밖에 서서 들어갈지 말지 고민 중이던 시하루가 이
신이 나오는 걸 보고는 재빨리 그에게 다가갔다.

"아직도 밖에 계셨습니까?"

"꼬맹이는? 괜찮아?"

"그렇게 걱정이 되면 들어가 보시지 그러십니까?"

자신의 질문에 대답은 안 하고 안에 있을 왕후님 걱정만 하는
시하루가 얄미웠던 건지 이신이 투덜거리며 말했다.

"답답하게 뭘 그렇게 두려워하시는 겁니까?"

"……."

"……일단 제 것까지 포함해서 네 명의 보증이 모인 상황입니
다."

아무 말 없는 그를 바라보던 이신이 곧 한숨을 내쉬더니 현재

상황을 간단하게 요약해 주었다.

"소월가를 중심으로 희안궁에 딸이 있는 대신들이 아주 똘똘 뭉쳤더군요. 제가 볼 때는 이 네 명이 모인 것도 대단한 겁니다."

"그래도 다섯 명에 근접하게는 모아졌는데 그리 쉽게 내칠 수는……."

"솔직히 정식으로 혼례를 올린 것도 아니지 않습니까. 그것도 전부 대비마마께서 벌이신 일이고. 저들은 그 점을 노린 거 같고요."

이제 끝났으니 손쓸 방도가 없다는 듯 이신이 한숨을 내쉬며 고개를 절레절레 저었다. 아무리 그래도 쉽게 포기하는 법 없던 이신이 그런 반응을 보이자 시하루가 그제야 일의 심각성을 느끼고는 발을 동동 구르기 시작했다.

"이제 어떡하지?"

"어쩌면 마지막이 될지도 모르는 데 들어가 보시는 게 어떠십니까?"

작별 인사나 나누라는 말을 하며 시하루의 분노를 끌어올리고 있던 이신이 저 멀리서 힘겹게 달려오고 있는 자기 아들 이안을 발견하고는 빨리 오라는 듯 손짓하며 말했다.

"아, 드디어 왔군요."

그 말에 고개를 돌린 시하루가 분명 본궁에 남겨 놓았을 이안이 무슨 일로 이곳까지 왔는지 의아하다는 표정을 지었다.

"부탁하신 거 갖고 왔습니다."

"아, 그래. 힘들었을 텐데 수고했다."

이안의 손에서 묵직해 보이는 붉은 주머니를 받아 든 이신이 다시 시하루를 향해 돌아섰다. 이번에는 평소 그를 달랠 때 보이는 표정이 아니라 조금은 엄해 보이는 표정이다.

"어차피 왕후마마께서는 폐위되실 겁니다. 이건 저희도 어떻게 할 수 없는 문제지요. 하지만 전하께서는 한 가지를 선택하실 수 있으십니다. 왕후께서 스스로 나가느냐, 아니면 대신들에 의해 이렇게 쫓겨나느냐."

"뭐가 다른 거지?"

그의 말을 가만히 듣고 있던 시하루가 눈썹을 찡그리기 시작했다. 어차피 결과는 모두 '폐위'로 이어지는데 지금 자신과 말장난을 하는 거냐는 반응이었다.

"그냥 이대로 쫓겨나시면 이 순간부터 아예 못 보는 거고, 이 위기에서 벗어나면 왕후께서 폐위를 주장한다 해도 어느 정도 시간이 있으니 그 사이를 또 노려볼 수도 있는 거겠죠. 즉, 기회의 차이라는 겁니다."

"하지만 내가 들어가도 변하는 건 없을 텐데? 내가 법을 무시하고 저곳에서 꼬맹이를 데리고 나오면 난리가 날 거야."

투정과도 같은 그의 말에 이신이 이제는 답답함을 참기 어려워졌는지 한숨을 푸욱 내쉬더니 전보다 높은 음성으로 말했다.

"누가 그냥 무작정 데리고 나오시라 했습니까?"

"그럼 뭐?"

"이안에게 가져와 달라고 부탁했습니다."

퉁명스럽게 대답하던 이신이 조금 전에 아들에게서 받은 붉은 주머니를 시하루에게 던지듯 건네주었다. 얼결에 그 정체 모를 주머니를 받게 된 시하루가 고개를 갸웃거리다가 슬쩍 끈을 풀고 내용물을 확인했고, 곧 '이게 왜 여기에 있느냐?'라는 표정으로 바뀌어 이신을 바라보았다.

"이걸로 어쩌라고."

"전하께서 잘하시는 게 있지 않으십니까."

황당해하는 그에게 이신은 어쩌면 장난스럽게까지 보일 수 있는 미소를 지었다. 그리고 자신은 이제 볼일을 끝냈다는 듯, 그를 지나쳐 아들 이안과 함께 그곳을 벗어났다.

"……."

그 말을 듣고 잠시 생각에 잠겨 있던 시하루가 점차 표정이 점차 밝아지더니, 그제야 이신의 말을 이해한 듯 보였다. 왜 지금까지 이 생각을 못 했는지 스스로 한심했다.

"고맙다, 이신."

자신은 생각지도 못한 일을 대신 생각해 내줘서 고맙다는 건지, 아니면 그 물건을 이렇게 가져다 준 것이 고맙다는 건지 알 수가 없었지만 일단 감사의 인사를 남기고는 빠르게 건물 안으로 들어가는 그였다. 잠시 걸음을 멈춘 이신이 뒤를 돌아 이미 시야에서 사라진 시하루 때문에 피식 웃다가 그제야 걱정되는 일을 떠올린 듯 한숨을 내쉬며 중얼거렸다.

"……고마우시면 나중에 저한테 화내기 없기입니다."

＊　　＊　　＊

한편 다시 어이없는 재판이 일어나고 있는 내부로 돌아가면. 그 사이에 어떻게 일이 진행되었는지 상황은 거의 마무리 단계에 들어가 있었다.

"아, 그럼…… 이 문제에 대한 결론은 이렇게 내는 것으로…….."

"잠깐잠깐, 잠깐!"

재판이 끝을 향하고 있다는 사실을 알 리가 없던 시하루가 망설임 없이 문을 박차고 등장하자, 그를 제외한 모든 이들이 깜짝 놀라 그 자리에 굳어 버렸다.

일단 시하루는 상황을 파악하기 위해 아무 말 없이 주변을 둘러보았다. 그러나 이 짧은 시간 동안 아주 많은 일이 일어났기 때문에 양쪽 대신들의 표정 모두 애매하게 일그러져 있었고, 그 때문에 누구의 주장이 이겼는지 단번에 알아볼 수가 없었다. 상황이 어떻게 돌아가고 있는지 알 수가 없는 그였지만, 지금의 그에게 결과 따위는 중요하지 않았다. 그의 눈에는 지금, 중앙 바닥에 무릎 꿇고 앉아 (공부하고) 있는 이랑의 뒷모습밖에 보이지 않았으니 말이다.

"저……전하?"

망설일 때는 언제고, 나이도 먹은 어른들이 저보다 한참 어린 이랑을 가운데에 앉혀 두고 죄인 취급하는 모습을 보니 이제는 화가 나는 모양이다.

"그 신분, 내가 보장하도록 하지."

"전하!"

흥분한 그가 들고 있던 붉은 주머니 안에서 금색의 무언가를 꺼내 들었다. 빠른 걸음으로 이랑의 옆으로 걸어간 그는 그녀 앞에 있는 탁자 위에 놓인 종이에 들고 있던 금색의 도장을 위협적으로 쾅! 소리 나게 내리찍어 버렸다.

순간, 또 다른 누군가가 문을 열고 들어왔다는 건 소리로 알 수 있었지만 여전히 시선은 앞에 두고 있던 이랑은 갑자기 자신의 옆으로 다가온 남자에 깜짝 놀랐다. 그리고 고개를 들어 상대의 얼굴을 확인한 그녀는 더더욱 놀랄 수밖에 없었다. 그녀가 놀란 얼굴로 자신을 바라보거나 말거나, 시하루는 여전히 제 할 말을 다하기 시작했다.

"이 아이의 신분은 천유국의 왕, 이 시하루가 보장한다. 이후 무슨 문제가 생기면 전부 내가 책임을 지겠다. 이래도 그대들은 믿지 못하겠는가?"

"하지만……."

이제 다섯 명의 보증이 다 모였는데 아직도 뭐가 문제가 되는지 대신들의 표정이 좋지 않았다. 말 많은 그들이 또 무엇으로 물고 늘어질지 몰랐기에 머리를 굴리던 시하루가 미리 선방어에 들어갔다.

"나 역시 천유국의 국민이고 발언권도 갖고 있으니 이 정도면 자격이 충분하지 않은가?"

여전히 당황스러운 상황 속에서 대신들은 서로 시선만 교환하고 있었다. 꿀 먹은 벙어리처럼 가만히 있던 이들 중 누군가가 그 얼어붙은 분위기를 깨고자 입을 열었다.

"그것이 아니라…… 아니, 그 전에 어찌 전하께서 이리 직접……."

그 말에 시하루가 그것도 질문이냐는 듯 너무나도 당당하게 말했다.

"아내의 일에 남편이 나서는 건 당연한 일이지 않는가."

밖에서 머뭇거릴 때는 언제고, 이제 와서 당연한 일이란다.

# 九花 * 꽃은 향기를 남긴다

　차라리 재판이 더 나을 거 같았다. 재판은 책이라도 읽을 수 있었지만, 지금은 누군가의 눈치를 보느라 책 읽을 시간 따위 없었으니까.

　"아, 진짜……."

　또다시 방 안에 갇혀 있는 입장이 된 이랑은 어떻게 하면 이곳에서 벗어날 수 있을까 궁리 중이었다. 하지만 딱히 좋은 방법이 떠오르지 않아 막막하기만 했고, 책이나 읽으며 시간을 보내 볼까 하는 생각도 했지만 이미 책을 압수당한 상태였다.

　"차라리 책이라도 주시든가요."

　"시끄럽다."

　이랑이 자신의 공부를 방해하지 말라고 경고했지만, 문가에 앉아 있는 남자는 눈 하나 깜짝하지도 않고 오히려 그녀에게서 빼앗은 책을 펼쳐 들었다. 그러나 곧바로 인상을 찌푸리는 게 그리 재미있는 내용이 아닌 게 분명했다. 그가 책에 정신이 팔려 있다는 걸 확인한 이랑이 조심스럽게 탈출을 시도해 보았지만 소용없었다. 떡하니 문을 등지고 자리 잡은 고집불통 왕 때문에 쓸데없이 아까운 시간만 죽이는 꼴이었다.

"지금 뭐하자는 걸까요?"

"……하도 생각이 많아서 어디서부터 말해야 할지 모르겠다."

나름대로 책장을 넘기고 있었지만, 글자들을 머릿속에 새기고 있던 건 아닌지 곧바로 고개를 들고 답하는 시하루에게 이랑이 활짝 웃으며 말했다.

"그럼 저 먼저 말해도 돼요?"

"아니, 그건 안 돼."

표정까지 굳혀 가며 안 된다고 말하는 그가 얄미워, 무심코 평상시 유시후를 대할 때의 말투로 소리를 지를 뻔했다. 하지만 그랬다가는 이 방에서 탈출하는 일이 더 늦춰질 게 분명했으니 힘들지만 참아 보기로 했다. 아니, 얼마 전까지만 해도 그렇게 예쁜 말을 하던 이가 지금 이렇게 상황이 바뀌었다고 바로 말을 낮추니 너무나 어색했다. 이랑은 끓어오르는 화를 삭이고자 심호흡을 한 뒤 어느 정도 차분해진 목소리로 물었다.

"왜요?"

"폐위시켜 달라고 할 거잖아."

목소리에 힘이 들어간 게 절대 '폐위'에 관한 이야기는 하지 않을 거라는 의지가 엿보였다. 그의 말대로 이참에 자신의 '폐위' 문제에 대해 진지하게 토론을 시작해 보려던 이랑이었지만 이런 식으로 선수를 빼앗기니 다시 말을 꺼내기도 좀 그랬다.

"과연 똑똑하시네요."

"그것참, 칭찬 고맙네."

아직 말하지도 않았는데 그 전에 미리 자기 생각을 읽은 것이 신기하다는 눈치였지만, 시하루는 눈에는 그런 이랑의 모습이 오히려 귀엽게 보이고 있었다.

'표정만 봐도 무슨 생각을 하는지 다 보이는데.'

"내가 생각 다 정리하고 먼저 말 걸기 전에는 한마디도 하지 마."

"시간이 가고 있어…… 내 소중한 시간이 의미 없이 가고 있다고요!"

"의미가 왜 없어?"

발 빠른 이랑이 도망가기 전에 잡아다 놓은 거까지는 좋았지만, 막상 앞에 놓고 아무 말도 못 하고 있는 자신이 한심하게 느껴졌는지 시하루가 한숨을 내쉬었다.

"아, 진짜 이 꼬맹이를……."

도대체 어디서부터 이야기를 해 나가야 할지 막막했다. 하지만 그렇다고 계속 이런 어색한 대치 상태를 유지할 수는 없었다.

"좋았어."

"뭐야, 그 마음의 정리라는 거 다 되셨나요?"

"거의."

드디어 마음을 정리한 건지 전과는 달라 보이는 시하루의 눈빛에 이랑은 이제 슬슬 본격적인 '대화'가 시작될 것을 예상할 수 있었다.

"어제…….."

그때였다.

"우리 예쁜 왕후 여기 있나요?"

간신히 시작될 뻔한 대화를 무참히 끊어버리는 목소리에 둘은 반사적으로 새롭게 등장한 인물을 바라보았다.

"어머, 함께 있었군요."

뭐가 그렇게 즐거운지 난데없이 등장한 대비마마는 잔뜩 들떠 있었고 종종걸음으로 이랑의 옆까지 다가와 옆자리에 앉아 버렸다.

"왜 오셨어요?"

"아드님 보러 온 거 아닙니다."

불만 가득한 제 아들 얼굴은 보이지 않는 건지 연신 즐겁다는 표정으로 웃고 있던 대비는 눈치 없게 자신도 대화에 끼워 달라는 말을 하며 눌러앉았다.

"저도 끼워 주세요. 무슨 대화를 나누고 있었나요?"

"일방적인 괴롭힘을 당하고 있었어요."

대비마마의 등장이 마치 구세주의 등장인 양 이랑이 눈물까지 글썽이며 시하루의 악행을 고자질하기 시작했다.

"아니, 누가 우리 예쁜 이랑이를."

"저기 문을 턱하니 막고 있는 얼굴만 잘생긴 사람이요."

"저 녀석 은근히 얼굴 따진다니까……."

어렸을 때부터 자주 들어 왔기도 했고, 주위에서 시도 때도 없이 들은 칭찬이었기 때문에 나름대로 자신의 외모에 자신을 갖고 있는 그였다. 평상시라면 그냥 '허허…….' 웃고는 넘어갔겠지만 그런 칭찬을 한 이가 다름 아닌 이랑이었으니 퉁명스럽게 반응을 해도 실실거리는 얼굴을 감출 수 없었다.

"그만 표정 관리 좀 해 주시겠습니까?"

아들의 행복에 눈을 찌푸리던 대비가 보다 못해 그의 약을 올렸다.

"도대체 어마마마는 왜 오신 겁니까?"

왜 꼭 중요한 순간에만 이리 나타나 방해를 하는 건지. 제 자식 일이라면 물불 안 가리는 게 부모의 마음이라지만 이건 아니었다. 오직 아들을 '놀리는' 재미와 아들의 '굴욕'에서 행복감을 느끼는 사람이었기 때문에 더더욱 함께하고 싶지 않은 자리였는데!

"그러고 보니 어제……."

시하루의 눈치를 보던 대비가 최후의 수단이라는 듯 '어제'의 이야기를 꺼내기 시작했다. 갑자기 합석하게 된 대비마마의 입에서 '어제'라는 단어가 나오기 무섭게 움찔하는 시하루였다. 그가 뻣뻣하게 굳어 가면 굳어갈수록 대비의 입가에는 만족스러운 미소가 드리워졌다.

"전 엄청나게 놀랐답니다. 설마 거기서…… 이랑이도 많이 놀랐지?"

"하하…… 저는…… 네, 놀랐죠. 그것도 엄청."

"이제 그만 좀 하시죠? 너도 이제 그만해!"

그 자리가 불편한 건지 얼굴이 빨갛게 물든 그가 결국 빽! 소리를 질렀고 그의 외침에 어느새 자신들만의 세계에 빠져 있던 두 여인이 고개를 들었다.

"잠깐, 저는 아무 말도 안 하고 듣고만 있었는데요."

은근슬쩍 자신은 죄가 없다는 말과 함께 발을 빼려는 이랑에게 시하루가 버럭 소리를 질렀다.

"그래도 공범이야!…… 다시 생각해보니까 열 받네. 웃지 마! 아직 네가 뭘 잘못했는지 모르지?!"

눈앞에서 시하루가 난리를 부리고 있었지만, 대비와 눈을 마주치며 킥킥 웃던 이랑이 오히려 방해하지 말아 달라는 듯 퉁명스럽게 말했다.

"무식한 게 죄지요."

"뭐?"

표정부터가 진지한 게 분명 진심이었다. 상대방의 기분을 나쁘게 할 의도는 없었지만 오히려 그런 무심함이 한 남자의 마음에 상처를 주고 있었다.

"이 꼬맹이가 점점……."

“왜요. 뭐요, 귀엽다고요?”

때리기라도 할 거냐는 듯 오히려 당당하게 대들기 시작한 이랑의 태도에, 잠시 주춤거리던 시하루는 결국 화를 내지 못하고 꾹 참고 있던 웃음을 피식 터트렸다.

“귀엽기는 하지만 꼬맹이 주제에 자꾸 기어올라.”

그래도 인정할 건 인정하고 넘어가는 솔직한 왕이시다.

“자꾸 꼬맹이 취급할 거예요?”

귀엽다고 솔직하게 칭찬을 해 주었음에도 불구하고 또 뭐가 불만인 건지 이랑이 발끈하며 외쳤다. 그녀가 화를 내면 낼수록 시하루의 입가에는 미소가 지어졌고, 오히려 그런 반응이 이랑의 화를 돋우는 결과를 초래했다.

과연 그 어미에 그 아들이었다.

“……꼬맹이한테 한 방 먹었으면서.”

“그만, 또 생각나잖아.”

지금 이 상황을 계속 부정해 보는 시하루지만 현실이 그렇게 쉽게 바뀌겠는가. 자리에 앉아 투덜거리는 그를 보던 이랑은 어느새 인상을 풀고 그저 재미있다는 듯 웃고만 있었다.

모든 문제의 시작은 바로 어제. 이랑의 문제로 열린 재판이 끝날 쯤이었다. 좀 더 정확히는 이랑의 신분을 보증하겠다고 나선 보증인들의 문서가 하나둘 모이다가 ‘서하연의 려화’의 친필 보증서가 공개될 쯤.

“서하연의 꽃이 되면 그 학생의 과거 기록들이 모두 서하연으로 넘어가기 때문에 백지상태인 게 당연합니다.”

과거 귀족가에서 머느리 후보감으로 서하연의 졸업생들을 선호하는 현상이 발생했을 때, 졸업도 하지 않은 학생을 미리 점찍어 두는 경우가 비일비재했다. 돈이 많은 귀족은 서하연 학생들의 정보를 거액을 내고 사들였고, 이 틈을 노린 장사치들은 너도나도 할 거 없이 그녀들의 정보를 모았다. 문서화된 학생들의 신상 정보는 비싼 가격에 팔려 나갔고, 심지어는 책처럼 묶여 공개되기도 했다. 여성들의 교육을 위해 만들어진 서하연이, 대중들에게는 마치 귀족들이 신부 후보감을 고르는 장소처럼 여겨지게 된 것이다.

당시의 려화는 그것을 막기 위해 서하연의 내의 몇 가지 새로운 법안을 공표했다.

첫째는 서하연 입학생들의 신상을 포함한 과거 기록을 모두 백지화시키는 것이었으며, 둘째는 그녀들에게 서하연에서의 새로운 인생을 부여하는 것이었다.

이랑 역시 서하연의 꽃이었다면, 그녀의 과거 기록이 백지인 건 어쩌면 당연한 일. 그렇기 때문에 이랑이 서하연의 꽃이었다는 말에 진유한과 그쪽 대신들이 그토록 놀란 것이었다. 즉, 이 문제는 그 사실이 밝혀지는 순간에 종료된 것과 다름없었다.

누구도 예상조차 하지 못한 변수였지만 효력은 어마어마했기에, 더는 그 누구도 이랑의 폐위를 지지하고 나서지 않고 큰소리치던 대신들 역시 소극적으로 변해 서로 눈치만 보고 있었다. 그렇게 이 재판이 훈훈하게 마무리가 되려는 순간, 갑자기 문이 열리며 그가 등장한 것이다.

그냥 대충 결과를 들으러 온 건가 싶었던 이들의 예상을 깨는 대사를 날리며.

'그 신분, 내가 보장하도록 하지.'

모든 문제가 잘 해결된 마당에 씩씩거리며 등장해서는 뜬금없이 옥새를 찍어 대는 그의 행동에 모두가 당황했다.

'하지만……'

일단은 말려 보겠다고 몇몇 대신들이 나섰지만 흥분한 그를 막기에는 역부족이었다.

'나 역시 천유국의 국민이고 발언권도 갖고 있으니 이 정도면 자격이 충분하지 않는가?'

물론 그 말이 모두 옳았지만, 이제 그럴 필요가 없다는 설명을 하기 위해 둘로 나뉘어 있던 대신들은 어느새 하나가 되어 그를 막기 시작했다.

'그것이 아니라……'

모두가 그를 진정시키기 위해 안간힘을 쓰고 있었지만 이랑과 대비, 그리고 유시후는 가만히 있었다. 오히려 재미있는 상황이라는 듯 두 눈을 반짝거리며 지켜보고 있을 뿐이었다.

"큭……"

어제의 일을 떠올리던 이랑이 아직도 나올 웃음이 남았는지 조용히 웃기 시작했다.

"그래서…… 너는 도대체 언제부터 알고 있었던 건데?"

약간은 억울하다는 목소리였다.

몰래 웃고 있던 이랑이 그제야 잠시 웃던 것을 멈추는가 싶더니 갑자기 시선을 피하기 시작했다.

"어…… 죄송하지만 그 질문에는 대답을 드릴 수가……."

반드시 대답을 듣고 말 거라는 의지의 시하루가 계속해서 이랑을 괴롭히며 물었지만, 그녀는 끝까지 대답할 수 없다는 표정으로 완강히 고개를 저었다.

"잠깐, 내가 왕이라는 거 눈치를 채고 있었다면 왜 그동안 아무 말도 안 했던 거지?"

스스로 '정체를 밝힐까?'에서부터 '언제 말하지?'까지 지난 24년 간 해 보지 않은 고민을 최근에 몰아서 한 기분이었다. 언제 들킬지 모른다는 불안감과 이대로 있을 수는 없다는 생각, 그리고 말할까 말까? 하루에도 수십 번씩 바뀌었던 마음! 그동안 얼마나 피가 마르는 기분이었는데!

나름대로 정체를 감춰 보겠다고 호위 무사인 척 매번 옷까지 갈아입고 찾아간다든가, 지난번 서재에서 이안을 동원한 친구 놀이라든가 왕의 험담을 할 때 스스로 자신의 욕을 하는데 맞장구를 쳐 주는 등 꼴사나운 짓까지 서슴지 않고 했는데 그 모든 것들을 자신의 정체를 알고 있었으면서 가만히 지켜봤다는 말이 되지 않는가.

"애쓰는 모습이 보기 좋아서요."

여전히 충격에서 빠져나오지 못하고 있는 시하루의 어깨에 이랑이 손을 얹으며 말하자, 화를 낼 때는 언제고 금세 또 기분이 좋아진 그의 입가에 슬며시 미소가 걸렸다. 그런 아들을 관찰 중이던 대비는 뒤에서 조용히 웃으며 생각했다.

'이 녀석 분명히 이랑이한테 잡혀 살겠군.'

하지만 그 기분 좋아 보이는 미소 역시 오래가지 못했다. 또 다른 의문이 떠올랐기 때문이었다.

"잠깐잠깐. 서하연의 꽃이라는 증거를 갖고 있었으면 그걸 바로 제시하면 되는데 왜 가만히 옥에 갇혀 있었어?"

"아, 그건……."

대답을 요구하는 시하루와 눈을 마주치지 못하고 있는 이랑은 고민에 빠졌다.

'이걸 말해 말아?'

문제의 사건이 발생하기 2일 전.

"설마 내가 폐위를 안 당하려고 노력하는 날이 올 줄이야."

혹시 몰라서 유시후를 준비시킨 보람이 있었다. 유시후는 일이 터지기 전에 궐 밖으로 내보냈기 때문에 감시를 받고 있는 다른 희수궁의 궁인들과는 달리 편하게 행동할 수 있었고, 덕분에 서하연의 려화에게서 보증서를 획득했다는 전갈을 받은 상황.

마음만 먹으면 언제든지 이 옥에서 나갈 수 있었다. 그런데…….

"오랜만입니다, 이랑 님."

옥에 갇혀 있던 그녀에게 정말 오랜만이라는 인사가 어울릴 정도의 인물이 찾아왔으니.

"오랜만에 뵙네요……스승님."

당장에라도 사람을 불러서 이곳에서 나가려던 참인데, 무슨 일인지 이 칙칙한 감옥과는 어울리지 않은 온화한 미소를 띤 이신이 이랑을 찾아왔다. 그녀가 이 궐에 처음 들어올 때 그녀를 맞이해 준 사람 중 한 명이었기 때문에 이랑은 이신을 알고 있었고, 실제로 몇 번씩 영희궁에 들러 공부를 봐주기도 했기에 그는 거의 스승과도 같은 존재였다.

"앞으로 어쩌실 생각이십니까?"

앞으로의 계획을 묻는 질문에 이랑은 한숨을 내쉬었다. 그냥 조용히 폐위를 당해 궐 밖으로 나가고 싶은 것뿐이었는데 예상치도 못하게 일이 너무나 꼬여 버렸다. 계획을 수정할 수밖에.

일단 지금 중요한 건 이 궐에서 나가는 것이다. 물론 이제는 조용히 나갈 수 없겠지만.

"할 수 없지요. 일이 이렇게 되었으니 서하연의 이름을 이용해서 그냥 나갈 생각입니다."

서하연에 손을 빌리고 싶지는 않았지만, 어쩌겠는가. 상황이 급한데. 자신이 서하연의 꽃이라는 사실을 그쪽에서 증명해 주면 지금 처해 있는 상황에서 쉽게 벗어날 수 있을 테니 말이다.

"아니, 그러지 않으셨으면 좋겠습니다."

순간 그녀는 자신의 귀를 의심했다. 하지만 창살 너머로 보이는 이신의 표정을 보니, 그것은 진심인 모양이었다. 그는 지금, 그녀의 석방을 막고 있는 것이다.

어째서 그가?

아니, 탈옥을 하겠다는 것도 아니고 제대로 근거를 제시해 법적으로 평화롭게 나가겠다는데, 그걸 왜 막는 거지? 옥에 갇힌 이랑을 보며 불쌍한 생각도 안 드는 건지, 나올 수 있게 도와주기는커녕 나오지 말라고 말하는 그를 바라보는 이랑의 눈빛이 흔들렸다. 그런 그녀를 가만히 바라보던 이신이 곧 긴장 풀라는 듯 싱긋 웃더니 말을 이었다.

"단도직입적으로 말씀드리겠습니다."

"예, 스승님."

"사실 제가 온 이유는 어떤 부탁 하나를 드리기 위해서입니다."

감옥 밖의 자유로운 세상에 있는 사람이 옥에 갇혀 있는 이에게 할 부탁이 뭐가 있을까. 어이가 없을 법도 했지만, 이랑은 아무렇지 않게 받아들인 건지 고개를 끄덕이며 말했다.

"말씀해보세요."

"이랑 님께서 계속 감옥에 있어 주셨으면 좋겠습니다."

"……이유를 여쭈어 봐도 되겠습니까?"

천하의 이신이다. 그가 괜히 이런 부탁을 할 리가 없었으니, 분명 뭔가 이유가 있을 테지. 이유를 요구하는 그녀의 질문에 의외로 이신은 잠시 뜸을 들였다. 과연 자신이 올바른 선택을 하고 있는지에 대한 고민을 하는 게 틀림없었다.

그도 그럴 것이, 지금 그가 하려고 하는 건 나중에 어느 누군가가 절대 알아서는 안 되는, 자신의 목숨과 관련이 있는 일이었기 때문이다.

"전하의 스승으로서 그분의 고민을 덜어드리고 싶기 때문입니다."

이신의 입에서 '전하'라는 말이 나오기 무섭게 이랑이 움찔거리며 반응했다. 물론 그가 한때 왕의 스승이었다는 건 이미 들어 알고 있었지만, 설마 지금 왕을 위해 자신을 버리겠다는 말은 아닌가 하고 슬슬 걱정되기 시작했다. 하지만 그러한 이랑의 불안은 읽은 이신은 그런 일 없을 테니 걱정하지 말라고 말했다.

"사실 전하께서는 그동안 계속, 이랑 님께 사실을 말하기 위해 매일같이 희수궁을 찾으셨습니다."

"네?"

지금까지 계속 무시당하다 못해 미움을 산 게 분명하다 단정 짓고 있던 이랑으로서는 꽤나 충격적인 이야기였다.

"이랑 님께서는 이미 몇 번이고 전하를 만나신 적이 있으십니다."

자신은 그런 기억이 전혀 없는데. 도저히 감을 못 잡겠다는 그녀의 표정에 이신은 짓궂은 미소를 보이며 말했다.

"이랑 님께서 지어주신 별호가 나름대로 마음에 드신 모양이더군요."

"아."

그제야 머릿속에 누군가를 떠올린 이랑이 꽤 놀란 듯 멈칫했다.

하지만 그것이 전부. '아.' 한 번 외쳤을 뿐 다른 반응은 보이지 않았다. 그녀의 심장이 강심장인 것일까. 이러한 사실을 알게 되면 소스라치게 놀라는 게 정상적인 반응일 텐데 말이다. 하지만 이신은 그녀의 그런 반응을 보고 어느 한 가지를 확신했다. 그리고 그 확신은 그의 얼굴에 미소를 그려 주었다.

"사실은 어렴풋이 예상하고 계시지 않으셨습니까?"

정곡을 찌르는 말에 이랑이 어색하게 시선을 피해 보지만, 이미 늦은 상황. 그는 몇 년 동안 그녀를 가르친 스승이다. 심지어 그 유명한 이신. 그런 그에게 거짓말이란 통하지 않는다는 걸 그녀는 잘 알고 있다.

"하, 역시 스승님은 당해 낼 수가 없네요."

한숨 섞인 웃음을 토해내던 이랑이 중얼거리는 듯 말했다.

"……하지만 전 아니기를 바랐어요."

"왜요?"

"늘 장난으로 말해서 그렇지, 려화가 되기 전에 제대로 된 연애를 해 보겠다고 한 건 진심이었으니까요. 물론 상대에게는 미안한 일이지만."

영희궁에 있을 때 그녀가 항상 외치고 다녔던 그 말은 절대 장난삼아 내뱉은 말이 아니었다. 물론 유시후는 그렇게 생각하고 있는 거 같았지만.

"그런데 한심하죠. 하필이면 벗어나려고 했던 이에게 마음이 가니 말이에요."

"그래서, 결국 결심마저 흔들리셨습니까?"

그의 질문에 이랑은 그게 무슨 소리냐는 듯 고개를 번쩍 들었다.

"그럴 리가요. 그것은 앞으로의 제 일에 쓸데없는 감정일 뿐입니다."

아까 놀랐을 때와는 달리, 한 치의 흔들림도 보이지 않는 그녀의 눈빛에서 굳은 각오를 볼 수 있었다.

"그나저나, 제가 계속 이곳에 있는 것이 전하의 고민과 무슨 상관이 있는 거죠?"

잠시 이야기가 다른 길로 향했지만, 이랑에 의해 다시 본론으로 돌아왔다.

"우물쭈물하고 있으니 누군가가 등을 밀어 줘야 하지 않겠습니까. 원래 사람은 절박한 순간이 와야 앞뒤 가리지 않고 달려드는 거랍니다."

"절 미끼로 던지겠다는 말씀이시네요."

불만스러워 보이는 대사였지만, 이랑은 웃고 있었다.

"제 부탁 들어주시겠습니까? 추가로 전하께 창피를 줄 수도 있을 텐데."

이미 이신의 이야기에 반 이상 넘어간 그녀였지만, 나중에 놀려 먹기 좋은 이야기가 나올 수도 있다는 말에 그녀가 만족스러운 미소를 지었다.

"제가 스승님의 부탁을 들어주는 대신, 저 역시 아주 작은 부탁

하나를 드려도 괜찮을까요?”

대답은 하지 않았지만 말해 보라는 이신의 반응에 이랑은 미리 생각해 두었던 것을 말했다.

“지금 이 순간부터 제가 제 꿈을 이룰 때까지, 그 누구에게도 제 꿈에 대해서 말씀하시면 안 됩니다. 지켜 주실 수 있으시겠습니까?”

그녀의 요구 사항에 이신은 잠시 고민에 빠졌다. 하지만 곧 이 문제가 더 시급하다는 결론을 내린 건지, 알겠다는 듯 고개를 끄덕였다.

“그럼 전 뭘 하면 되는 거죠?”

그녀의 적극적인 반응에 만족스러운 미소를 띤 이신이 아주 작은 목소리로 그녀가 해야 할 것을 일러 주었다.

“그냥 이대로 가만히 계시면 됩니다. 재판 중에도 절대 스스로 서하연이라는 꽃이라는 걸 먼저 밝히지 않고 가만히.”

“그러면?”

“시하루 님께서 앞뒤 생각도 안 하시고 등장하실 겁니다.”

이신의 예상은 틀린 게 없었다. 사실 원래의 계획대로라면 서하연의 증표가 공개되기 전에 시하루가 난입했어야 했지만, 예상보다 시간이 더 걸렸다. 그것 역시 그가 밖에서 우물쭈물하는 시하루를 자극한 덕분이었지만.

“그런데 왜 스승님께서 그렇게까지 해 주시는 건가요? 역시 옛 제자에 대한 정인가요?”

자신 역시 제자 중 하나인데 어째서 그를 더 감싸고 챙겨 주느냐는 불만 섞인 목소리였다. 만일 여기서 이신이 '네'라고 대답한다면 같은 제자로서 이랑은 섭섭해질 게 분명했다. 하지만 다행히도.

"아니요, 같은 남자로서 그냥 보고 있자니 하도 답답해서 말입니다. 그냥 늙은이의 참견이라고 생각해 주세요."

하도 답답해서 끼어들었다는 말에 이랑이 웃었다. 그런 그녀를 바라보던 이신은 자신은 이만 내일을 위해 돌아가 봐야겠다는 말을 하며 자리에서 일어났다.

"아, 한 가지 더. 전하 편을 든다고 뭐라 하실 수도 있겠지만."

남녀 차별을 하고 있냐는 이랑의 눈빛을 무시한 채 이신이 인자한 웃음을 보이며 말했다.

"너무 전하를 미워하지는 말아 주세요. 그분은 그래도 이랑 님께 스스로 말하기 위해 노력하셨으니까요."

결과적으로 나아진 것은 없어 보였지만, 확실히 그 나름대로 노력하고 고민한 건 사실이다.

"재판당일, 스승님의 말씀대로 그분이 스스로를 밝히신다면 그때 가서 다시 생각해 보겠습니다."

당시의 이랑은 그게 도대체 무슨 계획인지 이해를 할 수가 없었지만 지금 와서 다시 생각해 보면, 그때 이신의 제안을 받아들인 건 정말 잘한 선택이었다는 생각이 들었다. 그리고 어쩌면 그녀 역시, 이신의 예상대로 일이 일어나기를 기대했던 건지도 몰랐다.

                    *        *        *

“야, 야! 잠깐만. 어이!”

희수궁 안에 당황한 어느 남자의 목소리가 울려 퍼졌다. 지금까지 이랑은 여러 종류의 반응을 봐 왔지만 지금과 같은 반응은 처음이었고, 그렇기 때문에 그녀 역시 당황하기는 마찬가지였다.

“너 뭐야. 너 뭐야!”

아까부터 계속 같은 말만 반복하고 있는 시하루를 가만히 내려다보던 이랑은 한숨을 내쉬었다. 아침부터 자리를 비운 유시후가 오늘따라 너무 그리웠다. 아주 중요한 일이 있다는 말을 남기고 희수궁을 나간 그는 아직 돌아오지 않았고, 그렇기 때문에 그녀는 혼자 자신을 찾아온 손님을 맞이해야 했다.

“너 당장 안 내려와? 지금 뭐하는 거야!”

평상시와 마찬가지로 나무 위에 올라 친환경적인 하루의 시작을 즐기고 있던 이랑은 갑작스럽게 찾아온 불청객에 의해 그 행복을 방해받았다.

그녀가 나무 위에 올라가면 항상 두 가지 반응이 그녀를 기다렸다. 자신을 찾는 데에는 시간이 꽤 걸리지만 찾는 내내 시끄러운 궁녀들. 그리고 찾는 속도가 엄청 빠르고 시끄럽지는 않지만 차분한 목소리로 협박 비슷한 말을 하는 유시후.

현재 그녀는 새로운 적을 만난 기분이었다. 시하루를 간단하게 정의하자면, 딱 궁녀들과 유시후를 섞어 놓은 최악의 조합이다. 유시후처럼 찾는 데 걸리는 시간은 아주 짧았고, 궁녀 못지않게 아주 시끄러웠다. 밑에서 안절부절못하며 소리를 질러 대는 그를 바라보던 이랑이 스스로 내려올 정도로 그 강도는 심각했다.

"너 뭐야. 저기 어떻게 올라간 거야? 뭐하러 올라간 건데? 떨어지면 어쩌려고? 위험하다는 생각은 한 번도 안 해 본 거야?"

그리고 내려오기 무섭게 답할 시간도 주지 않고 끝없이 질문을 해 대는 특이한 방식의 심문이 시작된다. 이랑이 스스로 내려오기까지의 과정을 먼발치에서 지켜보고 있던 궁인들은 그녀의 약점을 발견할 수 있었다.

과잉보호.

시끄러운 걸 싫어하는 이랑이었기 때문에 최대한 빨리 내려올 수밖에 없었고, 자신을 걱정해 주는 사람에게 화를 낼 수도 없는 노릇. 이른 아침부터 이게 뭐하는 짓인지 모르겠다. 이제는 아주 대놓고 매일, 틈만 나면 찾아오는 그 때문에 이랑은 더더욱 피곤한 하루를 보내고 있었다. 심지어 그는 그녀와 관련된 일에 있어서는 무조건 그녀를 감싸고돌았기 때문에 자유분방한 이랑으로서는 답답해서 미칠 지경이었다. 이럴 줄 알았으면 그때 이신의 제안을 받아들이는 게 아니었는데.

도저히 집중을 못 하겠는지, 이랑이 결국 한숨을 내쉬며 자신의 방으로 향했다. 물론 시하루 역시 끝까지 따라가겠다는 듯 졸졸졸 따라가고 있었지만.

"꽃따리 오빠, 나가 주세요. 나가는 문은 저쪽입니다."

친절하게 나가는 문을 설명해 주는 이랑이었지만 여기저기에 널려 있던 책을 하나하나 들춰 보고 있던 그는 나갈 생각이 없어 보였다. 이랑은 편안하게 앉아 책을 읽고 있었지만, 마음만은 편치 않았다. 책에 고정되어야 할 시선은 방 안을 돌아다니는 침입자를 향하느라 정신이 없었다.

"……."

도대체 뭐가 문제지?

시작은 평소와 같았다. 아침 일찍 일어나 유시후에 의해 거의 습관이 된 간단한 운동을 끝내고, 아침이라고는 믿을 수 없을 정도의 식욕을 보이며 식사를 끝냈다. 그리고 습관처럼 나무 위에 올라갔다가 소음으로 인한 두통을 얻어 지금 이렇게 방으로 돌아와 오후까지 독서삼매경. 평상시와 다름없는 지루한 일정이었지만 다른 한 가지가 있다면, 그건 바로 주변을 맴도는 사람이 하나 더 늘었다는 것이다.

"다 큰 여자아이 방에 이렇게 불쑥불쑥 들어오시는 건 예의가 아니죠."

가뜩이나 유시후 하나가 따라다니는 것도 불편한 이랑이었는데 혹이 하나 더 붙으니 답답해서 미칠 지경이었다. 그래도 유시후는 밖에서만 쫓아다녔지 방 안에까지 따라 들어오는 일은 적었는데, 새로 붙은 혹은 밖이건 방 안이건 상관하지 않고 귀찮을 정도로 쫓아다니고 있다는 것이 문제였다. 짜증이 나려는 걸 꾹 참고 대화로 풀어보려는 시도도 해 봤지만, 상대의 반응은 시큰둥했다.

"남편이 부인 방에 찾아오는데 말 안 하고 오면 좀 어때."

자꾸 남편이네 부인이네 하는데, 사실 둘은 정식으로 식을 올린 것도 아니었다. 혼인한 적이 없으니 실제로는 남남이라는 뜻이다. 이랑은 절대 그 관계를 인정할 수 없다는 의사를 분명하게 밝혔지만, 현실도피인지 그는 듣지 않으려고 했다. 오히려 '사실 저랑 제대로 혼인을 한 사이도 아니잖아요.'라는 그녀의 말에 '그럼 이참에 식을 올리자.'라고 대답한 그였다.

"그리고 네 방이 어디 있어. 이 궐 안에 있는 모든 장소는 다 내 거야. 불만이면 네가 나가던가."

"고맙습니다. 그럼……."

"내가 잘못했다. 잘못했어."

말 한마디 잘못하면 이 지경이 나는 것이다. 지금 자신은 나갈 수 없어서 이러고 있는 것이 아니라 마음만 먹으면 언제든지 나갈 수 있노라, 이랑이 수십 번도 이야기했지만 정신을 못 차린 시하루는 계속해서 그녀를 괴롭히고 있었다.

그러나 그 역시 생각이 아예 없는 건 아니었다. 말로는 '나갈 수 없어서 이러고 있는 것이 아니라 마음만 먹으면 언제든지 나갈 수 있다.'고 반협박을 하는 이랑이었지만 만일 그게 사실이라면 왜 진작 나가지 않았겠는가? 이유는 모르겠지만 일단 이랑, 그녀가 지금 당장은 나갈 수가 없다는 걸 눈치챈 시하루에게는 이 시간이 아주 중요했다.

전에 이신이 그랬듯, 이것은 '기회'와도 같았다. 이 주어진 시간에 그녀가 궐 안에 남아 있어야 하는 이유를 다시 만들어야 했다. 그래서 나름대로 정성을 들인다고 아침 일찍 일어나 곧바로 희수궁으로 온 건데 반겨 주기는커녕, 오히려 침입자 취급을 하고 있으니 약간 마음이 상한 그였다.

그새 또 조용해진 시하루가 신경 쓰이는 건지 이랑이 책 너머로 흘끗 그를 바라보는가 싶더니 한숨을 내쉬며 읽고 있던 책을 덮었다. 책 덮는 소리에 숙이고 있던 고개를 번쩍 든 그의 눈이 자신을 바라보고 있던 이랑의 눈과 마주쳤다.

"……나랑 놀아 줄 생각이 좀 들었어?"

관심 좀 가져 달라는 듯 아침부터 그녀의 뒤를 쫓아다닐 때는 언제고 이제 좀 관심이 생긴다니까 괜히 불안한 모양이었다. 신기하게도 이랑이 제발 좀 나가 달라는 부탁을 할 때는 듣는 둥 마는 둥 하더니, 아예 책을 덮어 버리자 오히려 뻣뻣하게 굳은 그가 그녀의 눈치를 보기 시작했다.

"그냥 좀 쉬려고요. 요즘 생각이 많아서."

자신이 너무 정신 사납게 굴어 화가 난 건 아닌가 걱정된 그가 물었다. 그런 거 아니라는 말을 듣고 난 후에야 표정이 풀린 그를 바라보던 이랑 역시 피식 웃어 버렸다.

아침 식사 후부터 지금까지 쉬지 않고 독서에 몰입한 탓인지 막상 책에서 눈을 떼니 머리가 지끈거리기 시작했다. 어지러움을 달래고자 책상에 엎드리듯 뻗어 버린 그녀의 앞으로 다가온 시하루가 잠시 아무런 말이 없다가 입을 열었다.

"내가 왕이라서 불만이야?"

"불만까지는 아니지만요."

"그럼 실망했어?"

"조금요."

솔직한 그녀이다. 엎드리고 있었기 때문에 이랑은 그의 표정을 볼 수 없었지만, 지금 그는 상당히 이상한 표정을 짓고 있었다.

"……사실 좀 안심했어요."

엎드린 상태에서 고개만 살짝 돌려 그를 올려다보고 있던 이랑이 말하자, 그가 흥미롭다는 듯 미소 지으며 물었다.

"왜?"

"나쁜 사람 같지 않았으니까."

칭찬 같았지만, 그는 자신이 나쁜 사람 같지 않았다는 말을 듣고 마냥 기뻐할 수만은 없었다. 뒤의 말만 생각해 봤을 때 칭찬이지, 앞의 말과 이어서 생각해 본다면 '나쁜 사람일 줄 알았는데 그렇지 않아서 안심되었다.'라는 말로도 생각해 볼 수 있었다.

"첫인상이 괜찮았나 보네. 다행이다."

"첫인상. 아주 멋졌죠."

부정하지 않고 고개를 끄덕이는 이랑을 가만히 바라보던 시하루가 오히려 자신이 더 부끄럽다는 듯 얼굴을 붉히며 물러났다.

"우와. 오히려 듣는 내가 다 부끄럽다."

"몰랐어요? 나 솔직해요."

"알아. 그래서 더 좋아."

그녀에게 솔직하다고 말할 때가 아니었다. 다 밝혀진 마당에 더 망설일 것도 없다고 생각한 건지 '좋다'는 말을 시도 때도 없이 생각날 때마다 내뱉는 그였다. 덕분에 익숙하지 않은 이랑은 그 말을 들을 때마다 얼굴이 화끈거렸다. 이쯤 되면 계속되는 일방적인 질문 공세에 이랑이 짜증을 낼 법도 했지만 무슨 바람이 분 건지 별다른 반응이 없었고 순순히 모든 질문에 답을 해 주었다. 기회라고 생각한 시하루는 이참에 궁금했던 것들을 물어보기로 했다.

"……계속 내 옆에 있으면 편히 궐 안에서 살 수 있는데 굳이 나가야겠어?"

사실 이랑의 마음이 바뀌지는 않았을까 조심스럽게 기대했지만 안타깝게도 그의 바람대로는 되지 않을 모양이다.

"저는 나가서 해야 하는 일이 있어요."

가만히 엎드려 있기가 심심한지 탁자를 손가락으로 톡톡톡, 박자를 맞춰 가며 치던 이랑이 이것에 대해서는 묻지 말라고 미리 주의를 주었다. 아무 말 없이 그녀를 바라보던 시하루가 한숨을 내쉬며 고개를 끄덕였다. 몇 번은 더 설득하려 들 줄 알았는데 의외로 포기가 빨랐다. 그런 그를 바라보던 이랑은 시원하면서도 섭섭한, 묘한 기분이 들었다.

"좋아. 더는 내 의견만 주장할 수는 없다는 걸 깨달았어."

"그것참, 그거 하나 배우시는 데 엄청나게 오래 걸리셨네요."

저도 모르게 약간은 퉁명스러운 반응을 보였다. 그녀의 맞은편에 앉아 있던 시하루가 어디선가에서 두루마리 두 개를 꺼내 놓더니 잠자코 들으라는 건지 눈썹을 찡그렸다.

"지금 고심 끝에 내린 결론을 발표하려는데."

그가 내민 두 개의 두루마리를 가만히 바라보던 이랑이 이게 뭐냐는 듯 바라보았다.

"하나는 각서고, 하나는 너를 정식으로 왕후의 자리에 책봉한다는 교지야."

교지라는 말에 살짝 인상을 찌푸린 이랑이 둘 중 하나를 펼쳐 보니, 하얀 종이를 채우고 있는 검은 글씨와 그 맨 위에 크게 적혀 있는 '각서'라는 글자가 보였다.

"나는 너에게 네가 하고 싶은 일을 할 수 있는 기회를 줄 거야. 하지만 너 역시 내가 너를 옆에 둘 수 있는 기회를 줘야 해."

"제가 하고 싶은 일을 할 기회라는 건…… 저를 궐 밖으로 나갈 수 있게 해 주신다는 말인가요?"

혹시라도 그가 강압적으로 왕후 책봉을 명령할까 불안했던 이랑에게는 오히려 이게 웬 떡인가 싶을 정도의 반가운 소식이었다.

"그래. 네가 그만한 이유가 있다는데 내가 멋대로 할 수는 없지. 단, 그 일이 마무리되면 넌 다시 이곳으로 돌아와야 해."

그렇게 말하며 풀지 않은 다른 두루마리를 툭툭 치는 그였다. '돌아온다.'라는 의미는 그의 부인인 왕후의 자리로 돌아온다는 뜻이기도 했다. 보통의 여인들이라면 왕의 부인이라는 자리가 기다리고 있다는 것에 눈을 반짝반짝 빛내겠지만, 그녀는 달랐다. 오히려 어두워 보이기까지 했다. 하지만 이것은 그녀에게 기회임이 틀림없었다. 가장 안전하게 이 궐에서 나갈 수 있는 방법. 물론 그에게는 미안하지만…….

"좋아요."

그녀는 지금 거짓말을 하고 있는 것과 다름없었다. 절대 지킬 수 없는 약속을 하고 있었기 때문이다. 애써 괜찮을 거라는 미소를 보이며, 그녀가 고개를 끄덕였다. 그리고 붓을 들어 각서라는 종이에 나름대로 서명을 하기 시작했다.

"뭐야, 보기 좀 그렇다. 혹시 도장 같은 거 없어? 아니, 그냥 보기 좋으라고."

또박또박 적혀 있는 이랑의 서명 옆에 쓸데없이 화려한 옥쇄가 떡하니 찍혀 있었기 때문에 왠지 균형이 어긋나 보였다. 아무 도장이라도 좋으니 뭐라도 붉은 거 하나 찍어 놓으라 주장하는 그를 어이없다는 눈으로 바라보던 그녀가 잠시 고민하더니 곧 품 안에서 하얀 노리개를 꺼내었다.

노리개 끝에는 정교하게 조각이 된 무언가가 매달려 있었는데, 그 끝에 붉은 인주를 묻혀 종이 위에 찍어 내자 어떤 문양이 찍혀 나왔다. 양 여백에 균형 있게 찍힌 붉은 도장들을 바라보던 그가 그제야 만족스러운 미소를 지었다.

"좋아. 그럼, 우린 약속한 거야. 난 네가 원하는 것을 이룰 수 있도록 최대한 지원할 거야."

"그거 좋은 생각이네요."

그래도 일종의 각서인데 제대로 읽어 볼 필요가 있다고 생각한 건지 처음부터 끝까지 정독에 들어간 그녀가 잠시 머뭇거리다 묻길.

"만약에 우리 둘 중 누군가가 이 각서를 지키지 않으면…… 어떻게 되는 건가요?"

물론 지금 그들 사이에서 보이지 않는 주도권을 쥐고 있는 건 이랑이었지만, 그래도 그녀에게 없는 무언가를 그가 지니고 있다는 걸 간과할 수는 없었다. 바로 '권력'이란 이름의 보이지 않는 무기를. 사실 그가 사용하지 않아서 이렇게 넘어가는 거지, 그의 말 한 마디면 상황이 단번에 바뀔 수도 있었다. 그렇기 때문에 그가 먼저 이리 공식적인 절차를 밟을 길을 마련해 준 것에 대해 감사해야 했다. 하지만…… 돌다리도 두드려 보고 건너라고 하지 않았던가.

무언가가 걸려 있는 '경합'이나 '내기'에서 내가 원하는 걸 상대가 제시할 때는 나 역시 그와 동등한 대가. 즉, 상대가 나에게 원하는 무언가를 내놓아야 하는 법. 일단 바로 제안을 받아들이기보다 자신이 지불해야 하는 대가의 크기를 아는 게 먼저였다.

"음…… 내가 이 약속을 어길 일은 없을 거고 만약 네가 어긴다면…… 뭐, 말 안 해도 알겠지?"

옆에 놓인 다른 두루마리가 다시 한 번 그녀의 시야에 들어왔다. 이루고자 한 일을 다 이룬 뒤에 자신의 부인이 되거나, 아니면 도중에 이상한 낌새라도 있으면 일이고 뭐고 간에 바로 이 교지가 내려질 거라는 뜻. 어쨌거나 그의 부인이 된다는 사실은 변함이 없다. 물론 그것은 그의 생각이겠지만.

"알겠어요."

다시 한 번 말하지만, 일단은 나가는 게 중요했다.

"생각보다 나가는 게 쉬워서 솔직히 좀 놀랐어요."

"아니, 나는 그저 다른 방법을 선택한 거뿐이야."

의외로 순순히 나가는 길을 내줘서 고맙다는 그녀의 말에, 시하루가 고개를 저었다.

"네가 계속해서 나가겠다는 이유는 내가 싫어서가 아닌 게 분명해. 내 입으로 말하기도 뭐하지만, 네가 하고자 하는 것들이 나보다 우선순위가 높기 때문이겠지."

"맞아요."

아주 잠시의 고민도 없이 이랑은 바로 그렇다고 대답했다. 이랑의 그런 솔직한 면이 좋다고 말한 시하루니 이제 와서 그것이 싫다고 할 수 없었다.

"그럼 네가 하고자 하는 것들을 모두 이룬 다음에는 나를 돌아볼 여유가 생기겠지. 나도 네가 내 옆에 있으면서 늘 다른 생각을 하고 있는 건 보기 싫어."

"제 꿈은 엄청 커서 얼마나 걸릴지 몰라요."

"최대한 단축해 보자."

지금까지 그가 내린 판단 중에서 가장 현명한 판단이었다. 무작정 이랑을 막는 것이 아니라 차라리 그녀의 편에 서서 함께 우선순

위인 일들을 정리한 뒤를 노려 보겠다는 말.

"반드시 약속 지켜야 해."

"……네, 꼭 돌아올게요."

사람을 못 믿는 건지 계속해서 다짐을 받는 그에게 이랑은 점점 더 미안해졌다.

"……그렇게 말해 놓고 약속을 어긴 이가 한 명 있었지."

시하루의 중얼거림은 너무 작아서 그녀는 들을 수 없었다. 아마 그녀가 그 말을 들었더라면 분명 죄책감에 그를 제대로 바라보지 못했을 것이다.

*　　*　　*

오늘도 실컷 놀다가 드디어 본궁으로 돌아가고 있던 시하루에게 마침 희수궁에 들어서던 유시후가 피곤한 목소리로 말했다.

"아, 지금 돌아가십니까?"

그러고 보니 오늘 온종일 보이지 않았던 그의 빈자리를 떠올린 시하루는 있을 때는 뭐라 하면서 막상 자리를 지키고 있지 않자 잔소리를 퍼부어 줘야겠다고 생각했다.

'항상 당하기만 했으니 이런 기회는 놓치지 말아야지.'

"호위 무사 주제에 어딜 그렇게 돌아다니지?"

"잠시 다녀올 데가 있었습니다. 물론 이랑 님께 허락받고 다녀온 겁니다."

“······어딜 다녀왔는데.”

별로 궁금하지 않았지만 이대로 대화를 종료하기에는 밋밋함
감이 있었기 때문에 어쩔 수 없이 관심을 보여야 했다.

“사직서를 제출하고 오는 길입니다.”

사직서란 말에 시하루가 눈을 반짝이기 시작했다. 그리고 그의
반응을 보며 살짝 인상을 찌푸리는 유시후였지만, 곧 생각을 고쳤
는지 의미심장한 미소를 지었다. 뜬금없지만 방해꾼이 사라져 준
다는 말에 들뜬 시하루는 미처 그 미소를 보지 못했다. 유시후의
미소는 마치 ‘어디 언제까지 좋아할 수 있는지 두고 보자.’라고 말
하고 있는 듯했다.

“일을 그만둬서 섭섭하네. 마음에 안 들었지만 나름대로 책임
감 있는 호위 무사였는데. 그럼 잘 가라. 아마 다시 볼 일은 없겠지
만.”

그래도 마지막이라고 작별 인사를 하는 그였지만, 섭섭하다는
말과 달리 미소를 주체할 수 없었다. 한결 가벼워진 발걸음으로
희수궁을 빠져나가는 그의 뒷모습을 바라보던 유시후가 피식 웃
더니 아주 작은 목소리로 말했다.

“저도 싫지만, 아마 계속 보게 될 겁니다.”

*    *    *

중앙 서재 안.

　정체가 밝혀진 뒤로 대놓고 희수궁에 출입하는 시하루 덕분에 최근에는 피해를 보지 않은 중앙 서재였다. 하지만 그 중앙 서재는 다시 위기에 놓여 있었고, 그 서재를 지키는 이들 역시 칼퇴근이 가능했던 지난 며칠간의 행복한 나날을 회상하며 다시 찾아온 불안에 떨고 있었다.

　책을 싫어하는 시하루가 오후가 되기 무섭게 독서 좀 해 보겠다고 서재에 나타났기 때문이다. 다행히 특별한 소음이 들리고 있지는 않았지만, 그 침묵은 오히려 다른 이들의 불안을 불러일으켰다.

　"이안."

　곧 침묵 속에 시하루의 목소리가 들려왔고, 이 상황에서 자신이 호명되자 그동안의 안 좋은 기억들을 새록새록 떠올리던 이안이 울상을 지으며 안으로 들어섰다.

　"부르셨습니까."

　"가서 이신 불러와."

　"예?"

　오늘은 또 어떤 불행한 일이 일어날까? 잔뜩 겁을 먹고 방 안으로 들어선 이안은 자신이 아닌 아버지를 데려오라는 뜬금없는 명령을 듣게 되었다. 평상시라면 눈치 없게 왜 그러냐고 묻고는 한 방 먹었겠지만, 시하루가 희수궁에 갈 때마다 늘 동행했던 이안이었기에 이미 그 이유를 알고 있었다.

　"저…… 저를 왜 부르신 거죠?"

이안은 시하루와 마주치는 일 없도록 요리조리 피해 다니던 자신의 아버지, 이신을 붙잡는 데 성공했다. 지은 죄가 있기에 시하루의 눈을 똑바로 바라볼 수가 없던 이신이 안절부절못하며 자리에 앉았다. 이랑에게 그가 왕이라는 사실을 미리 알려 준 죄와 재판이 종료될 걸 알면서도 아무것도 모르는 척, 일부러 밖에 나와 우물쭈물하고 있는 시하루를 부추겨 안으로 뛰어 들어가게 한 죄가 있었으니, 그 두 가지만으로도 속 좁은 그가 평생은 괴롭힐 거리로 충분했다.

"그동안 보이지 않던데, 무슨 일 있었나?"

"아니요. 없습니다."

하지만 이신의 걱정과는 반대로 그런 사실을 모르고 있던 시하루는 오히려 자신을 피하는 그를 이해할 수 없었다. 물론, 제대로 한번 파고들면 자신에게 창피를 준 주범이 그였다는 걸 알 수도 있겠지만…….

"그 꼬맹이…… 대답은 하긴 했지만 뭔가 숨기고 있는 거 같아."

"예?"

그의 말에 이신의 표정이 굳어졌다.

"그 녀석이 나에게 뭘 숨기고 있는지, 자네가 좀 알아봐 달라는 거야."

"어, 어째서 그런 걸 제가……."

직접 물어본다든가, 옆에 있는 이안을 시킨다거나 하면 될 일을 굳이 별로 좋아하지도 않는 자신에게 부탁 하냐는 질문에 그가 간단히 대답했다.

"왠지 그대를 내 편에 두지 않으면 나중에 불리할 거 같으니까."

이신에게 긴급 도움을 요청하는 건 평상시 그를 불편하게 여겼던 시하루에게는 큰 결심이 필요한 행위였다. 그만큼 지금 상황이 절박하다는 의미였다.

"그래서, 너는 내가 어떻게 했으면 좋겠지?"

하지만 그는 아주 중요한 한 가지를 모르고 있었다. 그가 알고자 한 그 '숨기고 있는 것'에 대해 이신은 이미 입막음을 당한 상태라는 것을.

*    *    *

"이러는 게 어디 있어?"

"그게…… 오늘은 온종일 책만 읽고 싶으시다고…… 그래도 꼭 들어오셔야겠다면 강제로 호위 무사들을 뚫고 들어오시든가 아니면 강압적인 태도로 명령해서 문을 열고 들어와도 좋다고 하시긴 했는데……."

저게 들어오지 말라는 말이지, 어디 들어오라는 말인가? 약간은 억울하다는 표정이다.

"뭐야, 내가 좋아한다니까 이제는 대놓고 팅기는 거야?"

꼭꼭 잠긴 희수궁 문 앞에 서서 들어가지 못하고 있던 시하루가 이걸 뚫고 들어가야 하나 말아야 하나 고민에 빠졌지만 결국은 돌아설 수밖에 없었다.

"어? 안 들어가실 건가요?"

그를 따라왔던 이안이 조심스럽게 묻자 시하루는 그저 한숨만 내쉬었다. 물론 그의 명령 한 마디면 아무리 굳게 닫혀 있는 문이라도 바로 벌컥 열렸겠지만…….

"나 이제 강압적으로 나가지 않기로 했어."

며칠 전 이랑이 그를 앞에 앉혀 놓고 아랫사람을 다루는 방법이라든가 너무 제 고집만 피우면 안 되다든가 여러 가지 설교를 늘어놓았던 게 효과가 있었나 보다.

"그것참 잘 생각하셨네요. 원래 사람이란 제 고집만 피우면……."

안타깝게도 이안의 말은 계속 이어지지 못했다. 왜 본인이 으스대듯이 설교를 늘어놓고 있는 건지 몰라도, 이안은 이랑과 다르기 때문이다.

"깜빡하고 말 안 했네. 내가 말한 대상은 저기 안에 토라져 있는 꼬맹이지, 그 외의 놈들은 대상이 아니야."

"아무렴요."

고개를 끄덕이며 잘 알겠다고 말한 이안이 더 이상의 피해를 보지 않기 위해 슬슬 뒤로 물러섰다.

"그나저나 유시후가 없으면 없는 대로 이런 문제가 있었네. 내가 생각이 짧았어."

갑작스러웠지만 분명 유시후의 사직은 시하루에게 있어서는 아주 좋은 일이었다. 가장 큰 방해꾼이 사라졌다는 이유 하나만으로도 왠지 이랑과 그 사이의 거리가 확 준 거 같았고, 전보다 조금만 더 노력하면 그가 원하는 대로 일이 풀릴 것만 같았다. 하지만 뛰어난 파수꾼의 부재는 과도한 경계심을 불러일으켰다. 마치 자신이 괴물이라도 되는 것처럼 경계하는 희수궁의 궁인들 때문에 전보다 더 피곤한 그였다.

"안녕하세요. 처음 뵙겠습니다."

그래도 쉽게 발걸음을 돌릴 수가 없었던 건지 꼴사납게 문 앞을 서성이던 시하루에게 누군가가 반갑게 인사했다. 반사적으로 목소리의 주인을 찾기 위해 뒤를 돌아본 그는 곧 조그마한 꼬마를 발견했다.

"어…… 안녕."

일단은 어색하게 인사를 받아 줬지만 지금 그의 머릿속은 복잡하게 꼬여 있었다. 도대체 이 궐의 보안이 어떻기에 이런 아이가 궐 안을 돌아다니고 있단 말인가. 거기에 이 정체를 모를 아이의 걸음은 희수궁을 향하고 있었으니 더욱더 예민하게 반응할 수밖에 없었다.

"그나저나…… 너는 누구지?"

"아, 제 이름은 수아라고 해요. 밖과 안을 오가면서 이랑 님을 도와드리고 있어요. 전하 맞으시죠? 이야기는 많이 들었습니다."

오늘도 서화당의 편지를 이랑에게 전해 주기 위해 궁을 찾은 수아가 우연히 마주친 시하루를 알아보고 먼저 인사를 건넨 것이다.

시하루는 상당히 어려 보이는데도 궐 안의 엄숙한 기운에 눌리지 않는 아이가 대단하다는 생각이 들면서도 신기했다. 그리고 '이랑의 어렸을 때가 딱 이렇지 않았을까?'라는 생각이 드니 왠지 모르게 그 아이에게 정이 갔다.

"안녕하세요, 수아예요. 문 열어 주세요."

문을 두드리면 될 것을 굳이 큰소리로 고래고래 외치고 있는 아이가 조금은 바보 같았지만, 그 역시 이랑을 닮은 거 같아서 계속 지켜보게 되었다.

"어머, 오늘은 늦었네?"

"잠깐. 어째서 나는 안 되고, 이 아이는 되는 거야? 여기 출입 기준이 어떻게 되지?"

왕의 출입을 거부한 희수궁의 문이 왜인지 어린 꼬마에게는 망설임 없이 활짝 열리고 있는 모습을 보니 이건 아니라는 생각이 들었나 보다.

"자꾸 그러시면 이랑 님에게 미움 받으실지도 몰라요."

"꼬맹이 2호, 넌 누구 편이냐."

희수궁의 문턱을 막 넘으려던 수아가 그의 유치한 질문에 걸음을 멈추고 가만히 서서 고민에 빠졌다. 그게 뭐 어려운 질문이라고 긴 시간 동안 공을 들여 내놓은 결과는 누구나 예상할 수 있는 답변이었다.

"음…… 굳이 말하자면 이랑 님 편인데요, 개인적인 바람은 이랑 님이랑 전하께서 잘 지냈으면 좋겠어요."

"역시 총명해 보인다고 생각했어."

금방 표정을 풀고는 '꼬맹이 2호'라는 별칭을 얻게 된 아이의 머리를 마구 헝클어 놓는 것으로 앞으로도 잘 부탁한다는 듯 인사했다.

"아, 맞다맞다. 그러고 보니까요."

수아를 들이기 위해 잠시 열렸던 희수궁의 문이 맡은바 임무를 다하고 다시 닫히고 있던 도중이었다.

"편지 항상 잘 읽고 있어요. 앞으로도 힘내세요."

"……응?"

자신이 하고 싶은 말만 남기고 손을 흔드는 수아의 모습을 마지막으로 희수궁의 문이 닫혔다. 의미를 알 수 없는 응원을 받게 된 시하루가 고개를 갸웃거리며 옆에 서 있던 이안을 향해 물었다.

"무슨 소리래?"

"그냥 전하를 응원한다는 거 아니겠어요?"

"그런가?"

대수롭지 않은 반응을 보이며 별거 아니라는 듯 넘어가려는 이안과는 달리 시하루는 뭔가 자신이 놓치고 있는 기분이었다. 그게 뭔지 딱 떠오르지 않는다는 게 문제였지만.

*　　*　　*

여기도 책. 저기도 책.

이랑이 이곳을 '천국'이라고 표현할 정도로 오직 학습에 몰입할 수 있는 최고의 환경을 갖추고 있는 장소.

## 서하연

화려하지만, 너무 과하지는 않고. 그렇다고 투박하지 않은 적절한 미(美)가 곁들어져 있는 장소. 그곳의 넓은 방에서부터 경쾌한 걸음 소리가 들려왔다.

"삼화님."

앞서 가는 여인을 뒤쫓는 다른 여인들이 그녀를 '삼화'라고 부르고 있었다. 그것이 이름 같지는 않았지만, 용케 자신을 부르는 것으로 알아들은 여인이 뒤로 돌아 다가오고 있던 여인을 향해 웃으며 인사를 했다.

"안녕하세요."

두 여인은 모두 하얀색과 검은색이 자연스럽게 어우러져 있는 단정하면서도 품위가 느껴지는 옷을 입고 있었지만, 다른 점이 한 가지 있었다. '삼화'라 불린 여인이 달고 있는 노리개의 색은 자주색이지만, 그녀를 불러 세운 여인이 지니고 있는 노리개의 색은 녹색이라는 점.

"삼화님 앞으로 온 겁니다."

녹색 노리개의 여인이 작은 봉투를 들어 보이며 말하자, 삼화라는 여인은 함박웃음을 띠며 그것을 받아 들었다.

"아. 계속 기다리고 있었는데, 드디어 왔네요."

차분한 모습은 온데간데없고, 잔뜩 들떠 내용을 확인하는 여인을 바라보던 다른 여인이 그 종이의 내용이 궁금해진 건지 조심스럽게 물어왔다.

"그게 뭔지 여쭈어 봐도 될까요?"

봉투에서 꺼낸 종이를 펼칠 때 손이 살짝 떨렸던 거 같은데, 그냥 기분 탓일까? 봉투를 뜯을 때와는 달리 안에 있던 종이를 펼치는 데에 걸리는 시간은 조금 길었다.

"일종의 무기죠."

만족스러운 내용이라도 담겨 있는지 그럴 줄 알았다는 듯, 고개를 크게 끄덕인 여인은 그 작은 종이 한 장을 '무기'라는 말로 표현했다.

"무기요?"

이해가 안 간다는 표정.

"아, 히연. 좋은 아침입니다."

그때, 또 다른 누군가의 목소리가 들려왔다.

'히연'이라는 호칭에 반응을 보인 건 '삼화'라 불린 자주색 노리개를 지닌 여인이었고, 그녀를 부른 또 다른 여인 역시 마찬가지로 자주색의 노리개를 달고 있었다. 반대편 복도에서 많은 책을 품에 안은 채 걷고 있던 여인이 먼저 알아보고 인사를 하자, '히연'이라는 여인 역시 예의를 갖추어 인사했다.

"무슨 좋은 일이라도 있으신 건가요?"

여인 역시 편지에 관심을 보이며 다가오기 시작했다. 나란히 옆
에 서서 편지의 내용을 훑던 여인이 곧 히연의 입에 걸린 미소와
비슷한 미소를 띠며 고개를 들었다.

"방 하나 미리 준비해 둬야겠네요."

"네. 아, 방 구도나 장식은 저에게 맡겨 주세요. 저랑 취향이 아
주 비슷하거든요."

"네, 미리 말해 두겠습니다."

고개를 끄덕이고는 자신은 이만 정리할 게 있다고 말한 그녀가
먼저 자리를 떴다.

"방이요? 방은 왜 필요하세요?"

그때까지도 있던 다른 여인 한 명이 히연에게 묻자 그녀가 싱긋
웃으며 돌아섰다.

"곧 있으면 막내가 올 예정이거든요."

'막내'라는 말에 고개를 갸웃거리던 여인이 곧 그 말의 뜻을 이
해했는지 덩달아 즐거워 보였다.

"오랜만이네요! 당장 다른 서하연의 꽃들에게도 이 소식을 알려
야겠어요!"

원래 서하연에서는 뛰어다니면 안 되지만 이미 훈계를 할 수 없
을 거리까지 뛰어가 버렸기 때문에 그저 뒷모습을 흐뭇하게 바라
볼 수밖에 없었다. 확실히 이건 이 잠잠한 서하연에 몇 안 되는 행
사와도 같았으니, 다른 서하연의 꽃들이 들뜨는 건 어쩌면 당연한
일일지도. 가만히 서서 서하연의 문이 있는 방향을 멍하니 바라보

던 히연이 이러고 있을 때가 아니라는 듯 다급히 움직이기 시작했
다.

"오랜만에 서하연 밖으로 나들이를 가야겠군요."

*　　*　　*

"이랑 님, 이랑 님."

이랑이 서화당의 편지에 답장을 쓰고 있는 사이, 따듯한 차를
마시고 있던 수아가 궁금한 게 있는지 질문을 하기 위해 이랑을
불렀다.

"이랑 님은 전하를 싫어하세요?"

본격적으로 이랑과 시하루의 사이를 이어 주겠노라 결심한 건
지, 평상시라면 묻지 않을 질문을 하는 그녀였다. 온정신을 서화
당의 편지에 몰입하고 있던 이랑이 살짝 인상을 찌푸리며 고개를
들었다.

"뜬금없이 왜?"

"아니, 그냥요."

만약 유시후가 같은 질문을 했다면 민감하게 반응하며 신경 끄
라는 말과 함께 버럭! 소리를 질렀을지도 모르겠지만, 상대가 수아
인 만큼 그럴 수가 없었다. 들고 있던 붓을 내려놓은 이랑이 이걸
어떻게 설명하면 좋을까…… 고민하는가 싶더니 곧 생각이 정리
된 건지 다시 붓을 집어 들며 답했다.

“싫지 않아. 굳이 좋고 싫음을 답하라면 오히려 좋은 편이야. 단지 지금 내가 해야 하는 일을 내팽개칠 정도가 아닌 것뿐이야.”

“전하께서는 이랑 님에게 마음이 있으신 거 같은데요?”

기특하게도 시하루가 점수를 받을 수 있도록 아주 조심스러운 노력을 해 보는 수아였다. 얼굴을 붉힌다든지 그것이 아니라 해도 살짝 동요하면서 ‘그래 보여?’라든가 부끄러워하면서 ‘에이, 그럴 리가~’라고 하는 게 보통 생각해 볼 수 있는 반응이건만, 이랑은 박장대소하며 고개를 저었다.

“하하. 아니, 그건 아니야.”

“예? 아니라니요?”

제 일을 제외한 다른 모든 일에서는 엄청난 눈치를 보이고 있기 때문에 이랑은 지금 수아가 하고 있는 게 뭔지 금방 파악할 수 있었다. 이유는 모르겠지만 수아 역시 다른 궁인들과 마찬가지로 자신을 그 꽃따리 오빠랑 이어 주기 위해 노력하고 있었다.

눈앞에 앉아 있는 수아는 나름대로 들키지 않기 위해 별로 관심 없다는 듯 무표정을 짓고 있었지만, 아까부터 손가락을 꼼지락거린다거나 불안한 듯 몸을 좌우로 움직이는 등 행동 하나하나가 무심한 표정과는 어울리지 않게 어색했다. 예상치 못한 반응에 굳어 버린 수아를 바라보며 실컷 웃은 이랑이 어느 정도 진정이 되었는지 숨을 돌리며 곧 다시 차분함을 되찾았다.

“그건 단순한 관심이야. 내가 지금은 만날 수 없는 첫사랑과 닮은 모양이야.”

그녀는 전에 그가 했던 이야기를 기억하고 있다.

'……바보같이 어떤 여인을 아직도 마음에 두고 있으니까.'
'죽었어. 이제 못 만난대.'
'그래서, 아직은 다른 여자를 사랑할 자신이 없대.'
'글쎄…… 네가 그녀와 어딘가 닮았기 때문이 아닐까.'

한마디로 자신은 그 여인의 대리에 불과하다. 단순히 닮았다는 이유 하나만으로. 그렇기 때문에 더더욱, 교지를 내세우며 청혼을 해 오는 그에게 설레어서는 안 된다. 이 궐 안에 남아 있어서는 안 된다. 그렇게 생각하니 얼마 전까지만 해도 들던 미안한 감정이 눈 녹듯 사라지는 거 같았다. 그가 진심으로 자신에게 관심이 있어서 그러는 거라면 몰라도, 그 역시 자신을 보고 있는 게 아니었으니까.

정작 본인은 그러한 사실을 덤덤하게 받아들였는데, 수아는 이게 무슨 청천벽력 같은 소리냐는 듯 두 눈이 커지고 입을 딱 다물어 버렸다. 혹시 이해를 못 한 건가 싶어 이랑은 좀 더 자세히 설명을 해 주기로 했다.

"그러니까 꽃따리 오빠가 예전에 좋아하던 여자가 있었는데, 그 여자가 불의의 사고인지 뭔지로 세상을 떠나게 되었대. 그런데 내가 그 여자와 어딘가 닮은 구석이 있고, 그것 때문에 미련을 두는 거라는 말이야. 왜, 몰랐어? 꽤 놀란 모양이네."

"아니요. 제가 놀란 건 그것 때문이 아니라 이랑 님께서 그렇게 생각하고 계시기 때문이에요. 정말 그렇게 생각하세요?"

"그거 말고 또 이유가 있나?"

대화를 나누면서도 편지 쓰기를 멈추지 않던 이랑은 답을 단 편지들을 하나하나 접어 다시 봉투에 넣고, 마무리로 수아가 들고 왔던 보따리에 넣어 꽁꽁 묶었다. 원래라면 유시후가 했을 부분이지만 그는 사직서를 내고 먼저 궐 밖에 나갔으니, 이제는 이런 귀찮은 일까지 그녀 몫이었다.

"……제가 볼 때 이랑 님은요, 그냥 다 알고 있으면서도 모르는 척 넘어가시려는 거 같아요."

"내가 왜?"

"누군가를 좋아한다는 게 이랑 님에게는 아주 큰 용기가 필요한 일이니까요."

*　　*　　*

'누군가를 좋아한다는 게 이랑 님에게는 아주 큰 용기가 필요한 일이니까요.'

방 안에서 며칠 안 남은 국시를 대비해 공부 중인 이랑이었지만, 그녀의 눈에 책은 들어오지 않았고 낮에 수아가 남기고 간 말만이 머릿속을 맴돌았다.

“……맞아. 누군가를 좋아하려면 난 꿈을 전부 버려야 하거든. 그렇게 되면 그 꿈을 위해 지금까지 내가 노력해 왔던 모든 것들이 헛수고가 되어 버려.”

자신이 지난 십 년 동안 영희궁에서 얌전하게 살아온 이유가 무엇 때문이었나. 오직 꿈을 이루기 위해서였다. 다른 이유는 아무것도 없었다.

꿈을 이루기 위해 죽어라 공부만 한 끝에 입학 허가를 받았지만 궐에 들어오게 되는 바람에 갈 수 없던 서하연. 하지만 려화의 배려로, 그녀는 특별히 서하연에서 일하는 시종들을 궁녀로 들어 서하연의 지식을 접할 수 있었으며, 영희궁에서 진급 시험을 볼 수도 있었다. 아무것도 없는 영희궁은 공부에 집중할 수 있는 최적의 장소였고, 실제로 빠른 속도로 진급해 이번에 드디어 삼화 진급 시험을 치르게 된 것이다. 이 시험만 합격하면 서하연으로 돌아갈 수 있었지만 한 가지 아쉬운 점이 있었다.

그건 바로 아무리 허울뿐이라지만, 자신의 남편이었던 이의 얼굴 한 번 보지 못했다는 것. 상냥한 표정이나 온화한 얼굴이 아니어도 좋으니 어떻게 생겼는지만이라도 알고 싶은 그녀였기에 그동안 계속해서 자진 폐위 희망서를 써서 보냈다. 혹시라도 그 편지를 읽고는 화가 나서 제 발로 찾아오지 않을까 하고. 그러나 결과는 묵묵부답이었고, 결국 이 궐을 나갈 즈음이 돼서야 마지막이라는 생각에 직접 길을 나선 것이었다. 그리고 그들은 만났다. 하지만 뭔가 일이 이상하게 돌아간다는 생각이 들기 시작한 건 그 뒤부터였다.

이랑은 계속해서 밖으로 나갔고, 그 역시 계속 그녀의 주위를 맴돌았다. 아마 그때부터 유시후가 예민하게 반응한 것으로 보아 그는 이미 눈치를 채고 있었던 거 같다. 이랑의 마음속에 이상한 감정이 생겨나고 있다는 것을.

진급 시험은 결과가 나오는 데에 절차상 시간이 꽤 걸렸기 때문에 궐을 나가기까지는 아직 시간이 있었다. 불합격이라면 다시 공부해야겠지만 왠지 떨어질 거 같지는 않았다. 이것은 자만이 아니라, 하루하루를 오직 공부에만 쏟아부었던 데서 나오는 자신감이었다. 시험 결과를 기다리는 그녀에게 갑자기 찾아온 여유로움은 어색하기만 했다. 그래서 더더욱 밖으로 나갔는지도 몰랐다. 시간이 천천히 가는 작은 영희궁과는 달리 넓은 궐 안은 그나마 나았으니까.

분명 본인은 '합격증이 나올 때까지만.'이라고 생각했을지 모르겠지만, 합격증이 발급되는 데 걸리는 시간은 예상보다 더 길었다. 그리고 시간이 지체되면 지체될수록 정은 더욱더 깊어지기만 했다. 그렇게 이랑이 우물거리는 사이에 이 모든 일이 터진 것이었다.

"하아…… 너무 많은 일이 있었어."

"대낮부터 웬 한숨? 그래서 땅이 꺼지겠냐?"

멍하니 앉아 앞으로 어떻게 해야 할까 고민에 빠져 있던 이랑의 정신을 번쩍 돌아오게 하는 목소리가 문가에서 들려왔다. 반사적으로 고개를 들어 목소리가 들려온 곳을 바라보던 이랑의 얼굴에 조금 전까지 '고민'이라는 글자가 쓰여 있었다면 이번에는 '해결'이라는 글자가 새롭게 쓰였다.

문가에 서 있는 남자는 그동안 봐 왔던 옷이 아닌 딱 봐도 부잣집 도련님임을 알 수 있는 고급스러운 의상과 장신구를 달고 있었고, 그런 그를 바라보던 이랑은 어딘가 어색하다는 생각이 들었다. 그러거나 말거나, 그는 뻗친 머리가 신경 쓰이는지 짜증을 내는 걸 보아 자다 온 게 분명했다. 결국 정리되지 않은 머리를 마구 헝클어 놓던 그가 천천히 이랑의 앞으로 다가왔다.

정말…… 호위 무사로 있었을 때는 상상도 할 수 없던 모습이다.

싱글벙글 웃고 있는 이랑이 마음에 안 드는 건지 손을 뻗은 남자는 '감히' 그녀의 볼을 꼬집더니 그것도 모자라 쭈욱 늘리기 시작했다. 이제야 짜증이 난다는 표정을 짓는 이랑과 달리 본인은 즐겁다는 듯 웃고 있던 남자가 피식 웃으며 인사를 건네었다.

"뭐야, 그 표정. 오랜만이어서 반갑냐? 표정 완전 웃기네."

"반갑지. 미치도록 반갑지."

그의 손에서 벗어날 기회를 노리던 이랑이 틈을 봐서 손등을 찰싹! 소리가 날 정도로 때려 주었다. 일단 벗어나기는 했지만, 볼에서 열이 나는 게 아무래도 부을 거 같았다. 하여간에 힘만 무식하게 세서는……. 가뜩이나 힘이 센데 그동안 본인 의사는 아니었다 해도 무인 생활을 해서 그런지 더욱 세진 거 같았다.

마음속에서는 그를 욕하느라 정신이 없는 이랑이었지만, 그래
도 늘 곁에 있던 사람과 떨어져 있다 보니 쓸쓸하긴 했던 모양. 그
녀의 표정에는 실실거리는 웃음이 아직도 남아 있었다.

"오랜만이야, 유시후. 그동안 어떻게 지냈어?"

자신을 반기는 이랑의 환영을 받으며 맞은편 자리에 털썩 앉은
유시후가 주위를 두리번거렸다. 궐을 떠난 지 고작 며칠밖에 안
지났음에도 그립긴 한 모양이었다.

"어. 그냥 그랬지, 뭐. 잠깐."

"응?"

건성으로 대답하던 그가 다시 눈썹을 일그러뜨리며 이랑에게
시선을 고정했다. 방금 들은 그녀의 말에서 무언가가 마음에 안
드는 눈치였다.

"은근슬쩍 말 놓는다, 너? 이렇게 되었으니 호칭을 바꿔야 하지
않겠어?"

사실 처음부터 그럴 생각이었지만 이랑은 너무 오래간만에 불
러보는 호칭이다 보니 망설였다. 지난 십 년 동안 자신의 호위 무
사였던 그에게 아무렇지 않게 말을 놓고 명령을 하던 편한 시간이
다 지나가 버려 아쉽다는 표정. 그러나 위아래 구분이 확실한 꽉
막힌 유시후에게 그 표정은 먹히지 않았다.

"오라버니."

"그래, 그동안 네가 나 부려 먹었던 거 다 기억하고 있다."

십 년 만에 호칭을 되찾은 게 만족스러워 보였다. 그리고 속 좁

은 유시후는 그동안의 일을 떠올리면 아직도 분이 안 풀린다는
듯, 이까지 갈더니 웬만해서는 자신의 성격을 건드리지 않는 게 좋
을 거라고 경고했다.

"전부터 말해 왔지만, 넌 정말 나한테 고마워해야 해. 이런 남자
세상에 둘도 없을 테니까."

이번에는 자화자찬에 빠져 있는, 과거에 잠시 자신의 호위 무사
였던 남자를 바라보는 이랑의 눈이 불타올랐다.

'부려 먹을 수 있을 때 제대로 부려 먹었어야 했는데!'

이제 와서 후회한다고 뭐가 바뀌겠는가. 그녀가 무슨 생각을 하
는지 다 보인다는 듯 킥킥 웃고 있던 유시후가 뜬금없이 어떤 봉
투를 이랑의 앞에 내밀었다. 씩씩거리던 이랑의 시선을 단숨에 사
로잡은 봉투는 곧 그녀의 손으로 넘어갔고 '드디어'라는 눈빛을 받
으며 그 내용물을 드러냈다.

"서하연의 편지야. 입학 허가서. 그리고…… 삼화 진급 시험 통
과 문서도 왔어."

대충 '축하합니다.'로 시작하는 편지에 시선이 고정된 그녀의 귀
에, 그의 목소리는 더 이상 들리지 않았다. 이해한다는 듯 고개를
끄덕이던 유시후가 그 사이에 궁녀가 갖다 준 차를 한 모금 마시
더니 말했다.

"합격 축하해. 드디어 궐을 나갈 모든 조건을 갖추었네."

"응. 고마워."

"어머, 유시후 님께서 오셨다는 말이 정말이었네요!"

아까부터 문가가 소란스럽다 했더니 언제부터 몰려 있었던 건지 궁녀들이 슬그머니 들어왔다. 한 명씩 들어오기 시작하더니 어느새 방 안의 궁녀는 여섯 명 정도로 불어났다. 아마도 아까 차를 내온 궁녀가 반가운 손님이 왔다는 소식을 여기저기에 퍼트리고 있는 게 분명했다.

"아, 다들 오랜만이네요."

순식간에 시끌벅적해진 상황에 적응 못 하고 있는 이랑과는 달리, 그는 익숙하다는 듯 여유롭게 모든 인사를 받아 주었다.

"그런데 그 짐은 다 뭐예요?"

오래간만에 본 유시후에게 안부를 묻던 궁녀들이 고개를 갸웃거리며 그의 뒤에 있는 작은 짐에 관심을 보였다.

"당분간 여기서 지낼 생각이에요."

아무리 남는 방이 많다고 해도 그렇지 무슨 여관도 아니고 왕후가 머무는 거처인데 제멋대로 결정하는 그였지만, 방 안 그 누구도 뭐라 하지 않았다. 그동안 함께 지낸 가족이기도 했고, 또 그가 있으면 희수궁의 방어력이 훌쩍 올라가니 감히 마다할 이유가 없었다.

"아버지가 너 나올 때까지 같이 있다가 데리고 오래. 혹시 모르니까."

"그러고 보니 같은 궐 안에 있으면서도 자주 못 뵀었네. 바쁘셔?"

바쁘시냐는 그녀의 말에 유시후는 무슨 그런 말도 안 되는 소리를 하느냐는 불쾌한 표정으로 퉁명스럽게 대답했다.

"바쁘긴. 완전 신이 나셨지, 뭐. 벌써 노후 계획 짜고 계시더라."

"하하. 오라버니가 다시 돌아가니까 좋으신가 보다."

이랑과 어렸을 때부터 함께해 온 궁인들은 혼자 밥 먹는 걸 싫어하는 그녀를 위해 넓은 곳에서 다 같이 모여 밥을 먹고는 했었다. 유시후도 돌아왔겠다, 오랜만에 대가족의 점심식사를 즐기고 있는 그들이었다. 사람이 많으니 그만큼 시끌벅적 한 밥상이었고, 다른 사람들의 말에 적절히 대꾸를 해 주던 유시후가 깜빡했다는 듯, 다른 이들의 귀에는 들리지 않도록 옆자리에 앉은 이랑에게 몸을 숙이며 물었다.

"그나저나 그 왕이 그냥 보내 준다고 한 게 사실이야?"

"응. 물론 다시 돌아온다는 조건하에."

빈손으로 왔다가는 이랑에게 무슨 소리를 들을지 몰라 특별히 궐 밖에서 여러 간식거리를 사 들고 온 그 덕분에 식탁은 더욱더 풍성했고, 이랑의 얼굴에도 함박웃음이 지어졌다. 하지만 그녀와 달리 질문을 한 유시후는 적지 않게 놀라 보였다. 오죽하면 손에 들고 있던 음식을 바닥에 떨어뜨릴 정도로.

"그 왕, 혹시 모르고 있는 거 아니야? 아니면 정신이 나갔다든가."

"모르고 있어."

굳이 앞에 있는 반찬을 내버려 두고 멀리 있는 그릇을 탐내는 그녀의 식탐에 못 이긴다는 표정으로 그릇을 대신 집어 주던 유시후가 그녀의 표정에 뭔가를 눈치채고 작게 물었다.

"사실은 너, 다 알면서도 약속을 한 거지?"

"글쎄."

"내가 잠시 잊고 있었네. 네가 독한 면이 있다는 걸."

"칭찬 고마워."

칭찬이 아니었지만 멋대로 칭찬으로 받아들인 이랑이 자신의 앞으로 온 그릇에 담긴 음식들을 순식간에 비워 냈다.

"지난 십 년 동안 나는 려화가 되기 위한 준비를 했어. 이제 삼화가 되었으니, 한 발짝만 내디디면 정상이야. 내가 왜 지금까지 내 목표에 대해 구체적으로 이야기를 안 했는데. 말하면 주위에서 반대하고 나설 게 불 보듯 뻔하잖아."

그러고 보면 지금까지의 이랑은 자신의 미래 목표에 대해 '구체적으로' 설명한 적이 없었다. 물론 그녀의 스승인 이신과 어머니와도 같은 대비마마는 예외였지만.

"과연 이신 공이 왕에게 비밀로 해 줄까?"

"당연하지. 나랑 약속했거든. 그리고 난 스승님께선 그 약속을 어길 분이 아니시라는 것도 잘 알고 있지."

현재 나름대로 머리를 굴린 시하루가 이신을 자신의 편으로 끌어들이려 하고 있지만, 아마 큰 도움은 되지 못할 것이다. 이미 그가 손을 쓰기 전에 이랑이 먼저 선수를 쳐 두었으니까.

"난 다음 대의 려화가 될 거야."

포부를 말하는 이랑의 두 눈이 반짝였다.

그런 그녀를 바라보던 유시후는 별로 시하루에게 좋은 감정은 없었지만, 그래도 마냥 남 일 같지가 않은지 조금은 딱하다는 생각이 들었다.

"왠지 전하가 살짝 불쌍해지기 시작했어. 안 그래도 한번 만나러 가야 하는데, 조언 하나 정도 해 주고 와야겠다."

# 十花 * 서하연의 꽃

"유월가(家)의 후계자?"

"네. 며칠 동안 안 보이신다 했더니 후계자가 대리로 일 처리를 하는 모양이더라고요."

그림자도 보기 힘든 유월가의 가주가 아예 안 보인다 했더니 다 이유가 있었군. 유월가의 부재 덕분에 기세등등해진 소월가의 가주 꼴을 눈 뜨고 지켜볼 수 없던 그에게 있어서는 아주 좋은 소식이 아닐 수 없었다.

"맞다. 아들이 있다고 하긴 했었어."

보통 귀족들은 자식들의 미래를 위해 미리 궐 안 분위기에 적응할 수 있도록 왕과 다른 대신들이 모이는 조촐한 자리에서 그들을 소개하고는 했었다.

"한 번도 본 적은 없지만."

그러나 후계자는커녕 본인조차 그런 자리를 싫어하는 유월가의
가주였기에, 유일한 유월가의 후계자의 정체를 아는 이는 없었다.
그건 왕인 시하루도 마찬가지. 연회는 물론이요, 심지어 궐에서 열
리는 귀족 자제들의 학업의 장에도 모습을 드러내지 않아 유월가
의 후계자라는 존재는 귀족들 사이에서 소문으로만 맴돌았다. 그
런 그가 궐 안에 나타났다니. 그것도 제 발로 자신을 찾아서.

솔직히 왕인 그에게 개인적으로 인사를 드리고 싶어 하는 귀족
들은 많았기 때문에 한 명의 인사를 받아 주면 다른 사람들까지
연이어서 귀찮게 할 게 분명했다. 그렇다 보니 그는 되도록이면 귀
족들과의 개인적인 만남만은 피하려고 했다.

하지만…….

"유월가라……."

선왕 때는 천유국의 두 개의 기둥으로 유명한 유월가와 소월가
가 하나가 되어 다른 대신들과 대립하는 구조였기 때문에 권력에
균형이 잡혀 있었지만, 지금은 상황이 달랐다. 소월가의 새로운
가주는 오히려 다른 대신들을 자신의 편으로 끌어 모아 유월가를
견제했다. 아무리 잠잠하다지만 정치적으로 무시할 수 없을 정도
의 힘을 지닌 가문이었기에, 시하루는 왕으로서 곧 가주권을 물려
받을 후계자에 대해서 알아 둬야 했다.

가능하다면 친분을 쌓는 것도 좋고.

"뭐야, 아직 안 온 건가?"

누가 그 유월가의 가주 아들이 아니랄까 봐 시작부터가 제멋대로이다. 시간 약속을 못 지킨다느니 등의 불만을 늘어놓으며 약속 장소에 들어선 시하루가 자리에 앉았다.

얼마의 시간이 지났을까?

슬슬 인내심의 한계에 도달한 시하루가 막 자리를 박차고 일어날 무렵, 문이 열리며 매우 익숙한 목소리가 방 안에 울려 퍼졌다.

"늦어서 죄송합니다, 전하."

예상치 못한 인물의 등장에 시하루는 자신을 기다리게 했다는 분노보다 황당함을 먼저 느꼈다. 그가 기다리고 있던 이는 어떤 사람인지조차 모르는 인물이었지만 방금 문을 열고 들어온 이는 그가 잘 알고 있는 사람 중 한 명이었으니까.

"유시후? 왜 네가 궐 안에 있는 거지? 사직서를 내고 궁을 나갔다 들었는데?"

은근슬쩍 비꼬는 시하루의 말투에도 기분이 나쁘지 않은지, 유시후는 실실 웃으면서 빈자리에 털썩 앉았다.

"그래도 먹고는 살아야 하는데 백수인 채로 놀고만 있을 수는 없지 않습니까."

"나는 네가 무슨 자격으로 이곳에 왔느냐고 물은 거였어."

눈앞에 앉아 있는 그가 마치 천적이라도 되는 양 예민한 반응을 보이던 시하루가 다시 묻자, 오히려 유시후가 이해할 수 없다는 표정으로 고개를 갸웃거리며 물었다.

"유월가의 가주 대리 자격으로 왔습니다. 이야기가 제대로 전달

되지 않았나요? 분명 여기서 만나기로 했다던데……."

방금 자신이 헛것을 들은 건 아닌지 확인이 필요했다. 그렇게 쫑알거리며 유시후를 경계할 때는 언제고, 시하루는 한 방 먹은 듯 멍하니 그를 바라보고 있었다. 혼자만의 판단으로 결정을 내리기에는 너무 어려운 내용이니 주위의 도움을 받자.

평상시와 마찬가지로 뒤에 서 있던 이안이 그의 부름을 받기 무섭게 표정이 울상으로 바뀌었다. 주군이 자신을 필요로 할 때마다 불안감이 먼저 엄습해 오는 게 이런 걸 두고 조건반사라고 하는구나 싶었다.

"저게 무슨 소리지?"

"그러게 제가 말씀드렸잖아요. 보통 분이 아니시라고. 저번에 서재에서 말씀드리려고 했는데 전하께서 중요한 게 아니라고 그냥 넘어……."

"말을 했어야지! 내가 안 듣는다고 해도 했어야지!"

본인이 다른 일에 정신이 팔려 멋대로 말을 끊어 놓고는 이제 와서 화를 내고 있으니 이안은 억울하기만 했다. 하긴, 언제는 안 억울한 상황이 있었던가. 결국 이렇게 한 소리 또 듣고 다시 뒤로 물러서는 이안이었고, 그의 처량한 뒷모습을 유시후가 불쌍하다는 시선으로 바라보았다.

시하루의 머릿속은 아직도 정리가 끝나지 않은 모양인지 조금 전 유시후의 폭탄 발언에 대해서는 한 마디도 꺼내지 않고 있었다.

생각해 보면 당황할 만도 했다. 일개 호위 무사와 한 가문, 그것
도 일국의 양대 산맥이라 불릴 정도로 엄청난 집안의 후계자는 하
늘과 땅 차이였다. 거기에 평생 엮일 일 없기를 그렇게 바라왔건만
오히려 친하게 지내야만 하는 존재였다니.

"잠깐. 유월의 후계자가 왜 호위 따위를 한 거야?"

아무래도 여전히 믿기지가 않는가 보다. 그가 거짓말을 하고 있
다는 쪽으로 몰아가려는지 시하루가 다급히 물었다.

"이랑이 혼자 궁에 보낼 수는 없었으니 말입니다."

'이랑?'

다시 한 번 시하루의 모든 사고가 정지했다. 유월의 후계자가
맞건 아니건, 이제 그것은 중요하지 않았다. 감히 이랑의 이름을
저리도 자연스럽게 부르다니. 아직 자신도 그렇게 편하게 불러 본
적 없는데!

"도대체 너희 둘은 무슨 사이냐."

위협적인 질문에 금방 일어날 생각이던 유시후가 잠시 움직임
을 멈추고 말했다.

"오라버니."

너무나도 쉽게 나온 해답은 오히려 조금씩이나마 움직이고 있
던 시하루의 사고를 완벽하게 마비시켜 버렸다. 오라버니라니? 연
적일지도 모른다는 불안감이 싹 날아가 좋아해야 하는데 어째 기
쁘지만은 않았다. 오히려 큰 사고를 친 기분. 이랑의 오라버니라
면 자신에게는 '처남'과도 같은 존재였다.

“그······ 존대를 써야 할까?”

“뭘 이제 와서 새삼스럽게.”

쌓였던 분노가 눈 녹듯 순식간에 사라졌다. 확실히, 그에게 이랑이라는 이름보다 더욱 효과적인 것은 없었다. 바로 꼬리를 내린 시하루가 조심스럽게 묻자, 그 반응을 즐기고 있던 유시후가 감히 큰 소리를 웃었다.

그동안 자신이 그에게 해 왔던 악행(?)들이 하나하나 떠오를 때마다 시하루의 표정은 굳어 갔다. 그렇게 점점 어둠의 나락 속으로 빨려들어 가던 그가 순간 매우 기초적인 모순을 떠올리고는 다시 고개를 들었다.

“잠깐. 너희 ‘성(姓)’이 다르잖아.”

딱 봐도 소이랑과 유시후는 성이 다른데 어떻게 둘이 남매라고 주장하는 거지?

“꼭 피를 나눠야만 형제는 아니지요.”

피를 나눈 친남매는 아니어도 그만큼 가족 같은 관계란 뜻. 친남매가 아니라는 사실에 아까보다는 마음이 좀 나아졌는지 시하루가 안도의 한숨을 내쉬었다. 물론 지금도 위험하지만 만일 정말 가족이었다면 가뜩이나 없는 점수가 더 깎일 뻔했으니.

“그나저나 정말 나한테 ‘인사’만 하러 온 건가?”

그가 알고 있는 유시후는 고작 인사 따위를 하러 여기까지 찾아올 인물이 아니었다. 그리고 그의 판단은 옳았다.

“그럴 리가요.”

"그럼?"

그럴 줄 알았다는 표정. 점점 대화가 길어지자 원래 자신이 하고 싶은 말만 하고 금방 돌아갈 생각이었던 유시후의 시선이 계속 문가를 향했다.

"곧 있으면 이랑을 데리러 사람이 올 겁니다."

"오늘?"

"예."

그의 말대로, 밖이 소란스러워지기 시작했다. 그리고 그 소음이 커지면 커질수록 유시후의 입가에는 미소가 짙어졌다

"아무래도 벌써 도착한 모양이군요."

소란은 곧 시끄러움으로 번졌고, 소음을 싫어하는 주군께서 괜히 자신에게 화풀이할까 두려워 밖에 나갔던 이안이 아리송한 표정으로 돌아왔다.

"무슨 일이야?"

"밖에 웬 여자 한 분이 찾아오셨는데요……."

'여자'라는 말이 나오기 무섭게 유시후가 움찔거리더니 동요하기 시작했다. 그러나 안절부절못하던 움직임은 곧 안정되어 이번에는 의미심장한 미소를 지었고, 그 미소는 '이제 끝이네.'라고 말하고 있었다.

"누군데?"

"왕후님을 모시러 온 사람이라고 하시던데요……."

도대체 일이 어떻게 돌아가는지 알 수가 없었다. 눈앞의 호랑이

한 마리로도 벅찬데 새롭게 등장한 여인은 또 뭐란 말인가? 혼란스러워 보이는 그를 바라보던 유시후가 만족스러운 미소를 보이며 자리에서 일어났다.

"아, 맞다. 선물이라고 하기는 뭐하지만 한 가지 충고를 해 드리겠습니다."

"충고? 네가? 나한테? 왜?"

문을 열고 밖으로 나가려던 유시후가 잠시 머뭇거리더니 결국 입을 열었다.

"저와 비슷한 상황인 거 같아서요."

"나와 네가 비슷하다고?"

"이건 이랑의 오라버니가 아니라, 남자 대 남자로서 드리는 말씀이에요. 저는 개인적으로 전하께서 이랑을 생각하는 마음이 단순한 호기심이셨으면 좋겠습니다."

진심이라는 것이 느껴졌다. 그렇기 때문에 더더욱 그의 말을 그냥 흘려들을 수가 없었다. 이렇게 따로 자신을 찾아와서 그 나름의 충고라는 말을 남겨두고 떠나는 것을 보니 아직 자신이 모르는 무언가가 있다는 생각이 들기 시작했다. 분명 유시후는 자신과 비슷한 상황이라고 말했다. 그와 유시후 사이에 무언가 공통점이 있는 게 분명했지만 그게 뭔지는 아직 감조차 잡히지 않았다.

"사랑하니까 곁에 있어 달라고 하면 얻을 수 있을지도 모르겠지만 아마 평생 미안한 감정을 갖고 살아야 할 겁니다."

＊　　＊　　＊

“이리 오~너라!”

침입자로밖에 보이지 않는 여인이 희수궁의 정문 앞에 떡하니 서 있었다. 그리고 생각이 있는 건지 없는 건지 감히 왕후의 거처인 희수궁 앞에서 ‘이리 오너라’를 외쳐대고 있다. 큰소리로 한바탕 외쳐 대던 여인이 곧 이건 아니라는 생각이 들었는지 고개를 갸우뚱거리며 중얼거리기를.

“음…… 이런 느낌이 아니었던 거 같은데…… 뭔가 더 무게감 있는 그런 느낌이었는데…….”

이상한 여자의 등장에 겁을 먹은 희수궁의 궁인들은 문을 꼭꼭 걸어 잠근 채 유시후의 귀환만을 기다렸다.

“도대체 저 여자 뭐예요?”

“나도 몰라요, 그런데 무서워요!”

“도대체 어떻게 들어온 거죠?”

문틈으로 내다보던 궁인들이 저마다 한마디씩 거들었다. 많은 눈이 정체를 알 수 없는 여인을 향하고 있었지만, 그중에 그 여인의 정체를 알고 있는 이는 한 명도 없었다.

“이리 오너라~? 이리~ 오너라? 이리 오너~라?”

많은 시선을 한 몸에 받고 있다는 걸 아는지 모르는지, 주변 상황 따위 신경 쓰지 않고 자신의 별 볼 일 없는 고민 해결에만 몰두하는 여자였다.

“라히연!”

희수궁의 궁인들이 목을 빼고 기다리고 있던 이가 등장했다. 급하게 달려온 듯 보이는 그의 머리는 매우 엉클어져 있었고, 호흡은 정상이 아니었다.

“아, 유시후.”

척 봐도 자신을 말리기 위해 달려오고 있는 유시후였지만 여인은 도망가기는커녕 여유롭게 웃으며 인사했다.

“내가 정문 앞에서 기다리라고 했잖아.”

“그래서 기다리고 있잖아, 지금.”

“희수궁의 정문 말고 궐의 정문!”

“……별 차이 없잖아? 어차피 들어와야 하는 건 마찬가지인데.”

그녀의 표정이 사소한 것은 그냥 넘어가자 말하고 있었다. 상대가 이랑이었다면 봐주지 않고 훈계를 시작했겠지만, 눈앞의 여인은 유시후에게 있어서 거의 유일한 약점과도 같았다.

“나 그것보다 더 큰 문제가 있는데.”

그것보다 더 중요한 게 있다는 말에 유시후의 머릿속에 잠시 떠올랐던 훈계에 대한 생각이 순식간에 사라졌다.

“이리 오너~라. 이리~ 오너라. 이리 오너라~ 어떤 거야?”

“……이리 오너라! 아니야?”

“뭘 같이 놀고 있어!”

희수궁 앞에 어떤 여인이 등장했다는 신고를 받고 걱정이 된 건지 뒤따라 온 시하루가 버럭 외쳤다.

"너는 누구냐."

처음 보는 대상을 바라보는 시선이 별로 좋지 않았다. 상대가 여자이건 남자이건 성별에는 상관없이, 오직 이랑을 데리러 온 사람이라는 설명 하나만으로도 그의 미움을 사기에 충분했다.

"안녕하세요. 저는 서하연에서 대표로 나온 '라히연'이라고 합니다. 소이랑 님께 볼일이 있어서 이렇게 찾아오게 되었습니다. 단순한 제 호기심으로 인해 소란스러웠던 점 사과드립니다."

아까 그렇게 시끌벅적할 때는 언제고 순식간에 차분해진 그녀가 예를 갖춰 인사를 하자 시하루는 혼란스러웠다.

"서하연에서 왜 사람을 보낸 거지?"

하늘 같은 왕이 기분 안 좋다는 티를 팍팍 내고 있어도 기가 꺾이기는커녕, 표정 변화 하나 없다. 그녀는 그저 기다리고 있는 사람이 있다는 듯 아까부터 희수궁의 문을 바라볼 뿐이었고, 곧 굳게 닫혀 있던 문이 열리더니 기다림의 대상이 활짝 웃으며 나오는 게 보였다.

"아, 다들 모였네요!"

먼 길 떠날 예정인지 평상시와 다른 옷을 입고 있던 이랑이 시하루를 발견하고는 마침 잘됐다는 듯 다가갔다.

"마침 잘됐어요. 안 그래도 나가기 전에 한번 찾아가려고 했는데."

"……진짜 나가는 거야? 그것도 오늘?"

"서하연 입학생 소이랑은 서하연의 삼화 진급 시험에 합격함과 동시에 마지막 삼화로 선정되었음을 공표합니다.”

질문은 이랑에게 했지만, 답은 히연에게서 나왔다.

무슨 말인지 이해를 할 수는 없었지만, 이랑이 ‘삼화’라는 것에 선정되었다는 건 알 수 있었다.

“삼화? 그게 무슨 말이지?”

“서하연의 규칙에 따라 선정되었습니다.”

서하연의 규칙 8조

1. 서하연은 교육을 위해 존재하며, 학생들은 그러한 정신을 받아 학업에 집중한다.

2. 이는 서하연의 꽃들에게만 내려오는 기밀 조항이다.

3. 서하연의 꽃 중 최고 3명을 뽑아 그들을 ‘삼화’라고 칭한다.

4. 서하연의 려화는 반드시 삼화 중 한 명으로 선출한다.

5. 서하연의 삼화는 국가와 서하연 중 한 가지의 삶을 선택할 수 있다.

6. 서하연의 려화는 평생을 독신으로서 서하연에 이바지하는 삶을 살아야 한다.

7. 서하연의 꽃들에게 있어, 그 신분이 무엇이든 간에

서하연의 법도는 하늘이다.

　　8. 법을 어긴 서하연의 꽃은 영원히 서하연에서 그 이름이 삭제된다.


"삼화? 네가?"

서하연에 대해 자세히 알고 있지는 않지만, 그래도 삼화라는 게 어떤 것이고 그 자리에 오르기 위해 얼마나 큰 노력이 필요한지 정도는 알고 있었다.

"솔직히 이렇게 손수 배웅까지 해 주실 줄은 몰랐어요."

이랑이 의외라는 듯 눈을 동그랗게 뜨며 불만 가득한 표정의 시하루에게 말했다. 아무 말도 안 하고 있었지만, 그의 시선은 이랑의 뒤에 쌓여 있는 짐들을 향해 있었다.

"약속했으니까 받아들이는 거뿐이야. 하지만 끝난 건 아니니까 명심해."

이제 궐을 나가는 마당에 또 명심해야 하는 게 있다니.

"아, 책은 너무 많아서 한꺼번에 못 가져가니까 나중에 조금씩 가져갈게요."

"됐어. 어차피 저긴 아무도 안 들어갈 거니까 굳이 비울 필요 없어. 그냥 내버려 둬도 돼."

어떻게 보면 '난 이미 너 이외의 왕후를 들일 생각이 없다.'라는 의미와도 같았다. 그리고 그것은 그녀가 돌아온다는 전제하의 이야기였다.

"어차피 아주 잠깐이겠지만, 잘 있어요."

이랑이 밝게 웃으며 말했다. 그게 무슨 말이냐고 질문을 하려던 시하루였지만, 빨리 나가자고 재촉하는 이에 의해 말이 끊겨 버렸다.

"빨리 가자."

'다음'이라는 단어에 마냥 밝았던 시하루의 얼굴에 다시 먹구름이 끼기 시작했다. 갑자기 찾아와서 이랑을 데리고 나가는 히연이라는 여인의 정체는 아직도 밝혀지지 않은 상황. 그래도 한때 왕후였던 이랑의 어깨에 자연스럽게 팔을 걸치고 있는 것도 모자라, 평상시라면 엄청나게 으르렁거렸을 호랑이 유시후마저 하룻강아지로 만들어 버리는 능력자였다.

"그, 그대는 분명 서하연의 삼화라고 했었지? 대단하네, 그 나이에. 게다가 미인(美人)이고."

다른 건 몰라도 호랑이를 다루는 능력이 탁월했으니 존경심이 생긴 모양이다. 그 비법을 듣기 위해 일단 잘 보여야겠다는 생각을 한 건지 입에 발린 소리를 하는 시하루를 빤히 바라보던 히연이 고개를 홱 하고 돌리며 완벽하게 그를 무시했다. 이안의 말에 의하면 여인들은 예쁘다는 소리를 들으면 다 좋아한다고 하던데, 그 말대로 했을 뿐인데 그녀의 반응이 왜 저 모양인지 모르겠다.

"유…… 아니, 이랑이는 저보다 더 어린데도 '삼화'가 되었잖아요? 그러니 대단한 건 이랑이죠. 그리고 모든 여자들이 '예쁘다'는 말에 기뻐한다는 편견은 버리세요. 아무 남자한테나 들어서는 기쁘지 않다고요. 그런 의미에서 유시후! 잠깐, 너 왜 도망가?"

"도망은 무슨."

누가 봐도 명백히 도망치고 있는 주제에 본인은 그런 적 없다고 우기고 있다. 이 몇 시간 동안 지켜본 그의 모습은 그동안 알고 있던 호랑이가 아니었다. 오히려 눈치를 보는 강아지, 아니 고양이에 가까웠다.

"이제 와서 이야기하는 거지만, 내가 얼마나 힘들었는지는 따로 말 안 해도 잘 알고 있겠지?"

"그, 그럼."

시선을 피하며 대답하는 걸 보아 아마 제대로 알고 있지는 않은 거 같았다.

"한참이나 남은 삼화 진급 시험 발표 날짜를 앞당겨 달라니. 그 것도 달랑 편지 한 통에 적어서. 원래대로라면 아직 두 달은 남은 거 알지? 덕분에 내가 얼마나 고생했다고. 그게 그렇게 쉬운 일은 아니란 거 잘 알아 두도록."

"물론이지. 네 덕분에 이랑이를 무사히 밖으로 데리고 나갈 수 있게 되었어."

'한마디로 네가 이 문제의 주범이었냐!'

……시하루의 시선 따위 안중에도 없는 그녀는 정말 여러 가지 의미로 대단한 여인임이 틀림없었다. 뚫어져라 원망을 담은 눈빛 으로 히연을 노려보고 있던 시하루였지만, 그의 시선을 느낀 그녀 가 고개를 돌리기 무섭게 도망치듯 고개를 돌려 버렸다. 그의 표

정이 외치고 있었다.

'저 여자 무서워!'

"혹시…… 둘이 무슨 관계라도?"

자신이나 이안을 바라볼 때의 표정과, 유시후를 볼 때의 표정이 묘하게 다르다는 것을 눈치챈 시하루가 조심스럽게 물었다. 얼핏 듣기로 이 세 명은 어렸을 때부터 함께 자라 온 사이라고 했다. 이랑과 유시후의 관계에 대해 물었을 때 들려온 답은 '오라버니'였지만 그것과는 다른 느낌이다. 시하루의 '둘'이란 말에 지목당한 '유시후'와 '라히연', 그들 사이에 끼어 있던 이랑이 멀뚱멀뚱 둘을 바라보더니 활짝 웃으며 대답했다.

"꽃따리 오빠 의외로 눈치가 빠르네요. 히연 언니는 유시후의 약혼녀. 신부 수업 받겠다고 어렸을 때부터 유월가에서 같이 자랐어요."

어느새 유시후를 잡아 끌고 온 히연이 이랑을 향해 걱정스럽다는 눈빛으로 물었다.

"우리 서방이 그동안 몹쓸 짓 하지는 않았지?"

정작 히연에게 붙잡힌 유시후는 그게 무슨 말이냐며 우겨 대고 있었지만, 그건 어디까지나 마음속으로만. 밖에까지 울려 퍼지지 않는 마음속 외침이었다.

"좀 짜증이 나긴 했지만 나름 쓸 만했어요."

"그 점이 우리 서방의 매력이지. 좀 사납고 깐깐하면서도 은근히 보살펴 주는 느낌. 멋져."

눈을 반짝이며 유시후의 장점을 설명하기 시작한 그녀를 보며, 시하루는 '이래서 여자들이 무섭다고 하는구나.'를 깨달았다.

"라히연, 진정해. 근데 이제 슬슬 서하연으로 돌아가야 하지 않아? 통금 시간 다 되어가."

"지금 넌 나와 만나는 이 소중한 시간이 빨리 끝났으면 좋겠다는 거야?"

"남은 시간이 얼마나 되나 걱정이 돼서 물어본 거뿐이야."

"오라버니……."

늘 당당하던 오라버니가 저리도 한 여인에게 끌려 다니는 모습을 보니, 짜증 낼 때는 언제고 이제는 불쌍해진 모양이다. 시하루에게 있어서 '유시후'란 존재에 대해 짧게 설명을 해 보자면 일단 짜증 나는 존재. 그리고 보이면 피하거나 무시하는 존재. 그런데 이번만큼은 그도 '불쌍하다'라는 생각이 들고 있었다. 덧붙여 나는 나중에 저러지 말아야지, 라는 다짐까지.

"그럼 이제 가 볼게요."

막상 떠난다고 하니, 그동안 지내 왔던 시간도 있는데 아쉬운 감정이 드는 건 어쩔 수가 없는 모양이다. 그런 이랑의 상태를 눈치챈 것인지 시하루가 피식 웃으며 말했다.

"조만간 다시 보자."

시하루의 마지막 인사를 들으며 이랑은 그토록 넘고 싶어 하던 궐의 정문을 넘어섰다.

"아마 다음에 만날 때는 다른 위치로 만나게 될 거예요."

의미심장한 말을 남겨 놓고 활짝 웃으며 그녀가 나가자 궐의 문이 쾅 소리를 내며 닫혔다. 아무렇지 않아 보였던 시하루지만 문이 닫히기 무섭게 그 표정이 어두어지기 시작했다.

그 순간, 이안은 직감했다.

이 제멋대로인 주군을 상대할 수 있는 유일한 방패가 궐 밖으로 나갔으니 이제 누가 그를 막겠는가. 돌아오겠다는 약속은 했지만 그때까지 자신들의 목숨은 없는 것이나 다름없다.

"이신, 일단 네 말대로 하기는 했는데 정말 이렇게 하는 게 좋은 거겠지?"

멀찍이 떨어져 그 모든 것들을 지켜보고 있던 이신이 버림받은 강아지처럼 울상인 그의 곁으로 다가왔다.

"예. 지금은 그냥 보내시는 게 정답입니다."

그것이 바로, 도움 요청을 해 온 시하루에게 이신이 내린 답이었다.

'그냥 보내 주세요.'

물론 그 답을 들은 시하루는 불만스러워했지만, 상대가 이신인 만큼 무슨 생각이 있겠거니 싶은 마음에 이번만큼은 군소리 않고 말을 들어 보기로 마음먹었다.

"이유나 좀 알자. 돌아온다는 약속을 지키지 못한 사람을 몇몇 봐 와서 그런지 난 지금 매우 불안하니까."

약속을 하기는 했지만, 과연 그녀가 지킬지 모르겠다는 표정으로 시하루가 설명을 요구하자, 전혀 걱정할 필요 없다는 듯 이신이 단호하게 말했다.

"어차피 다시 돌아오실 거예요. 아니, 그럴 수밖에 없죠."

"확신해?"

그래도 여전히 불안하다는 시하루에게 제발 좀 믿어달라는 듯 이신이 한 치의 떨림 없는 눈으로 말했다.

"제 목숨을 걸고 맹세합니다."


*      *      *


시하루의 눈썹이 사납게 꿈틀거렸다.

"간택령?"

"취향을 이 어미에게 말씀해 보시죠. 제가 특별히 아주 딱 맞는 이상형을 찾아 드리겠습니다."

다급히 자신을 찾는 어머니의 부름에 한달음에 달려왔건만, 이게 무슨 소리인가. 무슨 일이라도 생긴 줄 알고 일도 제쳐 놓고 온 자신이 한심했다.

주인 잃은 희수궁의 문은 다시 꽁꽁 닫혀 버렸다. 그런데 지금, 대비마마께서는 그 문을 다시 열려고 하신다.

"저 부인 있습니다."

"어디요."

입 다물라는 소리와 마찬가지. 물론 돌아오겠다는 약속을 받아 내기는 했지만, 정확히 언제면 그 일이 해결되고 돌아올지 알 수 없는 상황이었기 때문에 차마 반박을 할 수 없는 그가 한숨으로 답을 대신했다. 그에 대비가 걱정스럽다는 눈으로 그를 바라보기 시작했다.

사실 '간택령'은 핑계였다. 대비가 그를 부른 이유는 단순히 '걱정'이 되기 때문이었다. 이랑이 궐 밖으로 나간 지도 벌써 일주일이 지났는데 그동안의 시하루의 꼴은 말이 아니었다.

이는 외면이 아니라 내면적인 문제. 그는 온종일 방이나 서재에 박혀서는 미친 듯이 일만 했다. 일하는 게 뭐가 문제가 되느냐 하겠지만, 주위 사람들이 볼 때 걱정이 될 정도로 일밖에 하지 않았다. 정신 나간 사람처럼.

"가끔은 그 좋은 머리 한번 굴려 보시는 게 어떻습니까?"

결국, 오늘도 또 다른 잔소리를 듣고 나온 시하루가 답답하다는 듯 인상을 찌푸리자 밖에서 기다리고 있던 이안이 바짝 긴장했다.

"가서 붓과 종이를 가지고 오거라."

"네? 아…… 네."

지난 일주일 동안 살얼음판을 걷는 기분이었다. 아니, 넓은 궐 안에서 겨우 한 명이 나갔다고 분위기가 이렇게까지 바뀔 수 있나?

평상시라면 이안에게 화풀이를 한다거나 주위 사람들에게 민폐를 끼쳤겠지만, 이번에는 평소와 달랐다. 누가 봐도 기분이 안 좋아 보였지만 대놓고 티를 내지 않으려는 노력하는 모습이 보였다. 하지만 그 모습이 오히려 다른 이들로 하여금 안쓰러움을 느끼게

했다. 물론 시하루 본인은 몰랐지만.

"답답하니 안 되겠다. 오늘도 편지나 보내야지."

머리며 마음속이 복잡했다. 그런 그에게 유일한 안식처가 있다면 그게 바로 '서화당.' 그동안 잠잠했던 편지 주고받기가 다시 시작되고 있었다.

*　　*　　*

온종일 일만 하는 시하루가 있다면 서하연에는 온종일 공부만 하는 이랑이있다.

"이랑 님, 이, 이제 그만 쉬시는 게 어떠세요?"

"마, 맞아요. 벌써 삼 일째⋯⋯."

가만히 있지 못하는 성격 때문에 붙여진 '다람쥐'라는 별명이 안 어울릴 정도로, 서하연에 온 그녀는 완전히 다른 사람 같았다.

"예? 아⋯⋯ 하하. 걱정해 주셔서 감사해요. 하지만 전 괜찮습니다."

이랑은 전혀 괜찮지 않아 보이는 얼굴로 책을 고집했다. 비틀거리면서도 책장을 넘기고 있는 이랑의 의지에 두 손 두 발 다 든 이들. 결국, 이랑을 말리기 위해 동원되었던 서하연의 꽃들은 오늘도 아무 보람 없이 돌아갈 수밖에 없었다.

서하연에는 졸업할 수 있는 단계에 오르기까지 많은 시험이 있었고, 한번 입학하면 적어도 십 년은 지내야 하는 제2의 집 같은 장소였다. 그렇기 때문에 서하연의 꽃들은 모두 가족같이 지냈고 매년 초는 새로운 가족, 신입생들이 들어와 시끌벅적했다. 특히 도중 입학은 매우 이례적인 일이었기 때문에 지금의 서하연은 더욱 들떠 있었다. 거기에 새로운 신입생이 마지막 삼화로 발탁된 천재라는 말에 그 관심은 배가 되었다. 그래서인지 밖을 돌아다닐 때는 여기저기서 인사를 받느라 정신이 없었다.

"이랑?"

"아, 히연 언니."

결국, 최후의 수단이 동원되었다. 같은 삼화이기도 했고 전부터 히연과 친분이 있었기 때문에 이랑은 히연의 바로 옆방을 배정받았다. 덕분에 히연은 이랑의 방도 쉽게 오갈 수 있었다.

"공부가 좋기는 하지만 너무 과하면 몸에 무리를 줄 수 있어. 체력 관리도 해야지."

말을 안 들을 수가 없는 상대. 유시후를 무력화시킬 수 있는 능력뿐 아니라 눈빛 하나로 이랑의 손에 들린 책을 덮어 버리는 능력자. 이랑은 얌전히 그녀의 말을 따랐다.

"말 잘 들어서 좋아. 그런데 무슨 공부를 그렇게 필사적으로 하는 거야? 삼화 진급시험 끝난 지 얼마 안 됐잖아. 벌써 다음 공부야?"

이랑의 장래희망이 '려화'라는 걸 잘 알고 있던 히연이 쌓여 있던 책을 집어 들었다. 공부에 관한 이야기가 나오기 무섭게 이랑의 눈이 반짝였다.

"아, 그건 이번에 있는 국시(國試) 공부예요."

"국시? 그 궁에 또 들어가겠다는 거야? 그렇게 힘들게 나왔는
데?"

"저는 그동안 서하연에 없었기 때문에 승격을 위한 가산점이 모
자라거든요. 국시에 합격하면 특별 가산점이 주어진다고 들었어
요."

이랑의 입에서 '려화'라는 말이 나오자 그녀의 책을 관찰하던 히
연의 움직임이 멈추었다.

"정말 려화가 될 생각이야?"

"그래서 삼화가 되었죠. 제 꿈은 예나 지금이나 변함없어요."

한 치의 망설임도 없는 대답이었다. 흔들림 없는 그녀의 대답에
오히려 히연이 어딘가 불안해 보이는 얼굴로 재차 물었다.

"려화가 되면 평생 독신으로 살아야 한다는 건 이미 잘 알고 있
을 테고."

"려화는 삼화 중 한 명이 될 수 있다는 것도 잘 알고 있죠."

방금 히연이 중요한 말을 했음에도 불구하고 이랑은 그것은 자
신에게 문제가 되지 않는다는 식으로 말하며 다시 책을 펼쳤다.
이상할 정도로 평온한 그녀를 가만히 바라보던 히연의 시선이 다
시 방 한쪽 구석에 쌓인 책 더미에 고정되었다.

"내가 만일 왕이었고 너를 사랑했다면, 난 절대 너를 궁 밖으로
나가게 두지는 않았을 거야."

왕이 바보지. 히연은 생각했다.

이 나라의 왕께서는 두 가지의 실수를 하셨다. 첫째로, 이랑이 궁 안에 있는 십 년 동안 그녀를 영희궁이라는 반폐쇄적인 공간에 내버려 둔 것. 십 년이면 충분했다. 아니, 이랑에게는 어쩌면 필요 이상의 시간이었을지도. 이랑이 궁 밖으로 나가는 것을 막고자 했다면 처음부터 삼화를 목표로 한 그녀에게 아주 '잠시'의 시간도 주지 말았어야 했다. 서하연의 입학시험은 쉽지 않았다. 하지만 삼화의 진급 시험 문제를 한 번이라도 본 사람들은 입학시험이 귀엽게 보일 정도로 그 난이도는 매우 높았다. 그 시험에 대비하기 위해서는 온전히 자신만을 위한 시간이 필요했다.

둘째로, 이렇게 다시 한 번 이랑에게 시간을 줬다는 것. 삼화 정도면 귀엽지. 아니, 오히려 지금쯤 그 바보 왕은 마음을 놓고 있을 게 뻔했다.

서하연이 도입되었던 초기, 서로 우열을 다투던 세 가문이 있었다. 삼화들은 각각 그 세 가문에 시집을 갔고, 뛰어난 지식을 지닌 그녀들을 이용해 자신들의 가문을 불리려던 가주들에 의해 다툼과 분쟁이 일어났다. 문제는 그 세 가문의 다툼이 너무도 컸다는 점. 그들의 다툼은 평민들의 삶에까지 영향을 끼치게 되었고, 서서히 삼화에 대한 사람들의 인식이 바뀌어 갔다. 그녀들은 원래 특별했던 서하연의 꽃 중에서도 더욱 특별한 존재.

심지어는 왕과 가까운 친척이 서하연의 삼화와 혼인하고 난 뒤 왕권에 도전을 한 일도 있었다. 서하연을 이용해 왕권이 위협을 받는 일이 일어나자 이를 두려워했던 당시 왕은 서하연의 수장, 러

화에게 서하연의 법도를 수정할 것을 요구했다. 그렇게 해서 만들어진 법이 서하연 법도 중 5조, 삼화는 '왕' 이외의 남자와는 혼인할 수 없다는 법.

즉, 이랑이 삼화로 있는 이상 다른 남자들과 눈이 맞을 걱정은 안 해도 된다는 것이다. 전부터 그녀는 새로운 사랑을 시작할 거라는 말을 입에 달고 살았지만 사실 그것은 원래 불가능하다는 뜻.

일반적인 사랑 대신 서하연이나 국가, 즉 왕을 선택해야 하는 삼화지만 그런 그녀들에게도 한 가지 이점은 있었다. 당시 려화가 왕의 요구를 받아들여 서하연의 법도를 수정하는 대가로 어떤 조건을 내걸었는데, 왕실에서 그 제안을 수용한 것이다.

바로 삼화에 대한 예의.

보통 천유국은 일부일처제(一夫一妻制)지만 왕족들은 왕실의 번영을 위해서 일부다처제(一夫多妻制)가 허용됐다. 그러나 삼화를 왕후로 들인 경우에 한해, 왕은 후궁이나 다른 여인들을 곁에 둘 수가 없게 되었다. 그게 서하연의 꽃 중의 꽃이라고 할 수 있는 삼화를 부인으로 맞이한 데 대한 예의였다.

하지만 이랑이 려화의 자리에 오르면 이야기가 달라진다. 려화는 서하연을 위한 존재. 평생 독신으로 지내는 것은 물론이고, 웬만한 일이 아니면 서하연 밖으로 나가는 일도 없었다. '교육'이 '정치'에서 독립되어야 한다고 주장해 온 서하연은 그 위치를 고수하기 위해 혼사로 묶이는 관계를 피했다. 서하연의 수장인 려화가 왕실과 혼사를 맺을 경우, 서하연 역시 왕실에 넘어가는 것이나 마찬가지기 때문이었다.

"바보 왕이라니까."

히연이 벽에 등을 기대고 혼자 키득거리며 웃고 있다. 항상 얼굴에 미소를 달고 사는 그녀였지만, 그녀를 잘 알고 있는 이랑은 그것이 평소와는 다른 의미의 미소라는 걸 알 수 있었다. 아침부터 붙들고 있던 책을 벌써 다 읽은 건지 바로 다음 권으로 넘어가려던 이랑이 고개를 들고 히연을 바라봤다.

"난 언니의 생각이 궁금해요. 왜 삼화가 된 거예요? 곧 직위 때려치울 거죠?"

"시후랑 혼인하려면 당연히 그래야겠지."

그녀 역시 삼화였지만 이미 유시후의 약혼녀였기 때문에, 히연은 혼인과 동시에 그 자리에서 내려와야 했다. 괜한 말을 꺼낸 건가 싶어 조심스러워진 이랑이 어색하게 책으로 시선을 옮겼지만, 정작 당사자는 아무렇지 않아 보였다.

"글쎄, 사람마다 가치관이라는 게 다 달라. 학업을 우선순위로 두고 있는 너와는 달리, 나는 사랑을 우선순위로 두고 있기 때문이 아닐까."

"남자 때문에 꿈을 포기하다니."

지금까지 꿈만 생각해 왔고, 그것만을 향해 달려온 이랑에게 포기란 없었다. 오직 앞을 향해 나아갈 뿐, 그 밖의 감정들은 거들떠보지 않는다. 그렇기 때문에 그녀는 히연의 선택을 이해할 수 없었다.

반면에 히연은 어렸을 때야 대단하다는 생각을 했지만, 이제는 여전히 일직선인 이랑의 사고방식이 답답했다. 그녀에게 다른 길도 있다는 걸 알려 주고 싶은 히연이 나름대로 노력해 보고 있었지만 큰 효과는 없어 보였다.

"포기한 게 아니야. 다만 내가 바라보고 있던 세계가 바뀌게 된 거지. 그만큼의 가치가 있는 사람이야. 네가 오라버니라고 부르는 남자는."

"……언니가 아까워요."

이랑은 그 짜증 나는 오라버니를 위해 삼화의 자리쯤 쉽게 버릴 수 있다고 말하는 히연을 불쌍한 사람 보듯 바라보았다.

"그렇지. 내가 좀 많이 아깝긴 하지?"

그 말에 동의하는 건지 히연이 '호호호'도 아닌 '푸하하' 정도로 과한 반응을 보이며 고개를 끄덕였다.

"그래서, 언니의 목표는 뭔데요?"

이랑이 자신에게 장래희망을 물어오자 웃고 있던 히연의 입가에서 웃음기가 사라지더니 금세 눈빛이 진지해졌다. 이랑과 히연, 둘은 닮은 부분이 많았다. '꿈'과 '공부' 이야기만 나오면 눈을 빛내며 이리 진지한 태도로 임하니 말이다.

"첫째로 나는 삼화로 있으면서 좀 더 공부할 거야. 그러다가 곧 졸업시험을 보겠지. 그리고 서하연을 졸업하게 된 후에는 서하연의 교수직을 맡을 생각이야."

"맞아요. 언니 가르치는 거 잘하니 잘 맞을 거 같아요. 그럼 두 번째는요?"

'첫 번째'라는 것은 다음이 있다는 말. 두 번째가 언급되자 방금 전까지의 진지한 모습은 어디로 가고 히연이 신이 난다는 듯 방실방실 웃기 시작했다.

"두 번째는 우리 시후를 천유국 역사상 최고의 공처가로 만드는 게 목표지."

"두 번째 목표는 이미 달성한 듯 보이네요."

아마 두 번째 목표는 그리 걱정하지 않아도 될 거 같았다. 심지어는 조기 달성까지 가능해 보였으니까.

*      *      *

"오랜만이네, 수아야."

"서하연에 들어가시니 만나기가 더 힘들어요. 저는 학생이 아니다 보니 매번 이렇게 밖에서 만나야 하잖아요."

서하연에 들어간 이랑은 전보다 더 공부에 몰두했다. 덕분에 수아가 그녀를 기다리는 시간이 길어졌다. 가끔 이렇게 이랑이 밖으로 나와 찻집에서 만나는 게 다였다.

"그러니까 너도 아예 들어와서 살아."

"저도 그러고 싶은 마음은 굴뚝 같죠……."

안 그래도 수아를 서하연에 입학시킬 목적으로 공부를 봐주고 있던 이랑이었기 때문에 오히려 이런 식으로 직접 눈으로 보며 자극을 받는 것도 좋겠지 싶었다.

"그것보다 그건? 그건!"

목마른 사람이 물을 원하듯, 뭔가를 간절히 원하는 이랑을 보며 미소 짓던 수아가 한 손에 꼭 쥐고 있던 금빛 문양이 새겨진 편지를 내밀었다.

"적화유! 적화유!"

이미 심각할 정도로 적화유의 추종자가 되어 버린 이랑이었다. 수아 역시 두근거리는 마음으로 옆에 찰싹 붙어 이랑이 어서 그 편지를 꺼내 보기만을 기다렸다. 잠시 뒤 편지가 펼쳐지고, 하얀 종이 위의 검은 글자들을 빠르게 훑어 내리는 두 여인의 눈빛이 심상치 않았다.

"어…… 어떡해…… 결국 여자가 떠나게 되었나 봐요! 그럼에도 불구하고 난 그녀를 포기 못…… 아 정말, 이 남자 너무 멋진 거 아니에요? 물론 초반에는 좀 심각하게 싸가지가 없었지만, 서서히 시간이 지나면 지날수록 느껴지는 애틋함!"

조금은 과할 정도로 수아가 적화유를 찬양하며 이랑의 눈치를 보기 시작했다.

"내 말이! 아~ 진짜 내 주위에는 왜 이런 남자가 없지?"

서로 좋다고 난리를 치는 두 여인의 모습이란 참으로…… 보기 안쓰러웠다. 주위에서도 힐끔거리며 어느 정도 주의를 주기는 했지만 자신들만의 세계에 빠진 여인들이란 무서웠다.

"뭐야, 뭐야. 이랑! 아침부터 외출증 끊어서 나갔다고 들었는데 여기 있었네? 어, 그건 뭐야? 뭘 그렇게 킬킬 거리면서들 읽는 건데, 나도 좀 같이 보자!"

"어? 히연 언니!"

때마침 본인도 약속이 있어서 나왔다는 히연의 합석으로 날씨 좋은 어느 날, 세 여인의 본격 찻집 담화가 이렇게 시작됐다.

"이게 뭐야! 아니, 세상에 우리 낭군님만큼 멋진 남자가 있었단 말이야? 이 남자 도대체 누구야?"

"적화유. 안타깝게도 가명이어서 우리도 잘 몰라."

사실 본명을 안다고 해도 크게 달라지는 건 없겠지만. 직접 찾아갈 것도 아니고 말이다.

"적화유? 음…… 어디선가……."

"응? 혹시 아는 이름이야?"

'적화유'라는 이름을 듣는 순간, 히연은 묘한 표정을 지었다. 마치 머릿속에서 뭔가 떠오를 것만 같은데 명확히 떠오르지 않는 듯한 표정을.

"응? 아니, 그건 아닌데. 적화유…… 적화유라……. 재미있는 이름이네. 아, 그나저나 이게 마지막이야? 더 없어?"

히연까지 단숨에 적화유 추종자 줄에 서자 찻집은 더욱 시끄러워졌다. 주인장이 주의를 줄까 말까를 수십 번도 더 고민하고 있을 때, 마침 찻집으로 들어서고 있던 유시후가 그 시끌벅적한 여인들에게로 다가갔다.

“라희연, 여기서 뭐 해. 이 옆에서 만나기로 했었잖아.”

“유 낭군, 유 낭군. 이리 앉아서 이것 좀 봐봐. 여기 이 남자 완전……."

우연한 만남 같지 않아 보이는 게, 아까 말한 약속이 그와의 약속이었던 모양이다. 주위 사람들에게 소음으로 신고당하기 전에 먼저 주의를 주려 했던 유시후가 ‘남자’ 이야기가 나오기 무섭게 눈살을 찌푸렸다. 그리고 히연의 옆에 앉아 그녀가 내미는 종이에 관심을 보이더니, 어딘가 익숙한 느낌이 들었는지 벌떡 일어나 종이를 빼앗아 가 버렸다.

“이게 뭐…… 야, 너 이거 읽지 마!”

“왜? 어째서? 잠깐, 나 아직 다 못 읽었어!”

갑자기 빼앗기게 된 종이를 되찾기 위해 사력을 다하는 히연과 당장에라도 종이를 찢어 버릴 듯한 유시후. 결국, 말리러 왔다가 더 큰 소음의 원인이 되어 버린 이 연인은 모든 이들의 시선을 사로잡았고, 오히려 이랑과 수아가 그들을 말리는 입장이 되어 버렸다.

“유해 문서야.”

“유해 문서는 무슨. 웃기네! 유시후! 이리 딱 안 와?”

“이런 거 읽으면 네 정서 발달에도 좋지 않아.”

어디선가 많이 들어본 대사에 오히려 이랑이 움찔거리더니 안 좋은 기억이 떠오르는지 안절부절못했다.

“안 오지~?”

　자기 할 말은 다 하면서도 말을 참 잘 듣는 유시후를 보며, 이랑
은 오라버니인 그가 불쌍하다는 생각이 살짝 들었다. 멀찍이 떨어
져 있던 거리는 어느새 반절로 줄어들어 있었으니. 그는 뛰어 봤자
히연의 손바닥 안이었다.

　"내놔."

　"싫어."

　"어허."

　어렸을 때부터 히연은 이랑이 가장 닮고 싶어 하는 인물 중 한
명이었다. 그 이유를 대라면 바로 이것 때문에. 천하의 유시후를
저렇게 짧은 몇 마디로 제압할 수 있다는 사실이 너무 대단하게만
느껴졌다. 결국 그 문제의 편지는 다시 히연의 손으로 돌아가게
되었고, 유시후는 떨떠름한 표정으로 한숨을 내쉴 뿐이었다.

　유시후의 작은 반항은 히연에게 맡겨 놓고 평화를 찾은 그들은
그렇게 다시 한마음으로 적화유의 편지에 푹 빠져 버렸다. 아무리
책이랑 친구를 했다지만 그래도 사람인데 어찌 공부만 할 수 있겠
는가. 이랑에게 있어서 적화유의 편지는 말 그대로 휴식이다.

　네 번째 정독에 들어간 이랑이 아직도 받을 감동이 남아 있었는
지 눈물을 글썽이기 시작했다. 정확히 말하면 그녀를 제외한 나머
지 두 여인의 의미심장한 시선이 오가는 가운데.


＊　　　＊　　　＊

“요즘 너 살찐 거 같다?”

숙녀에게 해서는 안 되는 말이었지만, 그에게 이랑은 ‘숙녀’로 인식되지 않았다. 눈앞의 이 무례한 남자는 바로 몇 주 전만 해도 자신의 신변을 보호하는 사람이었는데, 어느새 이렇게 신세가 역전되어 버리니 이랑은 억울하기까지 했다.

아까워 미치겠네. 그때 좀 더 괴롭혀 주는 거였는데.

여성이라면 누구나 민감하게 반응했을 말이지만, 요즘 들어 본인도 느끼고 있었던 터라 그 반응은 배가 되었고 결국에는 보이지 않는 제삼자를 탓하는 지경에 이르렀다.

“요즘 들어 누가 자꾸 간식거리를 선물로 보내줘서.”

좋다고 먹을 때는 언제고 이제는 불만. 투덜거리는 그녀를 바라보던 유시후가 잠시 생각에 잠긴 듯 멍하니 다른 곳으로 시선을 옮겼다.

“살찔까 봐 걱정되면 다 갖다 버리든가.”

먹을 걸 버리라는 말에 이랑이 펄쩍 뛰었다. 어디서 감히 저런 배부른 소리를 하는 건지……. 그녀에게 있어서 ‘음식’이란, 생(生)과 사(死)를 뛰어넘을 정도로 엄청난 것이었기 때문에 함부로 말하고 있는 유시후의 입을 찢어 놓고 싶을 정도였다. ‘음식의 소중함.’이라는 주제로 열띤 강의를 펼쳐 줄 생각이었는데, 아까부터 산만한 태도를 보이는 그는 이랑의 얘기를 들을 생각이 없어 보였다. 하지만 그렇다고 포기할 이랑이 아니었으니. 마치 허수아비를 앞에 앉혀 놓고 연설하는 기분이겠지만, 자신이 할 말은 끝까지 하고야 마는 그녀였다.

"어, 알았어. 알았어."

누가 들어도 대충 대꾸해 주고 있는 티가 팍팍 풍겼다. 결국, 그녀의 잔소리에 가까운 연설을 못 참겠는지 유시후가 자리를 박차고 일어났다. 십 년 동안 자신의 투정이나 푸념을 잘 들어 주던 그가 이런 반응을 보이니 이랑은 당황스러울 따름이다.

"어디 가?"

단순히 자신의 말을 듣기 싫어서 자리를 피하는가 싶었는데 그건 아닌 모양이었다. 그러나 그는 멀리 가지 않고, 발은 그들이 있던 찻집 문가에 고정한 채 고개만 살짝 내밀어 밖을 두리번거리고 있었다.

"……."

문제는 그 행동이 이랑과 찻집에 들어올 때부터 지금까지 계속 반복되고 있다는 것. 무슨 운동 하는 것도 아니고, 그들이 앉아 있던 자리부터 문가 사이를 약 스무 번 정도 오가고 있을 쯤. 지치지도 않는지 방금 자리에 앉아 놓고 또다시 일어서려는 그에게 이랑이 말했다.

"……히연 언니, 오늘 좀 늦는대. 서하연에 처리할 일이 남아서."

처음에는 찻집 주인도 유시후의 외모에 괜히 얼굴을 붉히며 차를 내오더니, 왔다 갔다 하는 그 때문에 여러 번 '어서 오세요.'와 '감사합니다.'를 연발한 뒤로는 짜증이 나 보였다. 이랑은 괜히 약이 올라서 말을 안 하려고 했지만, 모두를 위해서 어쩔 수 없었다. 그녀의 말에 유시후가 뜬금없이 그게 무슨 소리냐는 표정을 지었지만, 바로 자리에 앉는 걸로 보아 효과는 좋았다.

"오라버니…… 의외로 귀여운 면이 있네."

사랑을 하면 바보가 된다더니, 설마 이 인간도 해당될 줄이야. 괜히 민망해서 이미 식어 버린 차를 단숨에 들이켜던 그가 다시 발끈했다.

"이게 어디서."

쓸데없는 발언을 한 죄로 이마에 작은 혹이 난 것을 빼고는, 나름대로 평온한 하루의 시작이 될 거 같았다. 아마도. 이랑의 이마에 실컷 분풀이를 한 그가 조금은 미안했던 건지 커다란 손으로 그녀의 머리를 부비적거리며 물었다.

"아, 그러고 보니 너 그거 배정 받았냐?"

원망의 눈빛으로 그를 바라보고 있던 이랑이 '뜬금없이 무슨 배정?'이라는 표정을 지었다. 잠시 이해가 되지 않는 듯 고민하던 그녀는 곧 그의 말을 이해한 듯 '아.'라는 짧은 감탄사를 내뱉으며 고개를 끄덕였다.

"응. 나 세 번째 조."

"어? 내가 먼저 들어가네. 난 두 번째 조에 배정받았거든. 어쩌나, 긴장 해야겠다? 자리 하나 줄어들 테니."

"웃기시네."

부어오른 이랑의 이마를 보며 반성할 때는 언제고 히연도 자리에 없겠다, 이랑의 온 신경을 긁어 보겠다고 결심이라도 한 건지 유시후는 끝도 없이 그녀를 괴롭히고 있었다. 이대로 있다가는 자신의 비단결 같은 심성이 구겨져 버릴지도 모른다는 생각에 이랑이 할 수 없이 최후의 수단인 '눈물'을 사용하려는 순간, 때마침 다행히도 그녀의 구세주께서 납시었다.

"미안, 늦어서. 이랑이 외출 건도 마무리 짓느라……."

조금 전까지만 해도 좋다고 이랑을 괴롭힐 때는 언제고, 어쩜 사람이 저렇게까지 바뀔 수 있을지 신기할 정도였다.

"잘 됐어?"

나불거리던 유시후가 어느새 입을 꽉 다물고 자신의 옆에 앉은 히연의 눈치를 보기 시작했다. 싱긋 웃는 얼굴로 그의 손을 꽈악 쥐고 있던 히연이 이랑의 질문에 고개를 끄덕이며 시선을 옮겼다.

"응. 오늘부터 사흘 동안."

소음의 원인이 되었던 사람이 입을 다물고 얌전해지니 찻집에는 고요한 평화가 찾아왔다. 그러나 영원히 잠들었으면 싶었던 그 입은 다시 살아나 눈치 없게 두 여인의 대화에 끼어들기 시작했다.

"국시 때문이니 딱히 뭐라 할 수 없겠지."

"뭐, 그렇지."

건성으로 대답해 주는 이랑은 아직도 이마에 남은 고통을 잊지 않았다는 눈빛이었다.

"내일모레. 국시…… 다시 궁에 들어가는 거네."

생각에 잠겨 중얼거리고 있는 이랑을 바라보던 히연이 그녀 앞에 놓인 양갱을 콕 집어먹으며 말했다.

"원서 접수 할 때 '서화당의 유아'라는 이름으로 해서 참 다행이야. 그쪽에서는 나라는 걸 모를 테니까."

"그래. 시험만 보고 빨리 나와야 해. 절대로 왕에게 들켜서는 안 될 거야."

"그게 무슨 소리야?"

왠지 조심스러워 보이는 히연과 이랑. 그러나 그들과 달리 중간에 끼어 있던 유시후는 고개를 갸웃거리며 혼자만 이 상황을 이해 못 하고 있는 듯 보였다.

"이랑이 려화가 되려고 한다는 사실을 그 왕이 알게 되면, 분명히 이랑을 방해하려 들 테니까."

일전의 약속이 불가능한 약속이었다는 것을 알게 된다면 분명 화를 내겠지. 그리고 그녀의 앞길을 방해하려 들 것이다.

"걱정하지 마. 꽃따리 오빠가 시험 보는 데 나타날 리가 없잖아. 마주치는 일만 없으면 돼."

지금은 그녀에게 부족한 가산점을 채우는 일이 급하니 일단 국시에 합격하는 게 우선이다. 국시에 합격해 가산점을 얻어 려화가 되는 자격 요건이 갖추어지면, 그 뒤로 왕후 책봉 교지는 쓸모없게 되어 버린다. 예비 대신 자격으로 궁에서 일을 하게 되면, 그때 그를 만나 제대로 사과를 하자.

*　　*　　*

“또 시작이네…….”

안 그래도 어머니의 호출과 다시 시작된 왕후 책봉에 대한 잔소리 때문에 머리가 터질 거 같은 시하루는 자신의 손에 들린 상소문을 읽으며 한숨을 푹 내쉬었다. 희수궁을 너무 오래 비워 둬서는 안 된다느니, 왕후의 자리가 계속 비어 있어서 백성들이 후계자 문제로 걱정을 하고 있다느니, 구구절절 옳아 보이는 말을 하다가 결국 희안궁에 있는 저들 딸을 왕후로 올리는 게 어떻겠냐는 결론으로 끝나는, 하나같이 다 똑같아 보이는 상소들뿐이다.

그래도 어쩌겠는가. 이러한 쓸데없는 상소 중에 정말 도움이 되고 필요한 글이 섞여 있을지도 모르니 가려서 볼 수는 없는 노릇이다. 밀려오는 짜증을 애써 참으며 다음 상소문을 펼친 시하루는 다시 한 번 인상을 찌푸렸다.

“이건 진유한의 상소가 분명해.”

읽어 보지 않아도 알 수 있다. 오죽 싫어하면? 아니, 그게 아니다. 진유한의 상소에는 다른 상소와 다른 특징이 있었다.

“도대체 진유한, 그자는 왜 상소나 문서에 인장을 안 찍고 직접 서명을 하는 거지? 물론 꼭 인장을 찍어야 한다는 법은 없지만 말이야…… 그래도 명문가인데, 보통은 가문의 인장을 찍고 싶어 하지 않나?”

“글쎄요. 전하처럼 옥새를 여기저기 찍는 사람이 있듯, 그것을 싫어하는 사람도 당연히 있겠죠.”

왠지 모르게 자신을 비꼬는 말투에 시하루는 상소에서 눈을 떼고 앞에 앉아 있는 상대를 바라봤다. 무슨 일인지 모르겠지만, 오늘은 궐에 볼일도 없는 주제에 입궐한 그가 더욱더 보기 싫었다. 굳이 자신의 앞에 자리 잡고 앉아, 종이 뭉치들을 팔랑이며 일을 하는 이신이 말이다.

이유 없이 입궐한 것도 모자라 이렇게 앞에 앉아 있으니 분명, 자신에게 하고 싶은 말이 있다는 뜻이었다. 그의 생각이 맞은 건지, 먼저 방어막을 친 시하루를 가만히 바라보던 이신이 중간 정도까지 검토가 끝난 서류 뭉치를 다시 원상태로 돌려놓았다.

"이렇게 가만히 계실 여유가 없다는 걸 알려 드리고 싶군요."

묻지 않아도 그가 지금 '꼬맹이'에 대해서 말하고 있다는 건 지나가던 어린아이도 눈치챌 수 있을 정도였다. 곁에 있는 것도 아니고, 이미 궁 밖으로 나가 버린 녀석을 어쩌라는 건지.

물론 언젠가는 어떻게 해서라도 궐 안으로 데리고 올 생각이기는 했지만, 그게 어디 간단한 일인가. 안 그래도 요즘 그것에 대해 생각하느라 머리가 터질 거 같은 데 대비와 이신, 양쪽에서 안달이니 답답해서 미칠 거 같았다.

"여유? 내가 여유가 있어 보이나?"

재촉도 모자라서 이제는 협박에 가까운 말을 들은 시하루가 인상을 찌푸렸다. 자신이 기분이 나쁘면 나쁠수록 어쩐지 즐거워 보이는 이신이었다. 아무래도 남은 삶을 자신을 괴롭히며 살겠다 밝힌 그의 어머니와 한통속인 모양이었다. 이신은 먼저 자리에서 일어나는 것으로 시하루의 시선을 자연스럽게 피했다. 그리고 말이 더 길어지기 전에 나가보겠다는 듯 간단히 인사를 하더니, 인자하기는커녕 그 나이에도 사악해 보이는 미소를 지어 보였다.

"아무것도 안 하시면 누가 먼저 채어 갈지도 모릅니다."

"누가?"

시하루를 부추기려는 계획은 성공한 듯 보였다. 다른 이도 아니고 이신이 그렇게까지 말을 하니 효과는 배가 되었다.

"이안!"

이안을 우렁차게 부르는 시하루의 목소리에 문 밖에 있던 이신이 살며시 미소를 지었다. 문에 기대고 있던 몸을 뗀 그가 들고 있던 종이 뭉치 중 표시를 위해 살짝 접어 둔 부분을 펼쳐보며 중얼거렸다.

"솔직히 말씀드리면 말입니다, 그 아이는 아무것도 아닌 왕후의 자리에 앉히기에는 너무 아까운 인재랍니다."

시하루는 그가 자신의 편일 거라 생각하고 있겠지만 의외로 적은 늘 가까운 곳에 있다. 그가 들고 있는 종이는 이번 국시 참가자들의 명단이었다. 그리고 접힌 부분에는 어느 한 사람의 인적 사항이 적혀 있었다.


### 서화당의 유아


잠시 그 이름을 바라보던 이신은 고민에 빠졌다. 왕후로 올리기 아까운 인재라고는 하나, 자신에게 고개까지 숙인 시하루이다. 자존심이 센 그가 그렇게까지 나왔다는 건 정말 진심이라는 뜻과 같았다. 하지만 그는 일전의 약속으로 인해, 그녀의 꿈과 관련된 말은 일절 입 밖으로 낼 수 없는 입장이었다. 그렇기 때문에 최대한 간접적으로, 그를 자극하는 방식으로 주의를 주고 있던 건데 눈치 없는 주군께서 그것을 알아듣지 못하니…… 어쩌면 다른 방법을 선택해야 할지도.

"흐음…… 제가 도와 드려야 할까요, 말까요."

종이 한 장에 온정신을 빼앗긴 이신이 몇 마디를 더 중얼거리더니 접혀 있는 또 다른 종이를 꺼내 들었다.

"맞다. 그러고 보니 올해는 눈여겨본 인재가 둘이었죠."

두 번째로 꺼내 든 종이에는 또 다른 이가 실려 있었다.

"다행히도 올해는 합격자 없이 넘어가지 않겠군요."

*　　　*　　　*


"누가 또 간식을 보내왔네."

"그러다가 너 살찐다. 적당히 먹어."

안 그래도 저번 일도 있고 해서 신경 써 가며 먹고 있었는데……. '하루에 한 번 이상 잔소리를 하지 않으면 입안에 가시라도 돋나? 차라리 책을 읽어!' ……라고 외치고 싶은 마음은 굴뚝같았지만 그럴 수 없는 게 이랑이 처한 현실이었다. 국시 때문에 장기 외출 허가를 받은 그녀는 현재 제2의 집과도 같은 유시후의 집에 머물며 갖은 구박을 견디고 있었다. 하지만 어쩌겠는가, 머물 곳이 그곳밖에 없었으니. 그렇다고 다시 궐 안 영희궁이나 희수궁으로 찾아갈 수는 없지 않은가.

"하나만 더 먹을게."

격려 차원에서 계속 과자 선물을 보내는 이는 그녀가 서하연에 없다는 정보를 아직 얻지 못한 듯했다. 하루도 거르지 않고 들어오는 선물에 서하연은 그 과자를 다시 이랑이 있는 곳으로 전달해주었고, 그렇다 보니 유시후의 눈치를 안 볼 수가 없었다. 그녀가 옆에 쌓인 과자를 힐끔거릴 때마다 들고 있던 책을 툭툭 치면서 공부에 집중하라는 압박을 주었다.

'수험으로 인한 긴장과 기타 복잡한 심경을 날 괴롭히는 걸로 푸는 거 아니야?'

천하의 유시후도 긴장이라는 걸 하는 모양이다.

"그나저나 누굴까?"

"글쎄."

자신에게 선물을 보내오는 이 착한 사람의 정체를 궁금해하는 이랑이었지만 유시후는 관심 없다는 듯 책장을 넘길 뿐이다.

"설마 해서 물어보는 건데, 오라버니는 아니지?"

"라히연이 있는데, 내가 왜 너한테 주냐?"

하긴, 바랄 걸 바라야지. 게다가 간식 같은 거 줄 생각이 있다면 그냥 건네주지 이런 번거로운 방법을 사용할 리가 없었다.

‘그럼 도대체 누굴까…… 왠지 나를 잘 알고 있는 사람 같은데 말이야…….’

곰곰이 생각에 잠겨 있는 이랑을 바라보던 유시후가 짜증이 난 다는 듯 어느새 탁자 밑에 쌓여 가는 작은 편지 뭉치를 살짝 꺼내 들었다. 그리고 종이에 하나같이 찍혀 있는 도장을 노려보며 중얼 거렸다.

‘이놈의 왕…… 신경 끄라니까 말 진짜 안 듣네.’

처음으로 과자가 보내진 날, 제일 먼저 편지를 발견한 히연에게 서 첫 번째 편지를 건네받은 그는, 단번에 그 선물을 보내는 이가 누군지 알아차렸다. 그 뒤부터 안전을 위해(?) 1차적으로 확인 작 업에 들어간 그였고, 덕분에 상자 안에 들어 있던 시하루의 편지가 이랑에게까지 전달되는 일은 아직 일어나지 않고 있었다.

"내일이 국시인데 이렇게 한가롭게 있어도 되겠어?"

"이래 봬도 진지하니까 걱정하지 않아도 돼."

‘진지’라는 단어가 들으면 억울할 정도였다.

"뭐가 또 그렇게 불만이지?"

실실거리며 과자에 정신을 빼앗기고 있을 때는 언제고, 순식간 에 표정이 싹 바뀌어 자신을 바라보는 이랑의 태도에 유시후가 눈 을 찌푸렸다.

"칭호가 바뀌니까 이상해."

그녀의 말에 책장을 넘기며 피식 웃던 유시후가 짐짓 엄한 표정 으로 바뀌었다. 그리고 그 큰 손으로 이랑의 머리에 꿀밤을 먹이며 웃었다.

"그럼, 내가 오라버니인데 궁까지 나온 김에 제대로 돌아가야지. 나한테 반말 쓸 때가 좋았나 봐?"

"아니요. 절대 그렇지 않사옵니다, 오라버니."

궁 밖. 이제 아무런 힘이 없는 그녀였기에 바로 꼬리를 내릴 수밖에 없었다. 그나마 다행인 건 그런 그녀를 불쌍하다는 시선으로 바라보는 여인이 방금 도착했다는 것.

"유시후, 적당히 해."

이쯤에서 주의를 받는 게 당연했다. 도가 지나칠 때마다 이렇게 끊어주는 게 바로 히연의 역할이었다. 엄청난 자료량에 한 번 놀라고, 그녀의 진지함에 두 번 놀랄 정도로 히연은 평소와 다른 모습이었다. 그녀가 들고 온 문서들을 힐끗 바라본 이랑은 이제 지겹다는 인상을 찌푸렸다.

"이번 국시의 감독관은 예전에 전하의 교육관까지 맡으셨던 실력파에 엄격하기로 소문이 난 사람이야. 뒷돈을 받을 일도 없으니 이번에는 항상 있던 부정 합격자가 없을 거야. 게다가 1차로 지적 능력을 평가한 후에 이루어지는 감독관과 응시생의 일대일 면담이 최종 당락을 결정할 거야. 조사한 바로는 6년 전쯤에도 한 번 감독관은 맡으셨다는데, 그 해에는 단 한 명의 합격자도 배출하지 않은 걸로 유명해. 즉, 완벽하게 마음에 안 들면 바로 탈락이란 뜻이야."

"역시 스승님……."

히연은 긴장하라는 의미에서 말했지만, 유시후와 이랑이 미리 알고 있었다는 듯 태연히 고개를 끄덕였다.

'그러고도 남을 분이시지.'

"기왕이면 둘 다 가볍게 붙자고."

"유시후는 그렇다 치고, 이랑 너는 진짜 조심해. 넌 호랑이 굴에 제 발로 걸어 들어가는 것과 마찬가지니까."

그동안 자신이 얼마나 많은 시험을 봤는데 왜 이번 시험에만 이렇게들 신경을 쓰는 건지. 분명 별 볼 일 없는 또 하나의 시험에 불과할 텐데.

＊　　　＊　　　＊

"우와, 사람 많다."

아침부터 들떠 있는 이랑 덕분에 괜히 두 시간이나 일찍 일어난 유시후는 기분이 나빠 보였다. 원래 아침잠이 많기로 유명한 그였다. 십 년 동안 어떻게 궐 안의 빡빡한 일정을 견디어 냈는지 모두가 믿을 수 없을 정도로.

"올해 지원자들의 남녀 비율은 6대 4라더군."

아직 제정신 못 차리고 있는지 옆에 서 있는 유시후가 몽롱한 목소리로 말했다. 점점 비슷해져 가는 남녀 비율에 이랑이 만족스러운 미소를 지어 보였다. 앞으로 닥칠 시험에 위축되지도 않는 건지, 그녀는 앞서 잘 걸어가고 있는 유시후의 어깨를 툭 하고 가볍게 두드렸다.

"좋았어. 열심히 해 보자고, 오라버니! 난 이미 어떤 시험문제든 간단히 받아칠 준비가 되어 있어."

주위에는 긴장한 사람들이 가득한데 긴장은커녕, 오히려 즐거워 보이기까지 한 여인과 꾸벅꾸벅 졸고 있는 남자는 사람들의 이목을 끌기에 충분했다. 많은 사람 틈에서도 눈에 띄는 그들을 위층의 난간에서 내려다보고 있는 이가 있었으니.

"오셨군요."

혼자 중얼거리며 올해 수험자들을 몰래 바라보고 있던 이신이었다. 옆에 서 있던 다른 대신이 내민 계획서에 만족스러운 미소를 짓던 그가 중얼거렸다.

"이번 시험에서는 붓과 연필이 필요 없겠네요."

자신이 계획한 올해 시험이 매우 만족스러운 모양이다. 그가 그렇게 재미있다는 표정으로 긴장해 있는 수험생들을 관찰하고 있을 쯤. 누군가가 그 장소에 모습을 나타내었다.

"이신, 무슨 일이냐. 날 부르다니. 오늘은 국시잖아. 즉, 나 쉬는 날이라고."

좀처럼 없는 왕의 휴일에 왜 사람을 오라 가라 해서 귀찮게 하느냐는 의미였다. 그의 불만 가득한 표정을 힐끗 본 이신이 재미있는 일을 꾸밀 때 짓는 특유의 미소를 보이며 다시 시선을 아래로 내렸다. 그리고 지금 이 상황에 가장 불만이 많을 주군을 향해 돌아섰다.

“오늘은 특별히 부탁드리고 싶은 게 있어서 이리 모셨습니다.”

곧 시험의 시작을 알리는 북소리가 들려왔고, 그것이 신호라도 되는 양 이신의 눈빛이 사냥감을 찾는 사냥꾼의 눈빛처럼 번뜩였다. 그의 표정이 무엇을 의미하는지 알겠다는 듯, 시하루가 시선을 내려 희망과 꿈을 가득 품은 채 수험장을 향하는 이들을 바라보았다.

굉장히 안쓰럽다는 표정으로.

“올해는 그 고집 좀 꺾지?”

“나라를 다스릴 인재를 찾는 일인데 그런 게 어디 있습니까. 두고 보시죠.”

간만에 의욕이 생긴 이신에게서 벗어나기란 어려운 일이었다. 이미 그것을 잘 알고 있는 그는 체념이라도 한 듯 한숨을 내쉬었다.

“그래, 그럼 난 오늘 뭘 하면 되는데?”

그의 항복 선언에 잠시 사라졌던 이신의 미소가 돌아왔다.

“전하께서는 아주 중요한 역할을 맡아 주셨으면 합니다. 아, 그렇게 싫다는 표정 짓지 말아 주세요. 분명 조금 있으면 저에게 고맙다고 하고 싶어지실 테니까요.”

그의 말에 시하루가 ‘그게 무슨 소리야?’라고 중얼거렸지만 이신은 그 말을 무시했다. 그러고는 따라오라는 듯 앞장을 서며 말했다.

“시험 감독관 한번 해 보시지 않겠습니까? 꽤 재미있는 경험이 될 거 같은데."

이건 또 무슨 소리인가라는 반응이 돌아왔다. 이신을 뒤따르던 시하루가 아래에서 거대한 행렬을 이루고 있는 수험생들을 바라보며 말했다.

"저 많은 인원을?"

"물론 아니죠. 아주 극소수만 부탁드릴게요."

그럴 리가 있겠냐는 말과 함께 빠르게 명단을 넘기던 이신이 곧 어떤 이름을 찾아 표시를 하며 아주 작게 중얼거렸다.

"정확히는 한 명이지만."

"내가 왜 이걸 해야 하는데."

"원래 우연을 가장한 만남이 가장 인상 깊게 남는다고 하더군요."

혼자 무슨 생각을 하는 건지 이신은 매우 즐거워 보였다. 반면 시하루는 꿈만 같은 휴일에 이게 무슨 날벼락인지, 마치 악몽이라도 꾸는 듯 보였지만.

"그게 무슨 말이야."

"일단 가 보시면 알게 되실 겁니다."

"가서 난 뭘 하면 되는데?"

"그것도 가 보시면 알게 되실 겁니다."

뭐든 확실치 않은 이신의 말에 답답한 시하루가 인상을 찌푸렸다. 일단 그에게 못 이겨 승낙하긴 했지만, 여전히 못마땅한 듯 걸음이 점점 뒤처졌다.

“미리 말해 두는데, 나 아무것도 안 할 거야. 그냥 지켜보다 나올 거야.”

그의 말에 이신은 고개를 끄덕였으나 여전히 의미심장한 미소는 사라지지 않고 있었다.

“걱정 마시죠. 아마 들어가시면 필사적으로 시험 감독을 보시게 될 테니 말입니다.”

# 十一花 * 궁 밖에 있는 꽃

"감독관이라니……."

자신이 생각해도 이건 아니라는 생각이 들었다. 도대체 무슨 생각인 건지 이신은 아주 작정이라도 한 듯 치밀해 보였다. 일손이 부족한 것도 아니면서 남아도는 인력을 무시하고 굳이 저를 필요로 하는 이신의 뜻을 알 수 없었지만, 최근에 얌전하게 살아 보자 마음먹었으니 실천에 옮길 수밖에.

'시험 감독관? 그런 걸 내가 해도 되나?'

감독관 대리로 들어가라는 이신의 말에 자신의 안목을 믿느냐는 투로 그가 던진 말이었다.

'아마 상관없을 걸요? 아니, 오히려 더 좋을지도.'

오직 원칙만을 우선시하는 그의 입에서 나올 말은 아니었다. 그래서 더욱 걱정된 달까. 평소와 다른 이신의 반응과 행동은 시하루의 정신을 뒤흔들어 놓을 만했다.

"나 정말 그냥 앉아만 있다가 올 거야."

마지막으로 이신에게 마음을 바꿀 수 있는 기회를 주고자 경고하는 그였지만, 상대에게 그리 큰 효과를 준 거 같지는 않았다. 이미 이신은 마음은 굳혔고, 이제 그는 들어갈 수밖에 없었다.

"그럼 힘내세요. 아마 전력을 다하셔야 할 거예요."

일단 그가 알려 준 방에 도착하긴 했지만, 도대체 뭘 전력을 다하라는 건지 이해할 수 없었다. 그리고 아직 이신에게 시험에 대해 자세한 설명을 듣지 않았다는 사실을 눈치챘을 때는 이미 늦은 상황이었다.

"들어가 보시면 아실 겁니다. 뭘 해야 하는지 말이죠."

도대체 뭐냔 말이야! 그 망할 영감의 의미심장한 미소란! 뭔가 꾸밀 때 이외에는 나오지 않는 표정이라는 건 잘 알고 있는데!

문 앞에 선 시하루가 걱정 가득한 표정으로 한숨을 내쉬었다. 그러나 곧 자신이 이 나라의 왕이라는 사실과 기왕 이렇게 된 마당에 인재 등용에 힘써 보자는 기특한 생각을 하고는 사뭇 비장한 표정으로 문을 열었다. 그리고 잔뜩 무게를 잡고 안으로 들어선 그는…….

"이번에 처음 국시를 치르게 된 소이랑이라고 합니다. 잘 부탁드립니다!"

……전혀 예상치 못한 환영을 받게 된다.

동시에 이신에게 툴툴거렸던 지난날의 자신에 대한 반성과 앞으로도 그의 조언은 하나도 빼먹지 않을 거라는 다짐도 함께 하게 된다.

*      *      *

지금 이게 대체 무슨 상황인지 이해가 가지 않은 이가 둘. 각자 상황을 파악하느라 바쁘게 머리를 굴리는 그들 사이에는 그 어떠한 말도 오가지 않고 있었다.

먼저 방 안에서 기다리고 있던 여인은 국시를 치르기 위해 이 자리에 있었다. 시험 규정에 따라 자신의 순서가 되어 미리 배정받은 수험장에 들어와 감독관을 기다리고 있었을 뿐. 결코 그녀가 이 궁에 들어오기 전에 몇 번이나 주의를 받고 몇 번이나 다짐을 한, 절대 만나지 말아야 할 인간을 만나고자 이곳에 온 게 아니었다.

이런…… 이 무슨 최악의 상황이란 말인가!

문을 열고 들어온 남자는 한때 자신의 스승이었던 남자의 부탁을 받고, 황금 같은 휴일을 국가를 위해 반납하고 자신을 기다리고 있을 불쌍한 수험생을 만나기 위해 방에 들어온 것이었다. 결코 지난날 내내 보고 싶었고 생각이 났던 여인을 만나기 위해서 이곳에 온 게 아니었다. 이렇게 만나리라는 건 상상조차 못 했었다.

이런…… 이보다 더 좋은 기회가 있겠는가!

순간 이 자리에서 나가 버릴까 고민을 한 이랑이었다. 도대체 뭐지 이 상황은? 당장에라도 자리를 박차며 일어나고 싶었지만, 그녀에게는 지금 이 자리를 벗어날 수 없는 이유가 있었다.

그와 마주하고 있는 이 자리가 사적인 자리라든가, 서로의 동의하에 결정된 만남, 혹은 하다못해 그가 만들어 낸 우연을 가장한 만남이었다면 그녀는 얼마든지 이 자리에서 도망칠 수 있었을 것이다. 만약 이 만남의 장소가 궐 밖이었다면 말이다.

하지만…… 이 자리는 국시를 보는 자리다. 그녀는 현재 시험을 보러 온 입장이다. 수험생이 수험장을 이탈하는 걸 막지 않지만, 그리되면 실격 처리가 되는 게 당연했다. 그리고 그녀는 1년이라는 시간을 더 기다려 다음 시험을 봐야 했다. 게다가 지금 이 자리를 피하고 다음에 재도전한다고 해도 바뀔 것은 없었으니, 그녀가 국시를 본다는 걸 안 이상 아마 그의 성격이라면 내년에도 그녀의 앞에 앉아 있을 게 틀림없었다.

피할 수 없다면 즐기란 말이 있지 않은가.

좋아.

"오랜만이네요."

최대한 아무렇지 않은 척을 하기 위해 이랑은 특유의 밝은 미소를 지어 보이며 인사를 했지만, 목소리에서 완벽하게 '당황스러움'을 감추는 것은 어려웠다. 이랑은 살짝 떨리고 있는 자신의 목소리를 스스로도 알아차릴 수 있었다.

또 다른 당황한 이 역시, 그 사이에 상황 파악이 끝나고 앞으로의 행동을 궁리하고 있었다. 이랑의 앞자리에 앉은 시하루는 일단은 어떤 말로 대화를 시작하면 좋을지 고민에 빠졌다.

"그동안 잘 지냈어?"

"시험! 시험을 보러 왔으니, 일단은 시험에 관한 이야기를 하도록 하죠."

그동안 잘 지냈냐고 물어보려 했는데, 먼저 말을 잘라 버린 이랑이 시험에만 집중하고 싶다는 의지를 보였다.

"어……."

자신의 말을 자른 것에 대해 짜증이 나거나 서운할 수 있었지만, 눈을 반짝이고 있는 이랑이 그저 귀여운 나머지 시하루는 쉽게 대꾸하지 못했다. 이는 이미 그가 이랑에게 푹 빠져 있다는 증거와도 같았다.

'좋아…….'

누가 봐도 들떠 있다는 걸 알 수 있을 정도로, 시하루는 신이 나 있었다. 그러다 시험 시간이 곧 그녀와 단둘이 있을 수 있는 시간이라는 걸 떠올린 그는 이런 자리를 마련해 준 이신에게 정말 감사했다.

그와는 달리 이랑은 시험 때문인지 잔뜩 긴장해 있었다. 예전이라면 그녀에게 하고 싶은 말이 많은 시하루가 벌써 질문을 했겠지만, 지금은 달랐다.

"그럼 일단은 시험을 시작하자."

우선 시험을 시작하고 조금은 이 분위기에 익숙해진 후에 이야기를 시작해 보겠다는 여유 있는 생각을 할 수 있게 된 그였지만 한 가지 문제가 있었다. 앞서 말했듯 그는 아직 이신에게 시험에 관해서 제대로 설명을 듣지 못한 상태였기 때문에 시험이 어떻게 이루어지는지, 그리고 그 시험에서 자신의 역할은 무엇인지 아무것도 알지 못했다.

난감한 상황. 분명 이신은 들어가면 뭘 해야 하고 어떻게 해야 할지 알 수 있다고 했는데. 당황한 시하루가 괜히 시선을 이곳저곳에 돌리고 있자니, 아까는 미처 보지 못했던 어두운 천을 뒤집어 쓴 무언가가 탁자 위에 놓여 있는 게 눈에 들어왔다.

"이건가……."

빠른 시험을 위해 별다른 긴장감 없이 천을 제거한 그였다. 천 아래에 드러난 물체는 아주 조금이나마 긴장하고 있던 이랑을 조금 더 당혹스럽게 했다.

"장기?"

어이없다는 목소리였다. 국시를 보는 시험장에 장기와 장기짝이 웬 말인가. 잠시 넋 놓고 있던 시하루가 장기판 위에 놓인 하얀 종이를 펼쳐 들었다. 종이 안에는 누군가의 필체로 글씨가 쓰여 있었는데, 그 필체가 이신의 것이라는 걸 확인한 그는 궁금하다는 이랑을 위해 웅얼거리듯 내용을 읽어 내려갔다.

"어…… 시험 시작 전에, 올해 응시해 준 수험생분들께 알려 드립니다. 이번 시험은 보시는 바와 같이 '장기'입니다……. 뭐야? 지금 장난하는 거야?"

　이신이 선택한 시험 내용에 어이없다는 듯 시하루가 버럭 외쳤
다. 그러나 그의 그런 반응에 신경 쓸 여유조차 없는 이랑은 진지
하게 재촉했다.

　"아, 얼른 마저 읽어 봐요."

　경청하고 있던 이랑이 눈살을 찌푸리며 주의를 주었다. 이미 그
녀의 머릿속에는 시험에 관한 생각밖에 없었다.

　"음…… 눈앞에 앉아 있는 감독관들은 제가 특별히 엄선하고 엄
선한 장기의 달인들입니다. 이들과 시합하는 것이 제가 선택한 시
험입니다. 장기판은 하나의 나라와도 같습니다. 최선을 다해 눈앞
의 감독관들을 상대하세요. 그럼 행운을 빕니다."

　종이에 적힌 글들을 전부 읽은 시하루가 고개를 갸웃거리며 장
기판을 내려다봤다. 뭐 이런 국시가 다 있냐는 표정을 한 그는, 그
동안 이신을 너무 과대평가한 게 아닐까 하는 생각이 들었다. 문
밖에서도 여러 가지 소란이 들려오는 게, 아무래도 다른 방의 분위
기도 마찬가지인 모양이었다. 하지만 국시의 시험 내용이나 방식,
그리고 주제는 그 해 감독관의 고유 권한이며 왕은 그것에 관여할
수 없었다.

　쪽지가 공개된 뒤 유난히 긴 침묵을 유지하고 있는 이랑의 상태
를 확인하기 위해 고개를 든 시하루는 깜짝 놀랐다.

　"안 돼……."

　시험 내용이 공개되기 무섭게 이랑은 하늘이라도 무너진 듯 뭔

가 절망적인 표정으로 고개를 숙였다. 많고 많은 시험 중 왜 하필 이것이란 말인가. 듣기론 문제 출제자가 스승님인 이신이라던데, 설마 자신의 약점을 알고 이리한 건 아닌가.

"하지만…… 죽어도…… 포기 못 해!"

조금 전의 절망적인 표정은 어디 가고, 금세 살아나 반드시 이기고 말 거라고 다짐하는 그녀를 보며 시하루는 잠시 생각에 잠겼다. 그러고 보니 궐에서 나가던 날, 마지막 인사로 그녀가 말했다.

'아마 다음에 만날 때는 다른 위치로 만나게 될 거예요.'

그 말이 오늘의 이것을 의미하는 거였구나. 도대체 그녀가 밖에 나가 꼭 해야만 하는 일이란 게 무엇일지 궁금했지만, 이리 국시를 보러 궐에 들어온 걸 보면 아무래도 나랏일과 관련된 일이 아닐까 하고 그는 조심스럽게 예상했다. 어찌 되었든 만약 이 시험에 이랑이 합격한다면, 그녀는 곧 궁에 들어오게 될 것이다.

물론 '신하'의 입장이라지만 결과적으로 보면 궐에 들어오는 것이기 때문에 자신에게는 분명 좋은 일이다. 이신은 그것을 알고 자신을 시험 감독관으로 선택한 게 분명했다. 그녀를 합격시키기 위해 자신이 일부러 져 줄 것을 알고.

"그럼 봐주면서 할게."

필사적으로 덤비고 있는 이랑과 달리 그가 생글생글 웃으며 말하자, 먼저 말을 옮기던 그녀가 발끈했다. 하지만 아무 말도 하지 않았다. 그녀는 놀이와 관련된 건 그것이 무엇이든 취약했다. 장기도 마찬가지. 물론 방금 그가 한 말에 자존심이 상하기도 했지만 어쩌면 이것은 그녀에게 기회일지도 몰랐다.

어떻게 할까……. 그냥 입을 다물고 이 경합에서 승리를 해 려 화를 향해 나아갈까, 아니면 정정당당히 그와 승부를 해야 할까. 자존심과 눈앞에 놓인 다급한 현실 사이에서 끊임없이 고민하는 이랑에게, 여유롭게 장기를 두던 시하루가 물어 왔다.

"그동안 어떻게 지냈어?"

"공부하고 책 읽고, 공부하고 책 읽고……."

그녀의 지루한 대답에 그럴 줄 알았다는 반응이 돌아왔다. 사실은 그녀의 입에서 '연애'나 '남자'에 관한 이야기가 나올까 싶어 조마조마했지만 다행히도 여전히 그녀의 관심사는 한 가지였다. 좋게 말해서 다행이지 어찌 보면 슬픈 일이기도 했지만. 자신은 이 넓은 궐 안에서 쓸쓸한 생활을 보내고 있을 때, 그녀는 책에 빠져 매우 신나는 하루를 보내고 있었다는 뜻이기도 했으니.

"그런데 놀랐어요. 왜 감독관으로 들어오셨어요? ……나보려고 왔어요?"

"하여간에 은근히 공주병기가 있다니까."

"뭐야! 아니었어요?"

대화하면서도 여유롭게 장기의 흐름을 이끌어가는 시하루와는 달리 이랑은 안절부절못하며 계속해서 벼랑으로 내몰렸다. 또 하나의 말이 그의 손에 넘어가자 저도 모르게 목소리가 커져 버렸다. 이대로 가면 정말 질지도…….

"사실 난 네가 시험 보러 올 줄도 몰랐어."

나름대로 봐주고 있지만, 그럼에도 불구하고 계속해서 안 좋은
수만 놓아 대는 이랑 덕분에 그는 오히려 더 힘들었다. 그냥 이기
려고만 하면 되는 이랑과 달리, 시하루는 너무 대놓고 져 주는 것
도 안 되고 그렇다고 이겨서도 안 되는 상황이었다.

"혹시 이것이 말로만 듣던 우연한 만남인가요?"

"그건 우리 예전에 한 번 했잖아. 오늘은 이신이 갑자기 들어가
라고 한 거야."

또다시 거론된 우연한 만남이라는 설정에, 시하루는 피식 웃어
버렸다. 그 말에 그녀와 만난 지 얼마 되지 않았을 때의 기억이 떠
올랐다. 겁도 없이 담 위를 아슬아슬하게 걷고 있던 그녀를 내려
오게 하기 위해 그가 했던 말이 있었다.

'그 뭐냐…… 차라도 한잔 할래?'

'책에서 읽었어요. 남자가 마음에 드는 여성에게 작업을 걸기 위
해하는 가장 흔한 대사라고요.'

도대체…… 이 아이는 주로 어떤 책을 읽는 거지?

"아~ 연애소설에 있을 법한 조력자의 등장이었군요."

그녀가 다시 궐 안에 들어오면 방을 뒤져서라도 평소 즐겨 읽는
책에 대해 알아 둘 필요가 있다는 생각이 들었다. 물론 몰래.

감정적인 부분에서는 이랑이 방 안의 주도권을 잡고 있었지만,
정작 시험에서는 그녀가 끌려가는 분위기이다. 그녀 역시 눈앞의
상대가 본래의 실력을 발휘하지 않고 봐주고 있다는 걸 알아차렸
지만, 그럼에도 불구하고 어쩐지 이길 자신이 없었다. 두 마리 토

끼를 다 잡을 수 없다는 것을 깨달은 이랑은 결국 눈앞의 그보다 시험을 선택했고, 그 뒤부터는 말없이 시험에 집중하기 시작했다.

"역시 궐 안이 더 좋지?"

"……."

시하루는 열심히 대화를 시도해 봤지만, 이미 집중 상태에 들어간 그녀는 아무런 대꾸도 하지 않았다. 오직 신중히, 아주 신중하게 말을 옮기는 데에만 신경 쓰고 있었다.

혼자만 바라보고 혼자만 말을 하니 조금 그녀가 야속해진 건지, 시하루가 툴툴거리며 아까 그냥 넘어가 준 그녀의 말 하나를 빼앗아 왔다.

"서하연 삼화까지 하면서 국시까지 보러 오다니. 욕심쟁이네."

사실 이 모든 것이 결국에는 '려화'라는 최종 목표를 위한 중간 과정일 뿐이었지만, 그것을 알 리가 없는 그의 눈에 이랑은 그저 하고 싶은 게 많은 여인으로만 보였다.

"그냥 이참에 궐 안으로 들어오지그래? 이렇게 시험 봐서 들어오나, 나한테 시집을 오나 결과는 똑같은데 말이야."

'그나저나 정말 못 하네.'

장기 규칙을 제대로 아는 건지 모르는 건지, 이랑은 무조건 자신의 모든 말을 지키려고 했기 때문에 오히려 왕이 위험한 반면, 규칙을 정확하게 파악하고 있는 시하루는 왕을 제외한 다른 말들은 아낌없이 희생하며 왕을 지켜 내고 있었다.

얼굴은 웃고 있었지만 사실 시하루의 머릿속은 복잡했다. 그냥 간단하게 봐주면 되겠지, 라고 생각했었는데 이건 정도가 너무 심했다. 마치 '지는 사람이 이긴다.'라는 전제하에 진행되는 경합 같았으니. 말이 좀 이상하지만, 그는 좀 더 집중해서 머리를 쓰지 않으면 왠지 그녀에게 질 수 없을 거 같아 불안했다. 그러다 보니 그의 봐주기는 점점 강도가 높아졌고, 결국엔 이랑의 자존심을 긁다 못해 아주 찢어 놓는 결과를 초래하고 말았다.

"제대로 하세요."

결국 참다못한 이랑이 판에서 손을 거두고 그를 향해 말했다.

"하지만……."

여기서 자신이 이기면 국시에서 떨어지게 될 텐데 그럴 순 없다는 말을 하려던 그에게, 이랑은 어떠한 동기부여를 제공하기로 마음먹었다. 물론 시합에서 이기고는 싶다. 이건 누구라면 갖고 있을 승부욕. 하지만 이런 말도 안 되는 방식으로 이긴다고 해도, 그녀의 자존심이 그것을 받아들일 리가 없었다.

"이 국시를 보는 이유는 가산점 때문이에요."

"가산점이라니?"

"제 꿈은 삼화가 아니라 '려화'거든요."

려화. 서하연의 세 송이 꽃인 삼화 중에서도 오직 가장 높은 위치에 있는 여인만이 오를 수 있는 최고의 자리. 그러나 인재들이 모인 서하연에서도 수위를 다투는 삼화들이니, 그들 중에서 한 명을 가려내기란 쉬운 일이 아니었다. 그래서 생겨난 것이 가산점 제도이다.

보통은 서하연에서 교육을 받는 동안 차근차근 가산점을 쌓아 올리지만, 궐 안에만 있었던 이랑은 그렇게 할 수가 없었다. 하여 그녀는 가장 큰 가산점을 받을 수 있는 대외 활동인 국시 합격을 통해 다른 이들과의 점수 차이를 만회하려고 한 것이다.

아무리 제대로 된 공정한 경합을 위해서라고는 해도, 지금 그녀의 선택은 매우 위험했다. 시하루를 도발해서 그에게 진다면 그녀의 계획이 모두 틀어져 버리기 때문이다.

그녀의 말에 마냥 이 시간을 즐기고 있던 시하루의 웃음이 지워졌다. 아직 제대로 그녀의 말을 이해하지 못한 건지 멍하니 이랑을 바라보던 그는 점차 그 말뜻을 이해할수록 표정이 어두워지더니, 곧 방금 전까지만 해도 웃고 있던 그 사람이 맞는지 싶을 정도로 표정을 굳혔다.

"……나한테 그런 말 안 했잖아."

"그건 미안하게 생각하고 있어요. 하지만 말했으면 못 나가게 할 게 뻔하잖아요?"

"너 나한테 거짓말 했어."

"일종의 도전장이라고 해 두죠, 전하."

이제는 '꽃따리 오빠'도 아닌 '전하'라는 호칭에 결국 시하루는 인상을 찌푸렸다. 반면, 이번엔 이랑이 덤덤한 표정으로 그를 바라보고 있었다.

"이 세상에는 많고 많은 꽃이 있지만."

잠시 무거운 침묵이 지속되는가 싶었는데, 기왕 이렇게 된 마당에 뭐가 더 두려울까 싶은 이랑이 씨익 웃더니 그가 방심한 틈을 타 말 하나를 손에 넣으며 말했다.

"그중에서도 저는 아주아주 특별한 꽃이기 때문에 웬만한 노력으로는 가지실 수 없답니다."

다른 왕들이 그러했듯 그냥 교지를 내리는 걸로 끝나지 않는다는 의미였다. 물론 거짓말을 했다는 점이 아주 조금은 양심에 찔렸지만 그렇다고 아예 꿈을 포기하는 것보다야 낫지 않겠는가. 그래도 여전히 남는 죄책감에서 벗어나기 위해 그녀 나름대로 자기 합리화를 하며 고개를 끄덕이고 있는 사이, 장기판 위로 큰 손 하나가 가로지르더니 그녀의 앞에 놓인 말 하나를 가져가 버렸다. 갑작스럽게 잃은 말에 놀라 고개를 든 그녀는 의미심장한 미소를 짓고 있는 시하루와 눈이 마주쳤다.

"그럼 내가 더 이상 너를 배려해야 할 이유가 없어져 버렸네."

"……."

그제야 시하루는 며칠 전부터 계속 자신의 주위를 맴돌며 경고하던 이신이 생각났다. 그 의미를 알 수 없는 말들이며 잔소리, 그리고 조금 전 방에 들어오기 전에 그가 한 말…….

'아마 들어가시면 필사적으로 시험 감독을 보시게 될 겁니다.'

그가 말한 '필사적'이라는 단어가 어떤 의미였는지 이제 모든 게 이해가 됐다. 그렇다면 분명 이신 그는 이 려화에 대한 제도를 미리 알고 있었는데 어떠한 이유로 자신에게 말하지 않았다는 결론이 나온다. 뭐, 그것에 대해서는 차차 추궁하기로 하고 지금은 감

히 자신에게 도전장을 던진 눈앞에 있는 깜찍한 꼬맹이를 상대하
는 일에 집중해야 했다. 그것도 아주 필사적으로.

"이미 거의 다 가졌다고 여유 부릴 때가 아니었네. 더욱 분발해
야겠어."

더 이상 봐줄 이유가 사라진 그는 너무도 무서웠다. 이 시합에
서 이겨야만 하는 서로 다른 이유와 목적이 분명하게 존재하게 되
었으니, 훈훈한 배려가 오가던 장기판 위에는 살벌하기까지 한 신
경전이 오고 갔다. 한동안 이랑을 배려하느라 시하루가 자신의 말
들을 많이 죽인 터라, 이제는 누가 이길지 모르는 일이 되어 버렸
다.

반면 각자의 목적을 갖고 불타오르는 다른 시험장들과는 달리,
유난히 차분한 시험장도 있었다. 문밖에서 들려오는 탄성과 분을
못 이긴 외침에 이신이 만족스러운 웃음을 보이며 말했다.

"다들 즐거워 보이네요. 역시 이번 시험을 이것으로 정하길 잘
했다는 생각이 듭니다."

시험에 관련된 설명이 끝난 뒤부터 지금까지 지켜왔던 침묵을
깬 가장 첫 번째의 말이었다.

웬만해서는 긴장을 하지 않는 유시후였지만…… 설마 자신의
시험관이 이 모든 시험을 총괄하고 있는 그 악명 높은 이신일 줄이
야. 하지만 정말 신기하게도, 그는 자신이 질 거 같은 느낌이 전혀
들지 않았다. 오히려 시험 도중임에도 그는 재미있다는 표정으로
실실 웃고 있었다. 그리고 이신은 그의 그런 반응을 흥미롭다는

얼굴로 바라보고 있었다.

"어떻습니까. 이랑 님께서는 시험관에게 이기실 거 같습니까?"

때마침 유시후에게 예상치 못한 공격을 받고 자신의 말을 빼앗긴 이신이 피식 웃으며 질문했다. 그의 말을 자신 쪽으로 들고 오던 유시후가 처음으로 장기판에서 시선을 떼었다. 그러고는 싱긋 웃으며 답하길.

"아니요, 분명 질 겁니다. 그 녀석은 이런 거에는 엄청나게 약하거든요."

너무 단호한 대답이다. 이미 유시후는 이랑의 시험관이 왕이라는 사실을 이신에게 들었기 때문에 알고 있었다. 들어오기 전에 분명히 조심하라고 말했는데, 이건 오히려 호랑이 굴에 덥석 들어가는 꼴이 된 것과 마찬가지였다. 그냥 피하면 아무 일도 없겠지만 자신이 아는 이랑이라면 도중에 포기할 리가 없다. 감독관이 왕이든 누구든 간에 시험에만 몰두할 게 분명했다.

하지만 유시후도 모르는 게 있다면 이랑의 상대인 시하루의 실력이다. 물론 이랑의 장기 실력이 형편없다는 걸 잘 알고 있지만, 이는 상대평가가 아닌가. 그녀보다 시하루가 더 실력이 없으면 이길 수도 있으니까.

"이신 공께서는 어떻게 생각하고 계십니까?"

유시후의 질문에 아주 잠깐의 망설임도 없이 이신이 장난스러운 미소를 보이며 답했다.

"저 역시 같은 생각입니다. 아마 이랑 님께서 지시겠죠. 전하의 실력은 저와 맞먹을 정도니까요.”

“그럼 어째서 이랑의 감독관을 전하로 선택하신 겁니까? 분명 이유가 있으시겠지요?”

스스로 그 바보 왕을 ‘전하’라고 말하는 게 마음에 안 든다는 표정을 한 유시후의 마음을 눈치챈 건지 이신이 나이에 맞지 않게 씨익 웃으며 고개를 들었다.

“전하께서는 바보이니 분명 어떻게 해서라도 이기시려 들 게 뻔하니까요.”

이미 시하루의 실력이 어느 정도인지 잘 알고 있다는 그의 말에 유시후의 손이 멈췄다. 그리고 가만히 그를 바라봤다.

“그 말씀은…… 처음부터 이랑이 이기는 일 따위 생각도 안 하셨다는 뜻이군요. 전하의 편에 서서 이랑의 불합격을 원하시는 건가요? 아니면 이랑의 기적 같은 승리를 원하시는 건가요?”

이랑에게 신경 쓰느라 제 일은 집중하지 못한 유시후의 틈을 노린 이신이 말 하나를 빼앗아 오며 말했다.

“글쎄요. 결과는 두고 봐야죠.”

지금 시하루와 이랑의 대결이 중요한 게 아니었다.

과연 이신이 엄선해서 뽑은 이들이었다. 학문이 아닌 오직 ‘장기’ 하나만을 특기로 갖고 있는 이들이어서 그런지, 도전자가 되어 버린 수험생들을 엄청난 속도로 패배의 쓴맛을 보고 안타까운 탄성을 질러야 했다. 시험이 끝났다는 소리와 함께 수험생들의 탄식이 여기저기서 들려오고 있는데, 오직 이 방 안에 감도는 긴장감은 여전했다.

한 마디로, 이 둘의 실력은 박빙(薄氷)이었다.

*　　*　　*


"아주 대승으로 이기셨더군요. 답지 않게 노력을 좀 하셨나 봅니다."

"일단은 칭찬으로 듣도록 하지."

현재 시하루는 여러 가지 이유로 심기가 불편했다. 그의 성격상 여기서 한바탕 버럭! 하고 외치는 게 정상이었지만, 머릿속이 다른 생각으로 가득 차 있었기 때문에 조용히 넘어가고 있을 뿐.

"너무했나……."

반드시 이겨야 한다는 목적이 생기니 제정신이 아니었다. 속수무책으로 당하고 있을 이랑은 눈에 들어오지 않는 상태. 물론 원래 이겨야만 했던 경합이지만, 지금 생각해 보니 너무 일방적으로 몰아붙인 감이 없잖아 있어 더욱더 찝찝한 그였다. 이겼다는 사실에 별다른 문제는 없지만 이기는 것에도 여러 가지 종류가 있지 않은가.

'이기더라도 좀 더 신경 써서 기분 나쁘지 않도록 끝을 냈어야 했는데…….'

어른스러웠어야 했는데…….

"아……!"

머리를 감싸고 후회를 하던 시하루가 고개를 들었다. 그의 앞자리에 앉아 있는 이신은 눈앞에서 그가 괴로워하든 말든 관심이 없어 보였다. 그는 오직 이랑과의 대결을 적어 놓은 기록에만 시선을 주고 있었다. 아무리 고민을 해도 상대가 그것을 봐 주지 않으니, 어찌할까 고민에 빠진 시하루는 결국 백기를 들었다.

"……그러고 보니 이신."

결국 기분이 다시 나빠진 그는 새로운 화풀이 대상을 찾기로 결심한 건지 눈을 번뜩였다.

"예, 전하. 말씀하세요."

뭐가 그렇게 바쁜 건지 몰라도 그는 여전히 시하루 따위 안중에 없어 보였다.

"알고 있었지."

"예?"

"려화에 대해서 말이야."

그제야 이신은 손에 들고 있던 문서들을 내려놓고 살짝 화가 나 있는 그를 마주했다. 설마 이랑, 그녀가 말했을 리는 없는데…… 자신의 주군은 그걸 또 어떻게 알고 이리 화가 났을까. 들을 필요도 없이 이신의 표정에서 대답을 얻은 시하루는 턱을 괸 채 여유롭게 그를 바라보며 말했다.

"알면서도 나에게 말하지 않은 이유가 뭐야."

"……그, 그것은……."

시하루는 웃고 싶은 것을 꾹 참았다. 지금까지 이신이 자신의 앞에서 이렇게까지 당황했던 적이 있던가. 물론 이신의 성격상 합당한 이유가 있었겠지만, 이건 하도 괘씸해서 그냥 넘어갈 수 없었다. 그래서 조금 겁이나 줘 볼까 하고 인상을 쓴 것인데, 스스로도 잘못했다고 생각되는 건지 이신이 고개를 푹 숙였다.

"지은 죄가 있으니 내 부탁 하나쯤 들어주는 건 간단하겠지. 안 그런가요, 스승님?"

한바탕 짜증과 역정을 쏟아 낼 거라는 이신의 걱정과는 달리 의외로 차분한 음성이 들려왔다. 물론 시하루가 어렸을 때부터 그를 가르친 게 이신인 건 사실이었지만, '스승님'이라는 호칭은 딱 그가 십 대를 벗어나면서부터 듣지 못했던 말이었다. 지난 십수 년 간 들어 보지 못한, 아니 좀 더 정확하게 말하면 들어 볼 생각조차 못 했던 말.

그런 어마어마한 말을 지금 그가 하고 있다는 것은…… 심각하게 불안한 일이다. 존경과 가르침이 오가야 할 사제시간 사이에 겨우 호칭 하나로 긴장감이 맴돌기 시작했다. 그것에 대해 따로 문책하지 않을 테니, 그 대신에 자신의 부탁 하나 들어 달라는 시하루의 말은 이신에게 충분히 유혹적인 말이었다.

"이 부탁이 네 뜻에 어긋난다는 건 잘 알고 있다. 하지만…… 어떻게든 그 꼬맹이를 탈락시켜라."

아무리 그래도 이건 아니지 싶은 이신이 표정으로 살짝 반항을 해 보았지만 잡힌 게 있다 보니 말은 입 밖으로까지 나오지 못했다.

"……그것은 사용하지 않으실 생각이신가 보군요?"

아까부터 곁눈질로 시하루의 손 옆에 놓여 있던 두루마리에 관심을 보이던 이신은 의외라는 듯 물었다. 그를 따라 두루마리에 시선을 준 시하루가 피식 웃더니 그것을 구석으로 밀어 넣어 버렸다.

"아직은 좀 더 해 보려고."

그나저나 자신의 부탁은 어쩔 거냐는 그의 질문에 이신은 한숨을 내쉬며 들고 있던 이랑의 시험 보고서를 탁자의 한구석에 살포시 내려놓았다.

"고맙다."

아무런 대답 없이 밖으로 나가려는 이신을 향해 시하루가 감사의 인사를 하자, 그가 잠시 멈칫하더니 돌아섰다.

"별말씀을요. 제가 뭘 했다고요."

이런 게 진정한 스승과 제자 사이라는 생각이 들 정도로, 참으로 훈훈한 광경이 아닐 수 없었다.

*　　　*　　　*

그러나.

"망할 영감 어디 있어!"

아침부터 난리법석이다. 원래부터 조용할 날이 없는 궁 안이었지만, 며칠 전의 훈훈한 분위기와 '스승님'이라는 단어는 이미 꿈

나라 속의 이야기였다. 뭔가가 요란한 소리를 내며 달려오고 있는데, 정작 그가 향하는 목표물은 너무나도 여유로운 표정이었다. 이미 어느 정도 예상하고 있었다는 듯.

"이신!"

예의 없이 문을 벌컥 열고 들어온 그가 씩씩거리며 앉아 있는 이신을 찾았다. 그리고 앉지도 않고 다짜고짜 앞으로 다가와 외치듯 물었다.

"그 꼬맹이 왜 합격시킨 건데!"

이미 아침 인사 따위 안 주고받은 지 오래된 사이였다. 어쩜 저렇게 예의가 없을 수 있는지. 그래도 어렸을 때 그를 가르친 게 자신인데…….

"불합격시키겠다고 약조를 드린 적은 없습니다만."

결과가 나왔다는 소식을 들은 시하루는 당장 그 명단을 입수하라는 명령을 내렸다. 물론 명단에 이랑의 이름은 없겠지만 혹시 모르는 마음으로 입수된 명단을 확인했는데, 문제의 그 이름을 발견하기까지는 그리 오랜 시간이 걸리지 않았다. 며칠 전에 그렇게 부탁까지 했는데!

……물론 부탁보다 협박에 가깝긴 했지만.

그런 자신을 비웃기라도 하듯 위에서 세 번째에 떡하니 자리하고 있는 이랑의 이름에 그는 아침부터 정신이 없었다. 도대체 이 시험 합격 기준이 뭐야?

"어디 이유나 한번 들어 보자. 분명히 내가 이겼는데, 어째서 꼬맹이가 합격이지?"

그는 이 결과를 받아들일 수 없다는 반응이었다. 분명히 자신이 장기 경합에서 이겼고, 그녀는 졌다. 그렇다면 국시에서 떨어져야 하는 게 아닌가! 이건 이신이 자신에게 도전하고 있는 것이나 다름 없었다.

불합격시키려고 온 힘을 다해 상대했는데! 미운털이 단단히 박힌 것으로도 모자라 려화의 자리에 앉을 기회까지 거머쥐었으니, 지금쯤 그 꼬맹이는 하늘을 날고 있는 기분이겠지.

분개하는 그를 바라보던 이신은 한숨을 내쉬었다. 그리고 일단 진정하라는 말을 건네며, 옆에 쌓여 있던 문서 중 이랑의 보고서를 빼내어 그의 앞에 내밀었다. 시험 당시의 과정이 상세히 적혀 있는 보고서에는 친절하게도 그림까지 붙어 있었다.

"네, 전하께서 이기셨습니다. 거의 다 빼앗기고 말입니다."

"그게 무슨 상관이지? 결과가 중요한 거 아닌가?"

도대체 뭐가 문제인지 모르겠다는 표정이다. 이신은 자신의 의도를 눈치채지 못한 그에게 제자를 대할 때의 엄한 표정을 지으며 훈계하는 자세로 말했다.

"전 '이기면 합격'이라고 말한 적 한 번도 없습니다. 그리고 시험 시작할 때 말씀드렸을 텐데요. '장기판은 하나의 나라와도 같습니다.'라고요. 생각해 보세요. 병사들이며 신하들이 다 죽고 왕만 살아남으면 그게 나라입니까?"

"승리하기 위해서라면 어느 정도의 희생은 당연한 거다. 내가 틀렸나?”

어이가 없다는 표정으로 제 생각을 토해 내는 시하루를 보며 별다른 대꾸를 하지 않던 이신이 그만 되었다는 듯 손가락으로 탁자를 톡톡 치기 시작했다. 덕분에 방에 들어설 때부터 흥분해 있던 그가 잠시 멈칫하더니 곧 진정하며 의자를 빼고 자리에 앉았다.

“전하의 말씀이 옳기 때문에 이랑 님은 합격이신 겁니다. 제가 뭐 때문에 전하를 시험 감독이라는 핑계로 함께 시험에 참가시켰다고 생각하십니까?”

핑계인 줄은 알고 있었나 보다. 스스로 ‘핑계’라고 인정을 하고 있었다. 그의 질문에 고민에 빠졌던 시하루는 곧 ‘설마…….’ 하는 눈빛으로 물었다.

“나를 그 꼬맹이랑 만나게 해 주려고 그런 거 아니었나?”

“제가 그렇게 마음이 넓어 보이셨습니까? 의외군요.”

그의 말에 이신은 자신에 대해 그렇게 생각했었냐는 말을 하며 두 눈을 동그랗게 뜨고 말했다. 그에 저 혼자서 기회라고 생각했던 시하루는 잠시나마 속으로 이신에게 감사했던 것을 후회했다.

“이 시험에는 두 개의 답이 있죠. 승리하는 자와 패배하는 자. 완벽하게 승리한 자는 전하께서 말씀하셨던 것처럼 말할 겁니다. 승리에 있어서 어느 정도의 희생은 당연하다고. 그리고 완벽하게 패배를 한 자도 말하겠죠. 무리한 희생은 옳지 못하다고 말입니다. 각자 생각은 모두 다르니 둘 중 무엇이 정답이라고 단정 지을 수는 없습니다. 하지만 둘 중 누가 답인지는 몰라도 어느 답을 선택해야 하는지는 알 수 있죠."

뭐가 답인지도 모르면서 무엇을 선택해야 하는지 안다고 말하고 있다. 차근차근 설명하던 이신이 또 다른 일이 생각난 건지 갑자기 탁자 위를 정리하면서 빠르게 말했다.

"바로 이 나라 왕이신 전하께서 두 가지 선택 사항 중, 승리하는 자의 생각을 갖고 있기 때문입니다. 그렇기 때문에 전하를 보필하는 대신 중에는 반드시 다른 시선을 갖고 있는 이가 필요하다는 말입니다. 왕이라고 무조건 명령만 내리면 다인 게 아니라고 분명히 옛날부터 말씀드렸던 거 같은데요? 대화! 그리고 절충!"

차마 대꾸를 못 하겠는지 머리를 감싸고 있던 시하루는 시선을 피하는 것으로 이신의 잔소리에서 벗어나는 노련함을 보였다. 잠시 동안 아무 말도 못 하고 꿀 먹은 벙어리처럼 입을 다물고 있던 그가 첫 번째 문제에서는 패배를 인정했다. 그러나 곧 두 번째 문제를 떠올리며 탁자 위의 명단을 이신의 앞에 내밀었다.

"그럼 이건 뭐지?"

사실은 이랑의 합격보다도 더 신경이 쓰였던 문제가 있었다. 처음에는 잠에서 깬 지 얼마 되지 않아 자신의 눈에 헛것이 보이는 줄 알았는데 그게 아니었다. 명단의 제일 윗자리를 차지하고 있는 어느 익숙한 이름을 툭툭 치며, 그가 불량스럽게 물었다. 또 무슨 문제가 있나 하고 시하루가 지적한 부분을 흘끗 바라보던 이신이 안 좋은 기억이라도 떠오른 듯 인상을 찌푸리며 다시 자리에 앉았다.

"이 녀석은 왜 합격인 건데. 그것도 1등? 뽑을 사람이 그렇게 없었나? 천하의 이신 안목이 겨우 이 정도였어?"

처음에 논의한 이랑의 문제처럼 엄청난 반응이 있을 줄 알았는데 이번에는 아무 말도 없었다. 아니, 조용한 게 아니라 자존심이 상한다는 표정이다. 누가 먼저 이 갑작스러운 침묵을 깰까 서로 눈치 보던 중, 입을 딱 다물어 버린 이신을 주시하고 있던 시하루의 머릿속에 '설마…….'로 시작하는 어떤 생각이 떠올랐다. 곧 결론을 내린 건지 눈을 반짝이던 그는 그나마 있는 눈치를 발휘해 아주 조심스럽게 물었다.

"……졌어?"

"……아주 일방적으로 당했죠."

말도 안 돼. 천하의 이신이 누군가에게 장기를 지다니. 아연실색한 시하루는 그 말을 끝으로 나가려는 이신을 붙잡아 놓고는 믿을 수 없다는 표정으로 자세를 고쳐 앉았다. 이것은 엄청난 일이었다. 자신도 장기를 잘 두는 편이지만, 이신에게는 이기기 어려웠다. 연륜 때문인지 뭔지는 몰라도 그는 자신보다 훨씬 뛰어난 실력자니까.

"최단 시간, 최소의 희생으로 졌습니다. 한마디로 말하면 딱 전하와 이랑 님의 중간, 가장 이상적인 사고를 지니고 있다고 생각하시면 되겠네요."

이랑의 합격에 이어, 그토록 보기 싫어하던 호랑이의 합격 소식까지 전해지니 시하루는 이제 거의 절망 상태에 도달했다.

‘합격하면 안 되는데……’란 말을 중얼거리며, 탁자 위에 뻗어 버린 그를 가만히 바라보고 있던 이신은 그답지 않은 한 가지 제안을 했다.

“그렇게 신경이 쓰이시면 교지를 내리시면 되지 않습니까?”

“아니, 그건 안 돼.”

“어째서요?”

“미움 받을 게 뻔하잖아.”

시하루의 눈이 ‘아니요. 그렇지 않습니다.’라고 말해 주기를 간절히 원하고 있었지만, 이미 그 교지가 효력이 없을 거라는 사실을 알고 있는 이신은 차마 거짓말을 할 수 없었다.

“그건 그렇죠.”

“……빈말이라도 좋으니 이럴 땐 한번 해 보라고 부추기는 거야.”

시하루의 핀잔에 이신은 다음부터 조심하겠다는 마음에도 없는 대답으로 그 상황을 벗어났다. 하지만 곧 뭐가 그렇게 재미있는지 뒤돌아 웃는 그의 행동에 다시 기분이 언짢아진 시하루는 안 묻고 넘어갈 수가 없었다.

“뭐가 그렇게 재미있지?”

“왠지…… 많이 달라지신 거 같아서요. 예전과 비교해 봤을 때.”

“난 예나 지금이나 한결같은데?”

“그럴 리가요.”

이신은 예전의 그와 지금의 그가 어딘가 좀 다르다고 주장했지만 시하루는 그게 무슨 소리냐는 듯 퉁명스럽게 받아쳤다. 자신은 변한 게 없다는 표정이었으나 이미 본인 빼고 궐 안의 사람들은 모두 그의 변화를 눈치챘다. 그리고 기뻐했다.

"예전의 전하셨으면 아마 지금쯤 앞뒤 가리지 않고 막무가내로 교지를 내리셨겠죠. 아니, 애초에 이랑 님을 궐 밖에 내보내는 일 따위 없으셨을 거예요."

"……딱히 부정은 못 하겠네. 도대체 예전의 난 얼마나 못난 인간이었던 거야?"

잠시 고민해 보니 생각이 바뀐 건지, 말을 바꾸는 그였다. 의외로 솔직하게 인정해 버리니 이신은 더 이상 할 말이 없어졌다. 결국 그는 오늘 중으로 합격자들에게 보낼 편지를 써야 한다며 서둘러 자리에서 일어났다. 곱게 그를 보내려 하지 않는 시하루에게, 일단 자신의 잘못은 인정하니 나중에 다른 형식으로 벌을 받겠다 말하며 방에서 나가려던 그가 걸음을 멈추었다. 그러고는 다 좋은데 이거 하나만은 확실히 해 둬야 할 거 같다는 표정으로 물었다.

"……혹시나 해서 여쭤 보는 건데…… 이랑 님께 관심을 가지시는 이유가……."

질문이 아직 다 끝나지도 않았는데 도중에 그 질문을 알아들은 시하루는 기다릴 필요도 없이 잽싸게 대답했다.

"……물론 그 아이가 유아와 많이 닮기는 했지만, 그 애를 대신해서니 뭐니 그런 건 아니야. 소이랑은 소이랑이야. 그러니까 그렇게 이상한 눈으로 보지 마."

"아, 그렇다면 굳이 말씀 안 드려도 되겠군요."

보나 마나 또 잔소리겠지 싶은 시하루는 대수롭지 않게 이신의 대답을 흘려들었고, 그 바람에 그는 이신의 의미심장한 미소와 무언가를 말하려다가 넘어간 듯한 표정을 보지 못했다.

"그런데 어째서, 아직도 그것을 갖고 계신 겁니까?"

시하루는 지금 그가 지적하고 있는 물건이 자신이 항상 지니고 다니는 종이라는 것을 알아차렸다.

"……미련이지, 뭐. 하지만 그 아이가 희수궁에 들어오면 없앨 수 있을 거 같아."

작은 주머니 안에서 낡은 종이 한 조각을 꺼내 든 시하루는 조심스럽게 그것을 펼쳐 보았다. 긴 세월을 나타내듯 빛바랜 종이 위에는 단 세 글자만이 적혀 있었다.

소 유 아

# 十二花 * 이 세상에 한 송이밖에 없는

"우리나라의 기대주들이군."

"아, 안녕하세요……."

이신의 등장에 그 자리에 모인 사람들이 순간 경직되더니 그를 향해 인사를 했다. 이번 국시를 통과한 사람은 그녀와 유시후를 포함해서 단 6명. 그것도 원래는 더 적었는데, 막판에 대신들의 수가 적어 너무 힘들다는 시하루의 불만에 결국 이신이 추가로 합격을 시킨 결과였다.

"오늘 부른 건 이미 알고 계시겠지만, 천유국의 오랜 전통인 '과제 뽑기' 때문입니다……."

천유국에는 오랜 전통이 있다.

새로 뽑힌 신입 관리들은 각자 성향에 맞는 기관에 배속되기 위해 일단은 여러 부서를 거치며 일을 배운다. 그 뒤 그들을 기다리고 있는 것이 바로 마지막 관문, '과제 뽑기'이다.

과제 뽑기란, 신입 관리 연수를 견디어 낸 이들이 원형의 통 안에 있는 나무패 중 하나를 뽑아 그 패에 적힌 과제를 수행하는 것을 말한다. 나무패들에는 그 당시 천유국에서 일어나는 크고 작은 문제들이 골고루 섞여 있다. 단 몇 시간 만에 해결할 수 있는 문제부터 며칠이 걸릴지 모를 고난도의 문제까지, 종류도 여러 가지. 그 무수히 많은 패 중에는 특이한 패가 두 개 숨어 있다. 평범한 나무로 만든 패들 사이에 각각 한 개씩만 존재하는 백(白)과 흑(黑)의 패.

백의 패를 뽑은 이는 과제를 수행하지 않고도 과제 뽑기를 통과할 수 있는 특권이 주어진다. 반대로 흑의 패에는 당대의 사회문제 중 가장 중요하고 어려워서 대신들도 해결하지 못한 미해결의 과제가 적혀 있다. 그러나 이는 거의 백 명 중 한 명꼴의 확률로, 지금까지 백이나 흑을 뽑은 이는 나오지 않고 있었다. 한 마디로 운도 실력이라는 말이다.

"하지만 아직 과제 뽑기 기간이 아니지 않나요?"

유시후의 질문대로 그들은 아직 신입 관리 연수조차 받지 않은 새내기들이다. 그런 그들에게 설마 과제 뽑기부터 하라는 건 아니겠지?

"네, 그래서 그때까지 우리 젊은 인재들이랑 차나 마시면서 좀 친해 두려고 말입니다."

차를 좋아한다는 말은 익히 들어 알고 있었지만, 이제는 마치 동네 아저씨 같은 느낌이 들었다.

"아들놈이 있기는 하지만, 상사를 잘못 만난 탓에 얼굴 보기도 힘들다죠."

합격자들이 술렁거리며 그가 말하고 있는 '상사'가 누군지 머리를 맞대 고민을 하고 있을 때, 이랑과 유시후만은 이미 그게 누군지 알겠다는 듯 구석에서 고개를 끄덕였다.

"자, 그럼 성적순이 좋겠죠? 우리 어여쁜 일등, 이리 오시죠."

저것은 자신을 부르는 말이 분명한데, 유시후는 미동도 하지 않았다. 결국 옆에 서 있던 이랑에게 등짝을 한 대 맞고 나서야 그는 이신의 앞으로 걸어 나갔다.

"아, 나머지 분들은 차례를 기다리시는 동안 궐 안을 마음껏 둘러보셔도 됩니다. 혹시 따로 질문 있으신 분 계신가요?"

질문이 있냐는 말에 이랑은 번쩍하고 손을 들었다.

"아, 저요. 여쭤볼 게 있는데요……."

안 그래도 빨리 결판을 지어야 하는 일이 있었는데 기회라는 생각이 들어서였다.

*　　*　　*

"뭐, 뭐…… 뭐야……."

사람이 당황하면 말도 잘 못 한다는 게 사실인 모양이다.

"오랜만입니다, 전하."

이랑이 궐에서 나가고서부터 시하루는 일할 때를 제외하고는 늘 서재에 박혀 있었기 때문에 그를 찾는 건 아주 쉬운 일이었다.

오늘 그녀가 신입 관리 임명을 받으러 궐에 들어온다는 소식은 들어 알고 있었지만, 그는 차마 발걸음이 떨어지지 않았다. 지금 당장 보고 싶다는 마음과, 만나면 어떻게 행동해야 할지 모르겠다는 고민이 그의 발목을 붙잡고 있었기 때문이다. 그런데 그가 고민하고 있는 사이 누군가가 그를 찾아왔고, 나가 보니 모든 문제의 원인인 이랑이 서 있었다.

"혹시 지금 바쁘신가요?"

"아, 아니. 안 바쁜데……."

제 발로 들어와 시간 있냐고 물어 오는 이랑의 태도에 오히려 시하루는 색다른 두려움을 느꼈다. 망설임 없이 바로 자신을 찾아와 준 그녀의 걸음과 너무나 비교되는, 장시간 동안 결단을 내리지 못하고 우왕좌왕하던 자신의 두 다리를 원망하며.

"그럼 제게 시간 좀 내주세요."

아무렇지 않게 서재 안에 들어와 그가 앉아 있는 탁자 바로 맞은편에 털썩 앉아 있는 이랑을 보니, 시하루는 곧 얼떨떨하다는 표정에서 활짝 웃는 표정으로 바뀌었다. 그러고는 그녀에게 괘씸하다느니 뭐니 할 때는 언제고, 바보 같은 질문이 가장 먼저 나왔다.

"나 만나러 온 거야?"

"네."

잔뜩 기대에 부풀어 물으니 그 기대에 부응하듯 원하는 대답이 들려왔다. 그러고 보니 들어올 때부터 뭔가를 손에 쥐고 들어온 그녀였다. 짙은 갈색의 보자기를 탁자 위에 올려놓고 그 매듭을 풀어 나가던 이랑의 눈이 반짝이면 반짝일수록 시하루의 기대감은 높아지고 있었다. 자신을 위해 그녀가 무언가를 가져왔다 생각하자 진정이 되지 않았다.

“……이게 뭘까나?”

“보고도 모르세요?”

“사람은 가끔 알고 있지만 모르는 척하고 싶을 때가 있는 거야.”

“빨리 시작하기나 하세요.”

보자기 안에서 와르르하고 떨어진 건 다름 아닌 며칠 전에 대전을 펼친 장기판과 장기짝. 갑작스럽게 찾아와서는 그것들을 내미는 이랑 때문에 얼결에 장기를 두게 된 시하루였지만, 가만히 생각해 보니 이건 뭔가가 이상했다.

지금 이랑은 시하루를 피해야 정상이었다. 하지만 그녀는 그를 피해야 한다는 사실보다도, 그에게 졌다는 걸 인정할 수 없다는 사실이 더 중요했다.

“그나저나 이것들은 입궐할 때부터 들고 온 거야?”

“아뇨, 들어와서 이신 공께 빌렸어요.”

이씨 집안 부자(父子)가 문제라는 생각이 들었다. 앞에 이랑이 있는 탓에 대놓고는 뭐라 못 하겠고 그저 마음속으로 열심히 이신의 욕을 하고 있었던 덕분인지, 분노에 의해 집중력이 상승한 그는 전보다 더 빠르게 이랑을 제압하는 데 성공했다.

"……그래도 이번 건 간발의 차였어."

나름대로 위로를 해 보지만 충격에 빠진 이랑의 귀에는 들리지 않는 모양이다. 이랑은 이 사실을 받아들일 수 없다는 듯, 연신 고개를 저으며 현실 부정을 해 보았지만 눈앞의 장기판은 그런 그녀에게 정신 차리라 말하고 있었다.

저번 한 판은 '우연'일 거라는 생각을 하며 마음을 편하게 먹고 이리 재도전을 한 건데, 이번 역시 지다니. 그렇다면 이것은 우연이 아니란 말이다. 설마 정말로 그의 실력이 자신의 위라는 건가! 하지만 그것만큼은 절대 인정하고 싶지 않은 이랑이다. 다른 사람도 아니고 그에게만큼은 절대 지고 싶지 않으니까.

"한 판 더 해요."

말들을 정리하며 중얼거리던 이랑이 툭 내뱉은 말에 시하루가 고개를 절레절레 저으며 더 이상 하기 싫다는 의사를 보였다.

"너 나 못 이겨."

무조건 좋은 말로 이랑을 달래려던 시하루는 더 이상 계속하는 것은 희망 고문일 뿐이라 생각하고, 나름의 배려를 담아 말했다. 하지만 그것은 오히려 이랑의 승부욕에 기름을 붓는 결과를 낳고 말았다.

"이길 때까지 할 거예요. 아, 하지만 일부러 져 주시면 안 돼요."

씩씩거리면서 자신의 말들을 정리하는 그녀를 보던 시하루가 쿡 하고 웃어 버렸다.

‘너무 귀여워……’

“네 승부욕은 좋은데, 내 생각도 해 줘야지. 난 너무 피곤해.”

갑자기 찾아와서는 연달아 세 판을 지고도 지치지도 않는 모양이다. 하지만 이랑과 달리 지금 상황이 너무나도 피곤한 시하루는 차분한 목소리로 그녀를 설득하기 위해 노력했다. 의외로 효과가 있었던 건지, 그녀는 더 하자고 조르지 않고 그저 못마땅한 얼굴로 고개만 몇 번 끄덕이며 차를 마셨다.

그 모습을 가만히 바라보던 시하루가 손을 뻗어 이랑의 머리카락을 잡아당기자, 이랑이 재빠르게 숙녀에게 이 무슨 무례한 짓이냐는 눈빛으로 쏘아봤다. 하지만 그녀가 그러거나 말거나, 그는 오직 제 하고 싶은 대로 여전히 그녀의 머리카락을 괴롭히고 있었다.

“……잔뜩 겁먹고, 피할 줄 알았는데.”

“……저에게도 양심이라는 게 있다 보니, 그렇게까지는 안 되겠더라고요.”

그의 손에서 벗어나기 위해 몸부림을 치던 이랑은 나름대로 반성하고 있다는 표정을 지어 보이며 고개를 숙였다. 아무리 이유가 있었다고는 해도 그녀의 성격상 아무렇지 않게 거짓말을 한다는 건 있을 수 없는 일이었기 때문이다.

“이랑아.”

벌인지는 몰라도 계속해서 자신의 머리카락을 잡아당기는 그의 손을 피하지 않고 있던 그녀였다. 장난스럽게 이리저리 꼬아도 보고 아플 정도로 당기기도 하던 그의 손이 그저 가볍게 머리카락을 쓰윽 쓸어 넘기는 것과 동시에, 자신의 이름을 부르는 나지막한 목소리가 들려왔다.

순간 놀란 이랑이 고개를 들자, 왠지 모르게 부드러운 미소를 짓고 있는 시하루가 보였다. 지금까지 오라버니인 유시후의 이외의 남자에게 이름으로 불러 본 적이 없는 이랑은 괜히 얼굴이 빨갛게 물들었다.

반면, 이름을 부르면 부를수록 어찌할 바를 모르고 빨개지는 이랑을 바라보면서도 시하루는 왠지 계속 그 이름을 부르고 싶었다. 예전에 유시후가 자신의 앞에서 그녀의 이름을 아무렇지 않게 불렀을 때, 얼마나 부러웠던가.

"꼭 려화 시험 합격해라."

"응원해 주시는 거예요?"

이랑은 저도 모르게 인상을 찌푸렸다. 그녀의 얼굴에는 의외라는 단어와 불신이라는 단어가 융합해 뱅글뱅글 맴돌고 있었다. 자신의 꿈을 응원해 줄 생각이 있느냐는 질문에, 미소 짓고 있던 시하루는 단호히 대답했다.

"떨어지면 이곳으로 돌아와야 하니까. 내가 그때 널 가만히 둘 거 같아? 매일같이 괴롭힐 테니까 각오해."

그의 말대로, 그녀가 려화가 된다는 보장은 없었다. 이제 겨우 려화가 되기 위한 조건을 갖췄을 뿐이지 아직 결과는 모른다. 출중한 실력을 지닌 세 명의 여인 중에서 한 명의 려화가 나온다. 지금의 이랑은 그 세 명 중 한 명. 아직 그에게도 기회가 있다.

"하루에 한 번씩, 기한은 네가 이길 때까지."

"예?"

그게 무슨 말이냐는 듯 고개를 갸웃거리는 이랑에, 시하루는 말 없이 장기판을 손가락으로 톡톡 쳤다. 사실 그는 장기를 잘 두기는 하지만 그렇다고 해서 좋아하는 편은 아니다. 가만히 앉아서 장기짝이나 움직이면서 놀 바에는 책을 읽는 게 낫다고 생각할 정도였다.

"상대해 주겠다고. 왜, 네가 원하는 거 아닌가?"

당연히 원하지. 사소한 일도 그냥 지고 넘어갈 수 없는 이랑으로서는 아주 좋은 제안이기도 했다. 하지만 그의 성격에 손해 볼 일 따위는 하지 않을 텐데? 어딘가 미심쩍은 부분이 남아 있었지만, 승부욕에 눈이 먼 그녀는 그것을 흔쾌히 받아들였다.

지금 그녀의 머릿속에는 오직 '승리'라는 단어 하나만이 가득 채워져 있겠지만, 시하루는 달랐다. 그에게 이것은 또 다른 기회임이 틀림없었다. 어쩌면 그녀가 려화 시험에서 떨어질 수 있을지도 모르는 기회. 려화에서 떨어지면 지금과 마찬가지로 일반 삼화가 될 테니 그때는 자신과의 혼인에 아무 문제가 없으리라.

그저 만족스러워 보이는 이랑을 바라보던 시하루는 오랜 두뇌 싸움 때문에 피곤해진 것인지 살짝 인상을 찌푸렸다. 그러다 곧, 또 무슨 좋은 생각을 떠올렸는지 몰라도 그는 분명 웃고 있었다.

"잠깐. 생각해 보니, 그냥은 못 해 주겠네. 이건 정신노동과도 같은 거라고. 거기에 바쁘신 이 몸이 장기나 두자고 시간을 내줘야 하잖아. 안 그래?"

바쁘긴 무슨, 이렇게 서재에 박혀 있는 사람이. 게다가 정신적 노동? 이랑은 전혀 그렇게 생각하지 않지만 '왕'이라는 특이 직업상 평범한 이들은 모르는 정신적인 고통도 있을 수도 있다는 생각이 들었다. 그 점은 인정하겠다는 듯 그녀가 고개를 끄덕였다.

"그래서요?"

다행히도 어떠한 반박은 들려오지 않았고, 그에 한숨을 내쉬며 피곤하다는 말을 연신 내뱉던 그가 희미하게 씨익 웃었다.

"나도 조건이 있어. 아, 간단한 거야."

"불안해지는데요……."

간단하다고 미리 말했지만, 이랑은 그 말을 못 믿는 눈치였다.

"내가 이기면, 수고비로 아주 작은 요구 사항 정도는 들어 줘야 하는 거 아니야?"

이랑은 자신이 계속해서 질지도 모른다는 사실보다도 그가 어떤 부탁을 해 올지, 그것이 더욱 두려웠다. 그의 미소로 보아 분명 만만한 부탁은 아닐 테니까.

*　　*　　*

역시나 그녀의 예상은 틀리지 않았다.

"요즘 너무 힘들어서 미치겠다니까. 이안은 답답하지, 이신은 틈만 나면 나를 괴롭히지. 이신이 너 마음에 들어 하는 거 같으니까 네가 따끔하게 한마디 해 주면 안 돼?"

"어떻게요? 좀 더 괴롭혀 달라고요?"

"말을 해도."

두 사람은 현재 장기판이라는 또 다른 세계에서 펼쳐지는 전쟁에 전력을 다해 몰입 중이었다. 정확히 말하면 이랑만. 끙끙대며 집중하는 그녀와는 달리 여유롭게 웃으며 잡담을 이어 가는 시하루였고, 그의 여유에 이랑은 더욱 열 받아 들고 있던 말을 탕! 소리 나게 내려놓았다.

"저번에 대신 부탁드렸었잖아요."

"맞다. 8연패 때 했었지. 그럼 오늘은 오후 일정 좀 줄여 달라고 해 주라."

한 판 질 때마다 부탁 하나씩. 이것이 그가 제시한 조건. 어쩌면 그 부탁이 악용되어 이 나라를 망칠 수도 있었지만 이랑은 경합을 그만둘 수 없었다. 승부에서 물러설 수는 없으니까.

아직 장기를 두기 시작한 지 얼마 되지도 않았는데 벌써부터 다 이긴 사람처럼 말하는 그의 태도는 이랑의 짜증을 불러일으키기 충분했다.

"잘 안 되네……."

절로 인상이 찌푸려졌다. 어렸을 때부터 그녀와 함께 자라 온 유시후는 그녀의 승부욕을 칭찬하기도 했지만, 자주 경고하기도 했다.

‘네 그 집착과도 같은 승부욕은 네 발전에 도움이 되겠지만, 분명 독이 되는 부분도 있을 거야.’

아마 그가 염려했던 건 이런 상황이 아닌가 싶다.

이랑과 시하루 둘은 이 시합을 즐기고 있는 것 같았지만 어디까지나 둘뿐, 그들을 제외한 다른 이들의 생각은 달랐다. 이랑은 그를 이기기 위해 신입 관리 교육에 집중하지 못했고, 단 한 번의 패배도 용납할 수 없는 시하루는 아무렇지 않게 조회를 미루거나 빠졌다.

저들끼리야 자존심이니 이유 있는 싸움이니 거창한 소리를 해 가며 둘러댔지만, 이신과 유시후의 눈에는 그저 노느라 일하지 않는 것으로밖에 보이지 않았다. 오죽하면 그 이신 공께서 자신이 장기 과외라도 해 줄 테니, 제발 한 판이라도 이기라는 말까지 했을까.

“왠지 이번 판도 내가 이길 거 같네.”

“아직 모르는 거예요.”

그러나 이미 그녀의 목소리에서 여유는 느껴지지 않았다. 지난 며칠 동안 그렇게 관련 서적들을 찾아 가며 연구를 했음에도 불구하고 왜 한 번도 못 이기는 건지 그녀는 이해할 수가 없었다. 노력하면 뭐든지 이룰 수 있을 거라 믿어 왔던 그녀의 신조에 서서히 금이 가기 시작했다.

‘나 정말 이쪽 방면에는 소질이 없는 걸까……?’

일전의 팽이도 그렇고, 조금이라도 ‘놀이’가 포함되는 일이라면 일단 서툰 그녀이다.

'그렇다고 오라버니에게 개인 지도를 부탁하기는 자존심이 상하고!'

안 그래도 시험 결과를 보고 유시후에게 '어떻게 오라버니가 1등을 할 수 있어?'라고 따졌는데, 그에게 부탁할 수는 없었다. 지금까지 없었던 '한계'라는 벽이 갑자기 불쑥 나타난 거 같아 조금은 침울해져 버렸다.

"우리 무슨 말이라도 하면서 하자. 나까지 우울해지겠어."

"무슨 말이요."

마음속에 승부에 대한 집착이 자리 잡아 버린 이랑은 이미 모든 것을 부정적으로 바라보게 되었고, 그의 부탁을 자신의 집중력을 떨어뜨리려는 꼼수라 생각했다.

"……혹시라도 중간에 이름을 바꿨다든가, 집에서는 다른 이름으로 불린 다든가, 그런 거 있어?"

"없는데요."

대화를 하자고 하더니 그가 갑자기 아주 생뚱맞은 질문을 해 왔다. 오죽하면 대결에만 집중하고 있던 이랑이 눈을 떼고 그를 뚫어져라 바라볼 정도였다. 아주 잠깐 그를 보고 다시 장기판으로 시선을 내리는 짧은 순간, 그녀는 보았다. 방금 그녀의 대답에 왠지 '실망'한 듯한 그의 표정을. 자신이 무슨 잘못이라도 한 기분이다. 뭐지? 내가 그 말도 안 되는 질문에 '네'라고 대답하길 바란 건가?

"역시 그렇지?"

진심으로 아쉬워하고 있다. 그런데 왜?

"제 이름이 거슬리세요? 마음에 안 들어요? 이상해요?"

얌전히 있는 사람의 이름을 왜 건드리냐는 말투였다. 아무리 사람마다 취향이란 게 있다고 해도 사람 이름을 건드리는 건 예의가 아니라고 말해 주고 싶었지만, 그녀는 최대한 말을 아꼈다.

"아니, 그건 아니지만…… 그런데 너 외동딸 맞지? 숨겨진 언니라든가 여동생 같은 거 없지?"

"지금 돌아가신 제 아버지에게 숨겨 둔 자식이라도 있다고 말하고 싶으세요?"

이제는 이름으로도 모자라, 아예 한 가정을 파탄 낼 작정이라도 한 건지. 그의 이야기를 듣고 있던 이랑이 더는 가만히 못 있겠다는 듯 눈에 힘을 주어 그를 바라보기 시작했다. 이랑의 매서운 반응에 시하루는 바로 꼬리를 내리며 미안하다는 표정으로 그녀의 시선을 피했다.

"분명히 외동딸 맞아요."

"응…… 그랬지. 그럼! 어렸을 때 촐랑대며 돌아다니다가 사고나 그런 거로 머리를 다쳐서 기억을 잃었다거나 그런 적은……."

"도대체 저를 얼마나 무시하고 계신 거죠?"

기억을 잃어버리는 게 그렇게 간단한 일인 줄 아나. 거기에 '촐랑대며 돌아다니다가'라니? 이랑은 그 말에 동의할 수 없다는 표정이었다. 우습지만 그녀는 예나 지금이나 자신은 정숙한 여인이라고 생각하고 있었다. 물론 다른 이들은 인정하지 않고 본인만.

"어, 드디어!"

처음으로 제대로 말을 빼앗은 이랑이 환호했다. 하지만 그 기쁨은 오래가지 못했고, 활짝 피었던 그녀의 표정에는 다시 그림자가 드리워졌다. 웬만해서는 자신에게 말을 빼앗기지 않는 그가 이렇게 간단하게 하나를 놓칠 리가 없었다. 비록 정당하게 따온 말이었지만 기분이 찝찝한 게, 이래서는 이기고서도 마음이 편치 않을 듯했다.

'아니면 방금 그건 버린 건가?'

다음이 자기 차례인지도 까먹은 건지 탁자 위에 놓인 그의 손은 움직일 생각을 않았다. 잠시 시하루를 기다려 주던 이랑은 꽤 시간이 걸릴 거 같다는 판단을 내리고 시간을 보내기 위해 고개를 돌렸다. 역시 왕이 머무는 곳이어서 그런지 창문 밖으로 보이는 풍경도 예술이었다. 한 한 시간 정도는 거뜬히 시간을 보낼 수 있을 정도로.

"…… '질문'하니까 떠오른 건데요, 나 예전부터 궁금한 게 있었어요."

"뭔데?"

이번에는 이랑 쪽에서 질문이 시작됐다. 관심을 보이기 시작한 시하루가 고개를 들더니, 궁금한 게 있으면 어려워 말고 물어보라는 듯 바라봤다.

"지금은 못 만나게 되었다는 그 첫사랑은 어떤 분이셨어요?"

"뭐야, 드디어 나한테 관심이 생긴 거야?"

"꽃따리 오빠가 아니라 그 여자한테 관심이 생긴 거겠죠."

보통 첫사랑 이야기가 나오면 당황하거나 옛 추억을 회상하거나 둘 중 하나인데, 어째서인지 그는 즐거워 보였다. 그것도 아주.

"예뻤겠죠?"

남자는 평생 첫사랑을 잊지 못한다고 들었기 때문에 괜히 물어본 건 아닌가 하고 걱정이 됐지만, 그것은 괜한 기우였다. 걱정과는 달리 의외로 즐겁게 대화를 나눌 수 있을 거 같았다.

"아마 그럴걸."

탁자에 몸을 바짝 붙이고 이랑이 묻자, 시하루 역시 삐딱하게 앉아 있던 의자를 바짝 당겨 앉았다.

"예쁘고, 머리도 좋고, 상냥하고, 마음씨도 좋을 거야 분명."

가만히 듣고 있자니 이상했다. 그는 자신의 첫사랑을 마치 모르는 사람을 설명하는 것처럼 얘기하고 있었으니까.

"왜 말에서 확신이 느껴지지 않는 걸까요?"

"그야 당시 나도 그 애도 어렸으니까."

첫사랑에 기준이 있는 건 아니지만, 적어도 어느 정도는 시기가 있을 거라 생각했다. 그런데 '어렸으니까.'라니 얼마나? 도대체 몇 살 때의 이야기인 거지?

"……어떻게 헤어졌는데요?"

더는 못 만날 사람이라고 했으니 무슨 일이 일어난 게 분명했다. 호기심을 참지 못한 이랑은 그것이 예의가 아니라는 걸 알고 있으면서도 물었다.

"그걸 묻기 전에 먼저 '어떻게 만났는데요?'가 우선 아니야?"

"순서가 뭐 그렇게 중요한가요."

그녀 역시 어렸을 때 부모님을 잃었기 때문에 '헤어짐'이라는 단어가 가진 슬픔을 잘 알고 있었다. 그래, 말하기 힘들겠지……. 대답을 피해 가기 위함인지 그가 장난스러운 미소를 보이며 말을 돌리는 게 눈에 보일 정도였다. 그러고도 한동안 아무 말도 없기에 '아마 말하기 싫은 모양이구나…….' 하고 생각한 이랑이 그에게서 대답 듣는 것을 포기할 무렵이었다.

"어떻게 들어왔는지는 모르겠지만, 한동안 궐에 왔었어."

"……그 여자애가요?"

갑자기 시작된 과거 회상 때문인지 아니면 다른 무언가 때문인지 이랑이 머뭇거리며 물었다.

"응. 그리고 이튿날 또 왔어. 이튿날도, 또 그 이튿날도, 계속."

"그리고?"

처음 듣는 이야기였다면 어린 날의 어느 멋진 만남 정도로 미화시킬 수 있었겠지만, 이미 마지막을 아는 이야기였기 때문에 그럴 수가 없었다. 이것은 슬픈 이야기이다.

"그리고 끝났어. 어느 날부터 오지 않았어. 나중에 알아보니까 일가족이 사고를 당했대. 그냥 그렇게 끝났어."

"그것참…… 슬픈 이야기네요."

순식간에 방 안의 분위기가 우울해졌다. 이미 장기판 위의 긴장

감은 사라진 지 오래였고, 이랑 역시 더는 그 작은 전쟁에 집중할
수가 없었다. 하지만 포기란 없다! 어떻게든 집중해 보려고 노력
하는 그녀였다.

"그래서 날 그렇게 싫어한 거였어."

이대로 가만히 있다가는 어색한 침묵이 지속될까 두려워, 이랑
이 먼저 입을 열었다. 그녀의 말에 건성으로 장기짝을 옮기던 그가
피식 웃더니 그것은 사실이 아니라는 듯 정정을 요구했다.

"안 싫어했어."

"아니, 싫어했어요."

자신은 그런 적이 없다고 말하는 그였지만, 그동안 고독함 속에
살아왔던 이랑은 그렇게 느낄 수밖에 없었다. 시하루는 억울했지
만 이랑은 '내가 그렇게 느꼈으니 내 말이 옳은 거다.'라는 눈빛으
로 자신의 말을 번복할 생각이 없어 보였다.

"진짜 싫어한 거 아닌데⋯⋯."

계속 중얼거리며 자신은 싫어하지 않았노라 말하는 것 보니 어
느 정도까지는 진심인 게 틀림없었다. 왠지 의기소침한 그를 가만
히 바라보던 이랑이 곧 장난스러운 표정으로 웃더니 바짝 붙어 물
었다.

"솔직히 말해 봐요. 얼굴 보고 반한 거죠? 얼굴이 중요한 거죠?"

"넌 도대체 나를 어떤 인간으로 생각하는 거야?"

"나랑 닮았다고 했잖아요."

"그런데?"

"그럼 예뻤을 거 아니에요."

이랑은 생각했다. 좋았어. 내가 생각해도 너무나 명쾌한 해답이야. 그녀의 시원스러운 대답에 아무런 말도 하지 않던 그가 참았던 웃음을 한 번에 토해 내듯 웃어 버렸다. 눈앞의 상대가 얼굴에 대놓고 불쾌감을 드러내고 있음에도 그 웃음은 쉽게 멈출 수 없었다.

"큭…… 은근히 뻔뻔한 꼬맹이네."

"내 말이 틀려요?"

"아니, 네 말 맞아. 너 예뻐."

이랑은 조용히 한숨을 내쉬었다. 그걸 물어본 게 아니었는데. 자신은 얼굴이 중요하냐는 질문에 대한 답을 듣고 싶었던 건데 말이다.

"제가 추리 하나 해 볼게요."

이번에는 그녀의 입에서 또 어떤 말이 나올지 궁금하다는 표정이다.

"그 여인도 소씨 성(姓)이었군요? 그래서 제 이름 갖고 뭐라 하신 거죠?"

그녀의 말에 약간은 놀란 눈치이다.

"내가 그녀일지도 모른다는 생각을 한 거겠죠."

이유는 모르겠지만 시하루는 계속해서 이랑과 그 어린 날 만났던 여자애가 겹쳐 보였다. 물론 그것은 자신의 착각일 것이고 그럴 리가 없었지만, 어째서인지 만나면 만날수록 그러한 생각은 강해지기만 했다. 이랑 역시 어렴풋이 그것을 느꼈다. 가끔씩 자신을 바라보는 시선이 아닌, 마치 자신에게서 다른 이를 찾으려는 듯한 시하루의 시선을. 그녀는 미안하지만, 현실을 알려 주는 게 좋겠다는 판단을 내렸다.

"죄송하지만 저는 아닐 거예요. 만약 제가 전하와 만난 적이 있었다면, 제가 기억하고 있겠죠."

이미 알고 있다는 듯 시하루는 아무 말 없이 고개를 끄덕였다. 그런데 가만 생각해 보니 뭔가 이상하다는 눈치였다. 지금 이 흐름이 과연 정상적인 건가? 뭔가가 빠지지 않았나?

"……그런데 잠깐만. 생각해 보니 반응이 이상하네? 나 방금 첫사랑 이야기 했는데 기분이 불쾌하거나 그렇지 않아?"

그의 말에 이랑은 현재 장기 대결 중이었다는 사실을 그에게 일깨워 주기 위해 대답 없이 장기판을 톡톡 두드리며 집중하라 경고했다.

"제대로 된 대답을 들으니까, 오히려 상쾌한데요? 그나저나 조심하시죠? 이러다가 제 첫 승이 되겠어요."

그제야 판으로 고개를 내린 그가 현재 상황을 쓰윽 훑어보더니 절망적인 표정을 지어 보였다.

"너무하다, 너."

그의 '너무하다'라는 말이 방금 자신의 대답이 너무하다는 의미인지, 아니면 정신적으로 몰리고 있는 상황에서도 봐주지 않고 전력을 다해 덤볐다는 게 너무하다는 건지 알 수 없었다. 하지만 한 가지는 확실했다. 이렇게 이겨도 홀가분한 기분이 들지 않을 거라는 것.

"……오늘은 이만 돌아갈게요. 의욕 없는 상대한테 이겨 봤자, 기분이 좋을 거 같지도 않고…… 아, 그리고……."

자리를 정리하고 밖으로 나가려던 이랑이 뜸을 들였다.

"만일 정말 저에게 청혼하실 생각이 있으시다면 일단은 그 마음속에 있는 여인부터 지우고 오서야 할 거예요. 저는 아주 욕심이 많은 여자거든요."

그녀뿐만 아니라 아마 대부분의 여인들이 그렇게 생각하지 않을까? 나를 좋아한다고 말 하고 있는 남자의 마음속에 다른 여인이 자리 잡고 있다. 아마 자신이라면 그의 옆에 있어도 그를 진심으로 사랑할 수 없을 거 같았다.

"명심해 둘게. 하지만 걱정하지는 않아도 될 거야."

누가 걱정을 했다고. 속으로 종알거리는 이랑과는 달리, 시하루의 표정이 밝아졌다. 방금 그녀의 말은 그에게 작은 희망을 주는 말이었다. 자신에게 아예 관심이 없다면 저런 말을 하겠는가?

"……힘내세요."

여기서 또 무슨 말을 하면 좋을지 고민하던 이랑이 뜬금없이 응원의 말을 내뱉었다. 그녀 스스로도 무엇을 위한 응원인지 알 수 없었지만, 받아들이는 입장인 시하루는 뭐가 그리 좋은지 고개까지 끄덕이며 대답했다.

"힘나게 하고 싶으면 내일도 와."

* * *

“싫어.”

이랑은 지금 눈앞의 얄미운 상대를 한 대 쥐어 박고 싶었다. 아마 처음이자 마지막일 것이다. 자신이 이렇게까지 고개를 숙이고 정중하게 부탁하는 일은 말이다. 심지어 이 인간을 상대로.

그런데 뭐?

“싫다고.”

자신이 이렇게까지 매달리며 부탁하는데도 오라버니 유시후는 매정하게 고개 한 번 돌리지 않았다. 평소라면 노려보는 것도 모자라 고개를 번쩍 들고 뭐라 뭐라 대들었겠지만, 아무래도 부탁하는 입장인지라 그녀가 할 수 있는 건 그저 눈치를 보는 일뿐이다.

고개를 바짝 숙이고 있던 이랑이 자신의 앞에 앉아 있는 유시후의 상태를 파악하기 위해 슬쩍 고개를 들었다. 그러자 책을 들고 있기는 하지만 읽기는커녕, 자신을 재미있다는 표정으로 바라보고 있는 그와 눈이 마주쳤다.

“장기 좀 가르쳐 줘! 부탁할게, 오라버니!”

“귀찮아.”

말은 귀찮다고 하지만 아마 그는 웃고 싶은 걸 간신히 참고 있는 게 분명했다. 그동안 자신에게 이렇게까지 매달린 적 없는 그녀였으니, 지금 이 상황이 얼마나 고소하겠는가. 하지만……

“자꾸 이렇게 나오면…….”

“왜, 어쩔 건데?”

하지만 상대도 상대인 만큼, 장난을 치려면 적당한 선까지 쳐야 했다. 이랑에게는 유시후의 코를 단번에 눌러 버릴 엄청난 무기가 있었으니까.

“히연 언니한테 이를 거야.”

“……하여간에 귀염성이 없는 녀석이라니까! 그만 징징대고 얼른 와 앉아!”

그녀의 말이 끝나기 무섭게 들고 있던 책을 던지다시피 내려놓은 그가 짜증을 내며 책상 앞으로 오라고 소리 질렀다. 그런 그를 보며 이랑은 여유로운 승자의 미소를 지었다. 역시, 그에게는 약점이 딱 하나밖에 없었지만, 그 약점이 너무 치명적인 게 문제였다.

“잘 봐 둬. 일단 상대가 여기서 이렇게 공격을 해 오면 여기를…….”

이랑의 눈이 반짝거렸다.

‘좋았어. 두고 보라고, 꽃따리 오빠. 내가 인정하고 싶지는 않지만, 장기의 고수에게 가르침을 받아 반드시 이겨 줄 테니까!’

＊　　＊　　＊

“넌 또 뭐냐.”

문에 기댄 시하루가 자신을 찾아온 눈앞의 상대에게 있는 짜증,

없는 짜증을 내기 시작했다. 그 못지않게 상대에 대한 거부감과 거북함을 보이던 손님께서는 뻔뻔할 정도로 퉁명스러운 목소리로 말했다.

"어여쁜 동생을 위해 듬직한 오라버니가 복수하러 왔습니다. 참고로 오늘 이랑이는 이신 공께 붙잡혀서 오지 못할 겁니다."

이랑이 그렇게 붙잡고 가르쳐 달라고 졸랐을 때도 표정 하나 변하지 않고 거절하던 그였다. 물론 약점을 물고 늘어지는 바람에 어쩔 수 없이 이랑의 장기 스승이 되기는 했지만, 그래도 사실은 신경이 쓰였던 모양이다. 그렇지 않고서야 천하의 유시후가 굳이 이렇게 서재에 들러 대결을 신청할 리가 없으니까.

"복수? 지금 네가 한 말이 당장 옥에 가도 이상하지 않을 발언이라는 건 스스로도 잘 알고 있겠지?"

"걱정하지 마세요. 이 이야기는 저와 전하만 아는 이야기로 끝날 테니."

어디서 오는 건지는 몰라도 그는 시하루가 이 일을 아무에게도 말하지 않을 거라는 확신을 갖고 있었다. 어느새 탁자 위에는 이제 슬슬 지겨워질 만도 한 장기판과 말들이 준비가 되었고, 시하루는 한숨을 내쉬었다. '너까지 나랑 장기를 두자는 거냐.'라는 표정으로 그를 노려봤지만, 쉽게 물러서지 않을 상대라는 걸 잘 알고 있었기에 얌전히 자리에 앉았다.

"……무슨 말이라도 좀 하든가, 아니면 표정에 변화라도 좀 줘 보는 게 어때? 이런 무거운 분위기 속에 장기를 두니 더는 무서워서 못 해 먹겠네."

"지금 본인의 실력 부족을 분위기 탓으로 돌리시는 건가요?"

대결이 시작되기 무섭게 눈빛부터 달라진 유시후가 처음부터 시하루의 기를 누르기 시작했다. 초반부터 피해 다니기 바쁜 시하루가 한숨을 내쉬며 숨이 막힌다는 투로 중얼거리자, 안 그래도 아까부터 말을 꺼낼 기회를 노리고 있던 유시후가 입을 열었다. 그것도 아주 조심스럽게.

"……말이라고 하니까 생각 난 건데."

과연 이신을 이긴 실력이었다. 만만한 상대였던 이랑이 절실하게 그리워지는 가운데, 나름대로의 배려인지 이러한 분위기를 깨고 '대화'를 시도하는 유시후의 말에 그가 귀를 쫑긋 세웠다.

"그 여자 이름이 뭐예요?"

"뭐?"

"이랑에게 들었거든요. 전하의 이야기."

"그것참 잘 새어 나가네. 비밀 보장 따위는 없는 건가? 그나저나 네가 이름을 알아서 뭐하게?"

워낙 장기를 둘 때면 말이 많아지는 이랑이었기 때문에 최근 들어 유시후는 본인의 의사와 상관없이 아주 많은 이야기를 들을 수 있었다.

"뭐하긴요. 단서라도 찾아 드리려고 그러죠. 혹시 알아요? 어딘가에 살아 있을지도. 만일 그렇다면 궁 밖 출입이 그다지 자유롭지 못한 전하와 자유로운 몸인 저, 둘 중 누가 더 찾기 쉽겠어요?"

“찾아서 어쩌려고?”

그녀에게 말을 들었다면 이미 이 세상에 없다는 이야기도 들었을 텐데 괜히 필요 없는 희망을 가져서 뭐하겠는가. 그 역시 한때 가져 본 적 있었다. ‘혹시’라는 이름의 쓸데없고, 잔인한 희망을. 하지만 그러한 희망이 지나가고 간 뒤에 남는 것은 더더욱 깊은 절망밖에 없었다.

“전하께 알려 드리려고요.”

여유롭게 분위기를 잡고 있는 유시후와는 달리, 점점 끌려 다니는 모양새가 된 시하루는 입을 다물어 버렸다. 이랑이 자신과 둘 때 바로 이런 기분이 아니었을까.

“네놈이 그리 기특한 녀석이라고 생각해 본 적 없는데?”

방금 또 하나의 말을 잃은 그의 눈앞에 서서히 패배가 보이기 시작했다. 여기서 더는 물러설 수 없다는 듯 이를 악물고 버텨 보지만, 유시후에게는 통하지 않았다. 그는 이미 이신을 이겼다는 것만으로도 시하루에게 큰 압박감을 주고 있었다.

“저도 딱히 전하께 좋은 일 하는 건 유쾌하지 않지만, 어쩌겠어요. 그렇게라도 해야 우리 이랑이를 놓아 주실 테니까요.”

“아니, 그럴 일은 절대 없거든.”

시하루는 장기판에 금이 가지는 않을까 걱정이 들 정도로 세게 말을 내려놓으며 그럴 생각이 없다는 의지를 보였다.

“그래도 일단 알려 주기라도 해 보세요. 혹시 알아요? 제가 알고 있는 사람일지도. 이래 봬도 저 발 꽤 넓습니다.”

　장기는 이미 진 거 같았고, 하다못해 이 말도 안 되는 기싸움에서라도 이기려고 했지만 그것마저도 불가능해 보였다. 앞으로 유시후가 딱 한 번만 움직이면 외통수인 상황. 스스로도 알아차린 지 오래지만 빠져나갈 길이 없기에 포기한 상태였고, 이 정도의 실력자인 유시후가 자신의 승리를 눈앞에 두고 있다는 걸 모를 리가 없었다. 그럼에도 불구하고 그는 쓸데없는 말에 손을 대며 끝을 낼 생각을 않고 있었다.

　아마 질문의 대답을 들을 때까지는 이 대결을 끝낼 생각이 없다는 거겠지. 그의 태도에 시하루는 짜증이 났다. 승리가 바로 앞에 있는데 그것을 손에 넣지 않고 오히려 상대를 도발한다. 결국에는 자신이 이길 수 있다는 저 자신감이 부러우면서도 마음에 들지 않았다. 어느 곳에 두든 그에게 이길 수 없다고 판단을 내린 시하루는 자포자기한 듯 웅얼거리는 목소리로 기싸움에서까지 승복하고 말았다.

　“‘소유아’라고 한다.”

　“…….”

　이름을 알려 달라고 할 때는 언제고, 막상 알려 주니 입에 풀이라도 붙은 사람처럼 말이 없었다. 아니, 오히려 이상해 보였다. 자신의 차례임에도 불구하고 손을 아래로 내린 채, 움직일 생각조차 않고 있는 걸 보면.

　“…… ‘소’ 뭐라고요?”

　“소유아.”

귀가 먹은 건지 잠시 정신 나간 사람처럼 앉아 있던 유시후가 갑자기 웃기 시작했다. 그러나 그 미소는 어딘가 어색해 보였다. 지금까지 그에게서 한 번도 본 적 없는, 아니, '이 인간도 '동요'란 걸 하는구나'라는 생각이 들게 하는 반응.

"……혹시 들어 본 이름인가?"

"……그럴 리가요. 그나저나 역시 재미없어서 못 하겠네요. 아, 그만 이랑이 마중을 나가 봐야겠어요."

아직 승패가 결정되지도 않았는데 시하루가 뭐라 말할 틈도 주지 않고 자리에서 일어난 그는 인사를 올리고 도망가듯 빠르게 나가 버렸다. 그런 그의 퇴장을 바라보던 시하루는 무슨 생각을 했는지 곧 고개를 절레절레 저으며 중얼거렸다.

"저놈이 알고 있을 리가 없잖아."

한편, 이랑을 마중하러 간다는 이유로 방에서 나온 유시후는 빠른 걸음으로 궐을 나왔다. 그대로 시장 골목을 지나 집으로 향하던 걸음이 중간에서 딱 멈췄다. 그리고는 짜증이 난다는 듯 인상을 팍 쓰며 중얼거리기 시작했다.

"젠장, 저 왕이 소유아라는 이름은 또 어떻게 알고 있는 거야? 도대체 언제 만난거지?"

솔직히 만난 건 문제가 아니었다. 문제가 있다면……. 이런, 어쩌면 일이 더 꼬일지도 모른다. 어딘가 안절부절못하고 있던 유시후는 한숨을 내쉬며 방향을 틀었다. 그리고 집이 아닌 다른 어딘가를 향해 걸음을 재촉하기 시작했다.

“도련님! 어디 가세요?”

유시후의 뒤를 따르고 있던 하인 하나가 다급히 그의 뒤를 따르며 묻자, 됐으니 너는 따라오지 말라는 듯 그가 고개를 돌리며 말했다.

“라히연을 만나러 다녀오겠다.”

＊　　＊　　＊

아까부터 심기 불편한 유시후는 잔뜩 인상을 찌푸린 채 누군가를 기다리고 있었다.

‘……괜히 왔나? 어차피 집에 가서 기다리면 볼 수 있었을 텐데.’

“여전하시네요, 이 인기.”

분명히 따라오지 말라고 했던 거 같은데 정말 말을 안 듣는 하인이라는 생각이 들었다. 확 잘라 버릴까 고민하는 그의 생각을 알 리가 없는 하인은, 심기 불편하다는 그의 표정이 재미있는지 ‘감히’ 킥킥거리며 웃고 있었다. 하지만 그는 곧 유시후에 의해 뒤통수에 강한 고통을 느끼고는 더 이상 고개를 들 수 없게 되었다.

“도련님…… 아가씨 나오시면 이를 거예요.”

“화해하자 우리. 자, 웃어.”

이제는 하인에게까지 이런 취급을 받아야 하다니. 바로 태도를 고치고 화해를 하자며 손을 내미는 유시후의 반응에 큰 웃음소리가 한 번 더 울려 퍼졌다.

"그런데 아가씨 아직 일 끝나지 않으신 거 같은데 이렇게 기다리고 있는 거 아시면…….."

"알아. 분명 화내겠지."

안 그래도 그게 걱정이라는 듯 표정이 별로였던 유시후가 한숨을 내쉬기 시작했다. 그렇게 좋아한다니 뭐라니 떠들고 다닐 때는 언제고, 이렇게 미리 밖에서 기다려 주거나 하면 화를 내니 정말 이상한 여자였다.

'난 우리 낭군님을 너무나 사랑하고 낭군님 역시 나를 사랑해 주는 건 정말 고맙지만, 쓸데없는 데에 시간을 낭비하지는 않았으면 좋겠어. 우리의 미래를 위해!'

우리의 미래는 또 무슨 말이고, 쓸데없는 시간은 또 무슨 소린가. 자신을 기다리는 시간을 '쓸데없다.'라고 정의해 버린 일말의 순정조차 없는 여인이 바로 그녀였다. 남들 눈에는 그녀의 거의 일방적인 애정 표현에 유시후가 끌려 다니며 차갑게 군다고 생각하겠지만, 사실 그것에 대해 할 말이 많은 그였다.

워낙에 솔직한 데다 여자의 필수 항목이라는 내숭 따위 쌀알만큼도 갖고 있지 않아 자신의 생각, 감정 등을 아무렇지 않게 고백할 수 있는 히연은 유시후가 그녀와 관련된 이야기를 하려고만 하면 제 몸은 알아서 챙길 테니 쓸데없는 일에 시간 낭비하지 말라는 이유까지 달아 두 배로 혼내고는 했다.

저 딴에는 '낭군님이 오직 일에만 집중할 수 있게!'라는 의도의 '내조'라는 데 어이가 없어서 따로 뭐라 하지 않고 그냥 넘어간 게 화근이었다. 예를 들면 그녀가 유시후를 배려하는 건 사랑하기 때문에 되지만, 반대의 경우는 쓸데없는 짓이므로 할 필요가 없다는 말이었다.

'자기는 장시간 밖에 서서 나를 기다리는 주제에 나는 하면 안 된다니.'

이건 불공평했다. 어쩌다 자신은 이런 여자를 좋아하게 되어 버렸는지, 아직도 이해가 가지 않았지만 절대 그가 무뚝뚝한 게 아니었다. 절대!

'그냥 이 바보가 애정 표현 할 틈을 안 주는 거지.'

그럴 필요가 없는데도 바보 같은 라히연은 혼자서 짝사랑을 시도 중이었다. 그때 익숙한 목소리가 들렸다.

"안녕, 유 낭군! 뭐야? 그 표정은 아리따운 부인을 향한 사랑스럽다는 눈빛이 아닌데. 누구야? 우리 낭군님 기분을 상하게 만든 사람이?"

문을 열고 나온 히연이 그를 발견하고 다가왔다. 그 말을 듣는 유시후는 '그래, 이렇게 내 기분도 모르고 웃고 있는 바보가 드디어 나왔네.'라고 말하는 듯한 표정을 짓고 있었다. 그녀가 다가옴과 동시에 주변에서 유시후를 힐끔거리던 서하연의 꽃들의 시선이 하나둘 거두어졌고, 그제야 숨통이 트인 건지 유시후가 한숨을 내쉬었다. 소란스러웠던 주위가 서서히 잠잠해지자 그의 옆에 선 히연이 이제 걱정하지 말라는 듯 그의 어깨를 툭툭 쳐 주었다.

"남자 보기 힘든 서하연이니까 다들 유시후 보려고 난리였겠다.

이런, 좀 더 빨리 나올걸."

막상 서하연에 왔지만, 그는 정문을 지키고 있는 이들에게 막혀 들어가지도 못하고 그저 밖에 서서 히연이 나올 때까지 기다려야 했다.

"미안, 오늘 려화님이 외출하셔서 들여보낼 수 없었나 보다."

"뭐…… 워낙 출입이 엄격한 곳이니까."

여성 교육 기관인 서하연은 금남의 구역이었다. 여인들만을 위한 배움의 장소이니 다른 쓸데없는 감정을 갖지 못하게 한다는 게 표면적인 이유였지만, 사실 가장 큰 이유는 서하연의 꽃들을 며느리로 삼으려는 귀족들의 다툼을 막으려는 것이었다. 허가를 받은 몇몇 남성들이 예외적으로 출입을 할 때도 있었지만, 어쨌든 남자 보기가 하늘의 별 따기보다 어려운 서하연의 학생들은 이렇게 히연을 찾아오는 유시후나 다른 남자 손님들을 보는 것이 유일한 낙이었다.

"그런데 오늘 해야 하는 일은 모두 끝내고 온 거야? 난 책임감 없는 남자 싫어."

잘 걷던 히연이 갑자기 걸음을 멈추고는 엄한 표정으로 돌아섰다. 그러자 그녀의 뒤를 따르고 있던 유시후가 움찔거리는가 싶더니, 곧 왜 그걸 안 물어보나 했다는 듯 웃으며 고개를 끄덕였다.

"당연하지."

"그럼 좋아."

그의 갑작스러운 방문이 불만이었던 히연이 그제야 만족했다는 듯 눈을 빛내며 그의 손을 잡았다. 그런 그녀에게 끌려가면서도 뭔가 이상하다는 듯 고개를 갸웃거리던 유시후가 물었다.

"뭐야, 평소보다 더 기분 좋아 보여."

"어떻게 알았어?"

"넌 기분 좋은 일 있으면 오히려 더 침착해지니까."

사실은 아까부터 '나 엄청 좋은 일 있는데 내가 먼저 말하기는 좀 그러니까 그쪽에서 먼저 물어봐.'라는 눈빛을 보내고 있었으면서. 그녀가 계속해서 눈치를 주고 있는데 어찌 그가 무시할 수 있었겠는가.

"사실은 이번에 삼화 중에서 1등으로 올라갔어! 그래서 할당받은 일이 더 늘어났다? 결론, 나 내일부터 당분간 집에 못 들어가. 멋지지?"

"미안. 앞부분까지는 어느 정도 이해가 갔는데, 그 뒤부터는 도대체 어느 부분이 좋은 일인지 이해하질 못하겠다."

이랑 못지않게 일을 좋아하는 유시후였지만, 그는 단순히 '일'에 대해 거부감이 없는 것뿐이지 다른 사람들과 마찬가지로 '일하는 것' 자체는 별로 좋아하지 않았다. 하지만 그녀는 반대였다. 이랑이에게 '밥'과 '잠'이 없어서는 안 될 소중한 것이라면 그녀에게는 '일'과 '공부'가 그러했다. 세상에 이런 인간이 존재한다는 게 신기할 정도였으며, 천유국 사람의 절반이 그녀와 같았더라면 아마 단시간에 더욱 눈부신 발전을 일궈 냈을 것이다.

이랑이 궐에 들어가게 되었을 때 궐에 따라가 그녀를 지켜 주었으면 좋겠다고 유시후를 설득시키긴 것 역시 히연이었다. 가끔 그는 그녀가 정말 자신을 좋아하는 건지 의문이 들었다. 그리고 불안했다. 처음에는 이랑을 따라 궐에 들어가면 밖에 혼자 남을 그녀가 걱정되어서 쉽게 결정을 하지 못했었다. 그런 그의 마음을 알아차린 건지 이랑이 궐에 들어갈 날짜가 가까워졌을 무렵, 히연이 서하연 합격 통지서를 들고 와 입학하고 싶다는 의사를 밝혀 왔고 결국 그녀는 그가 입궐하는 날에 맞추어 서하연에 들어갔다.

서하연은 절대 금남의 구역이었으니 그쪽에서 다른 걱정을 하지 않아도 돼서 좋았고, 그녀의 입장에서는 하고 싶은 공부를 마음껏 할 수 있었으니 서로에게 좋은 일. 평일에는 각자 서로의 일에 집중하고 주말이 되면 잠깐 시간을 내어 만난다. 그것이 그들의 연애방식.

문제가 있다면 히연은 머리가 좋기도 했지만, 워낙에 노력파다 보니 순식간에 '삼화'까지 올라갔다는 것. 삼화는 왕 이외의 남자와는 혼인할 수가 없었다. 그런데 왜 굳이 물러나야 하는 자리까지 올라가려고 하는 거지? 그녀의 의도를 이해할 수가 없었지만 히연의 뜻을 존중해 주기로 한 그는 따로 참견하지 않았다. 하지만 삼화를 목표로 하겠다는 말을 듣고, 동요하지 않았다고 하면 그것은 거짓말일 것이다. 평생을 실체 없는 연적과 마주할 거라는 건 이미 알고 있었으니까.

"……히연, 서하연의 규칙 중에 그게 있었지?"

"그거라니?"

유시후는 뭐가 그렇게 좋은지 폴짝폴짝 뛰고 있는 그녀를 진정시키기 위해 진땀을 빼며, 자신이 찾아온 목적을 달성하고자 조심스럽게 입을 열었다.

"왜 그거 있잖아. 려화님이 자주 들려 주셨던 이야기. '꽃'이 들어갔던 규칙. 서하연의 규칙 8조 중 두 번째. 꽃들에게만 내려오는 기밀 조항."

"아아, '꽃의 이야기?' 그런데 그건 나랑은 상관없는걸?"

"그래, 맞아. 너에게는 적용되지 않는 규칙이었기 때문에 내가 바로 못 떠올렸던 걸지도. 하지만 너는 상관없어도…… 다른 사람들에게는 상관있을 거 아니야? 예를 들면……."

"이랑이는 상관이 있겠지. 게다가 그 애는 규칙이라면 엄청 매달리니까."

그의 말에 고개를 끄덕이며 대답하던 그녀가 그 질문의 의도를 파악한 건지, 돌아섰다.

"……설마, 그럴 리가 없어. 이랑이가 말했을 리가 없어. 그 애는 려화를 꿈꾸고 있다고."

"나도 그렇게 생각해. 네 말대로, 그 녀석은 무슨 일이 생겨도 규칙을 어기는 일 따위 하지 않으니까 말이야. 하지만 '만일'이란 이야기가 있잖아. 내가 알고 싶은 건 그 규칙에서 필요한 '증표'에 관해서야."

"……좋아. 한 번 알아볼게. 하지만 조사에 따른 초과 수당이 필요하겠는데? 답례는 장터에서 가장 맛있다고 소문이 자자한 찹쌀

떡이 좋겠어."

"알았어."

그들의 뒤를 따르던 하인이 잘 됐다는 듯 고개를 끄덕이는 유시후와 히연을 보고는 고개를 갸웃거리다 못 참겠다는 듯한 표정으로 물었다.

"도련님, 서하연의 '꽃의 이야기'가 뭐예요? 거기에 히연 님에게는 적용되지 않고, 이랑 님에게는 적용되는 규칙이라니요? 이해가 안 가는데요?"

"서하연에는 극소수만이 알고 있는 오래된 전통이 있어. '이 세상에 딱 한 송이인 꽃이 존재한다면, 그 이름을 아는 자가 그 꽃의 주인이다.' 여기서 '한 송이의 꽃'은 서하연의 꽃을 의미하지."

웬일로 친절하게 설명을 해 주고 있는 유시후의 말에 하인이 그 무슨 말도 안 되는 소리냐는 목소리로 되물었다.

"에이…… 그건 좀 아니죠. 고작 이름 하나 안다고? 히연 아가씨만 해도 보세요. 아가씨 이름을 아는 사람이 얼마나 많은데요."

이걸 설명해 줘, 말아? 유시후는 귀찮은 기색이 역력한 얼굴로 고민하는 듯 보였다. 그런 유시후와는 반대로 오히려 뭔가 재미있다는 표정인 히연이 방실방실 웃더니 친절하게 설명하기 시작했다.

"맞아요. 감정 따위 집어치우고 무조건 자신의 이름을 아는 사람과 결혼해야 한다는 걸로 해석해 보면 정신 나간 규칙 같죠. 사실 이건 '전통'에서 시작돼서 어느새 규칙처럼 굳어져 버린 서하연의 '자존심' 같은 거예요. 과거 서하연 설립 초창기에는 아직 남녀 평등 의식이 널리 퍼지지 않았기 때문에 여인들만 모아 놓은 서하 연에 대한 인식이 좋지 못한 상태였어요. 심지어 서하연을 기방으로 여기는 이들도 적지 않았죠. 그런 시선들 때문에 그녀들은 자유로운 연애를 할 수 없었고, 혼인은 더욱더 엄중하게 치러졌어요. 지금과는 매우 달랐죠. 주위 시선을 신경 써야 하는 당시 여인들이 대놓고 사랑 고백을 할 수 없었기 때문에 새로운 방식이 생긴 거예요. 자신의 '이름'을 상대에게 주는 것으로."

"하지만 그것은 시간이 지나면 지날수록 악용되기 시작했지. 귀족들이 예비 서하연의 꽃들의 이름을 입학 전에 알아내 모으기 시작했거든. 수집하듯이."

"그래서 서하연은 한 가지 방법을 생각해 냈어요. 진짜 이름 대신 '서하연의 호(號)'를 받아 졸업해서 서하연을 떠날 때까지 자신의 이름을 숨기고 살 수 있게 한 거죠."

히연과 유시후가 번갈아 가며 설명했지만, 여전히 하인은 이해할 수 없다는 표정이다.

"그래도 말이 안 돼요. 본명이라는 게 알려고 하면 얼마든지 알 수 있잖아요."

"그렇기 때문에 '증표'라는 게 생긴 거야. 이름만 알고 있다고 그 서하연의 꽃을 가질 수 없어. '이름을 넘긴다.'라는 어떤 특정한 '행동'과 그 '이름을 받았다'는 '증표'가 필요해. 문제는 우리는 그게 뭔지 모른다는 거지. 히연은 입학하기 전부터 내 약혼녀였기 때문에 따로 서하연의 호를 받거나 할 필요가 없었거든."

그제야 하인은 아까부터 그들의 대화에 등장했던 '서하연의 규칙'에 왜 히연은 상관이 없다는 건지 이해가 된 거 같았다.

"그런데 그 '증표'란 것에 왜 그렇게 매달리는 건데요?"

알아들었다는 표정을 짓고 있던 주제에, 아직까지도 결정적인 무언가를 이해 못 하고 있는 그를 보며 마지막 인내심을 발휘한 유시후는 끓어오르는 짜증을 참다가 한 번 더 입을 열었다.

"서하연의 꽃이 어떤 남자에게 자신의 증표, 즉, 이름을 준다는 건……."

시간이 없다는 듯 걸음을 재촉하던 히연이 잠시 뜸을 들이는 유시후보다 한 박자 빨리 끊긴 말의 뒤를 이었다.

"무를 수 없는 청혼을 의미하는 거예요."

# 十三花 * 꽃의 이름을 아는 자

"여기는 왜 온 거야?"

히연은 왜 자신이 이곳에 와야 하는지 이해가 안 간다는 표정으로 물었다. 지금 당장에라도 집으로 돌아가 책을 읽거나 부족한 수면 시간을 채우는 게 더 나을 거 같은데. 하지만 유시후는 자신에게 달라붙어 징징거리는 그녀를 달래는 것을 포기한 지 오래였다. 그러게 혼자 다녀오겠다니까 왜 따라나선 것인지……. 그나저나 바로 어제만 해도 도와주겠다고 약속해 놓고 찹쌀떡까지 선급으로 받아 놓은 주제에!

곧 배가 들어올 시간이어서 그런지 부둣가에는 사람들이 꽤 있었다. 아침 일찍 일어나서 피곤한 건지 비틀비틀 걸어가는 히연의 모습은 많이 불안해 보였다. 마치 무언가를 찾는 듯 주변을 두리번거리던 유시후는 한숨을 내쉬며 그런 그녀에게 손을 내밀었다.

"손. 지금 배 들어올 시간이어서 사람 많다."

가뜩이나 어렸을 때부터 호기심이 많은 히연은 이곳저곳 '탐험' 하고 다니는 취미란 이름의 나쁜 버릇을 갖고 있었고, 이것은 그에 대한 예방이었다. 이렇게라도 하지 않으면 분명 몇 시간 동안 히연을 찾아다니는 상황이 일어날 테니까.

"있지, 유시후."

아까부터 히연이 만두에 눈독을 들이고 있다는 사실을 알아차린 그가 피식 웃으며 하나를 사 건네주며 아이를 달래듯 말했다.

"이거 사 줄 테니까."

한마디로 조용히 따라오라는 말.

"근데 정말 여기는 왜 온 거야?"

"낚시나 한번 해 볼까 하고."

그의 말이 끝나기 무섭게, 싱긋 웃으며 만두를 먹고 있던 히연이 도대체 뭐가 문제인지 먹던 것도 중단한 채 인상을 쓰기 시작했다. 시간이 조금 걸렸지만 평소의 얼굴로 돌아온 그녀가 애써 미소를 유지하며 물었다.

"새로운 취미라도 만들어 보게?"

예전 같으면 그 웃음에 자신도 모르게 따라 웃어 줬을 유시후였겠지만, 이미 조금 전 그녀의 찌푸린 얼굴을 보고 만 후였다.

"왜, 나랑 안 어울리려나?"

"……뭐, 같이 하면 또 재밌을지도. 그럼 어느 자리가 좋을까?

기왕 하는 거 대어를⋯⋯."

하여간에⋯⋯ 그녀는 농담이란 게 먹히지 않았다. 이쯤에서 장난은 그만두자는 의미로 유시후는 그녀의 머리를 마구 헝클어뜨렸다. 조금만 더 있으면 아예 물에 들어가 맨손으로 물고기를 잡아 보겠다고 할 그녀의 정신을 물가에서 떨어뜨려 놓기 위해. 보통 여자들이라면 짜증을 낸다거나, 아니면 그 짜증을 철저히 숨긴 채 '애써' 웃으며 머리를 정리하느라 정신이 없었을 텐데⋯⋯ 어째서인지 그저 생글생글 웃으며 자신을 바라보고 있는 히연의 반응에 오히려 그가 당황스러워했다.

"⋯⋯뭔가 이상해."

원래부터 그런 여인이라는 걸 알고 있었지만, 보통과는 너무나 다르다는 점을 발견할 때마다 그는 당황했다. 그리고 그녀가 오히려 그의 반응을 즐긴다는 게 더욱더 큰 문제였다.

"유 낭군! 여기 물이 맑아서 그런지 물고기가 잘 보여!"

"이제 그만하자고. 농담이었어. 낚시 안 해."

"뭐야."

잠깐, 뭐지? 그 아쉽다는 표정은?

슬금슬금 물가 쪽으로 향하고 있는 그녀를 막느라 정신이 없는데, 하필 그 사이에 배가 들어온 건지 아까보다 많은 사람이 몰려오는 게 눈에 들어왔다.

"누구 기다려?"

"시무형 아저씨."

그새 물가에 흥미를 잃은 건지 잘 놀고 있던 그녀가 두리번거리고 있던 자신에게 다가와 물었다.

"예전에 편지를 보냈었는데, 얼마 전에서야 답장이 도착했어. 오늘 아저씨가 돌아오시는 날이야."

"시무형? 다음 달에 오시는 거 아니셨어?"

자신이 아는 이야기가 나오자 갑자기 관심을 보이던 그녀가 고개를 갸웃거렸다.

"이랑이 궁에서 나왔다는 소식을 들으신 거 같아. 일이 일찍 끝나서 바로 돌아오신대."

"이랑이도 데리고 올 걸 그랬다. 집에 가면 만나겠지만."

그나저나 어디에 계신건지……. 대답을 해 주면서도 그의 시선은 히연을 향하고 있지 않았다.

"그 아저씨라면 분명히 눈에 띄……."

"시후, 저 사람 좀 봐. 꽃 대박."

자신은 이렇게 열심히 한 사람을 찾기 위해 정신이 없는데, 라히연 이 녀석은 도대체 뭘 보고 있는 거야……. 무심코 고개를 돌린 유시후의 눈에 히연 말고도 다른 사람들의 관심을 확실하게 받으며 배에서 내려오는 사람이 포착됐다. 도대체 어디서 사 모은 건지 모를 정도로 엄청난 꽃다발을 들고 있어, 앞도 제대로 못 보고 휘청거리고 있는 화려한 비단옷의 남자. 어딘가 불길한 느낌이 든 유시후가 히연의 손을 잡고 최대한 빠른 속도로 수많은 사람의 관심이 집중된 그를 향해 다가갔다.

"……역시."

누가 그러지 않았나. 불길한 예감은 대부분 맞는다고. 지금 어디로 튈지 모르는 히연 하나로도 지치는 그는 고민에 빠졌다. 도대체 저 아저씨를 어떻게 집까지 모시고 돌아가지…….

"아저씨, 이게 도대체 무슨 일이에요?"

일단 시야 차단으로 인한 불안한 걸음을 바로잡기 위해 유시후가 인사를 하며 꽃다발 몇 개를 들어 주자, 그제야 보이지 않던 이의 얼굴이 나타났다.

"아, 시후 도련님? 이게 몇 년 만인가요? 정말 많이 자라셨네요!"

멈칫하던 남자가 들고 있던 꽃들을 내팽개치지는 못하고 가지런히 바닥에 내려놓았다. 그러고는 갑자기 유시후를 끌어안더니 격한 인사를 하기 시작했다.

"석 달 전에 봤잖아요."

"원래 이런 상황에서는 극적인 만남을 연출해야 감동이 두 배가 되는 거랍니다."

어딘가 모르게 익숙한 말에 유시후는 인상을 찌푸렸다.

"아저씨의 그 소녀 감성 때문에 이랑이도 여전히 그런 말을 입에 달고 살아요."

이랑이 틈만 나면 이건 운명이니, 무슨 만남이니 상황을 이상하게 분석해 억지로 운명으로 엮으려는 사고방식을 갖게 한 원인 제공자가 바로 이 남자였다.

"아가씨가 어렸을 때부터 책을 좋아하셔서……."

“정서 발달이 덜 된 아이들에게 연애소설만 읽어 주는 건 교육적으로 어떨지…….”

“여전히 까칠하시네요. 히연 아가씨가 고생이 많겠어요.”

방실방실 웃고 있을 때는 언제고, 히연이 곧 거짓 눈물 연기에 빠지더니 고개를 끄덕이기 시작했다. 갑자기 시작된 둘의 연기 놀이에 끼고 싶지 않은 유시후는 한숨을 내쉬며 뒤를 물러섰다. 그러다 문득, 무식할 정도로 대량 구매를 한 꽃들을 떠올린 건지 그것에 대해 물었다.

“그나저나 이 꽃들은 다 뭐예요?”

“응? 아, 배에 오르는데 어느 소녀 가장이 불쌍하게도 꽃을 팔고 있더라고요. 사다 보니 이렇게 돼 버렸지 뭐예요. 하하.”

‘하하’가 아니잖아요. 이 꽃들은 다 어디에 쓰려고!

“설마 도련님이 마중을 나올 줄이야. 그것도 히연 아가씨를 데리고. 아, 도련님. 아가씨 또 어디 가시네요.”

“제가 의외로 꽤 예의가 바른 청년인지라……. 이 녀석을 데리고 온 건 실수였고요.”

스스로 예의가 바르다고 말하는 있는 그에게 그건 좀 아니라는 말을 하려던 아저씨가 입을 닫았다. 그것은 매우 현명한 선택이기도 했다.

“사실은 뭐 여쭤볼 게 있어서 온 거기도 해요.”

한 종류라면 모를까. 온갖 종류의 꽃들을 한꺼번에 안고 있으니 그 여러 향기가 뒤섞여 머리가 깨질 거 같았다. 거기에 히연은 계속 혼자 어디론가 가 버리려고 하니 더더욱 정신없는 상황이다.

"저에게 궁금하신 거요? 그게 뭔데요?"

한 아름 안고 있던 꽃 덕분에 옷은 물론이요, 머리까지 꽃잎 범벅이 된 그가 엄청난 손놀림으로 꽃들을 떼어 내며 물었다.

"아주머니……도 서하연의 꽃이셨으니까 아저씨도 알고 계시겠죠? 서하연의 꽃의 청혼 방법이요."

'아주머니'라는 말이 나오기 무섭게 생글거리던 남자의 표정이 순간 굳어 가기 시작했다. 물론 다시 웃는 얼굴로 돌아왔지만 왠지 전과는 다른 쓸쓸함이 묻어 있는 표정.

"아, 당연히 알죠. 왜요? 아가씨한테 청혼 받고 싶어서요? 둘은 상관없잖아요."

"상관있는 녀석이 있거든요."

이유는 아직 말할 수 없다는 듯 웅얼거리는 유시후를 가만히 바라보던 남자가 피식 웃더니 인심 썼다는 표정으로 그의 머리에 손을 얹으며 말했다.

"좋아요! 이건 쉽게 발설하면 안 되는 내용이지만…… 사실 서하연의 꽃의 청혼 방법은……."

* * *

오늘도 불쌍한 이안은 겁먹은 표정으로 시하루 앞에 섰다.

"또 뭐냐?"

그의 표정을 읽은 시하루는 한숨을 내쉬며 들고 있던 붓을 내려놓았다. 자신은 오늘 기분이 꽤 좋기 때문에 웬만해서는 화를 내지 않겠다는 말투였다. 그 말을 곧이곧대로 믿은 이안은 그만 경계심을 풀어 버렸다. 그러고는 밝게 웃으며 말하기를.

"지금 밖에 유시후 님께서 찾아오셨어요."

유시후가 찾아왔다는 말을 듣기 무섭게 시하루는 인상을 찌푸렸다. 평소라면 바로 짜증을 냈겠지만, 오늘은 괜찮을 거라고 장담했기 때문에 화를 낼 수도 없는 상황. 자리에서 일어서는 것부터가 불안한 그는 터덜터덜, 힘없는 걸음으로 걸어 가 작은 탁자 앞에 앉았다.

호랑이가 자신을 찾아올 이유 따위, 한 가지밖에 더 있겠는가. 눈치를 보던 이안은 조심스럽게 밖으로 나갔다. 이윽고 다시 문이 열렸고, 이안과 함께 들어온 유시후는 뭐가 또 불만인지 인상을 잔뜩 찌푸리고 있었다. 만나기만 하면 인상부터 찌푸리는 둘이다.

"뭐냐."

시하루는 갑자기 궁금해졌다. 하늘 같은 왕의 앞에서 저런 표정으로 당당히 서 있을 수 있는 사람이 과연 몇이나 존재할까? 왜 찾아왔냐고 가볍게 물었는데, 유시후는 대답할 생각이 없어 보였다. 아무 말 없이 바로 그의 앞까지 다가와서는 뚫어져라 그만 바라보고 있다.

"……왜."

우물거리던 시하루가 위협적인 목소리로 물었다. 그제야 시선

을 거둔 유시후는 잠시 머뭇거리는가 싶더니 곧 한숨을 내쉬며 그
의 앞자리에 앉았다. 그리고 앉기 무섭게 한다는 말이.

"저랑 한 판 하시죠."

그럴 줄 알았다는 듯, 이미 거절을 하기 위한 마음의 준비를 끝
내 놓은 시하루가 자신은 그럴 생각이 없다 말하며 고개를 저었
다. 하지만 천하의 유시후가 어디 그의 말을 쉽게 듣겠는가. 가뜩
이나 그의 등장만으로도 기분이 안 좋아진 시하루는 지금 이게 뭐
하자는 건지 답답하기만 했다.

"더 이상 하기 싫다고 도중에 사라질 때는 언제고 이제 와서
왜?"

이 핑계 저 핑계를 생각하다 지난날 유시후가 도중에 돌아간 게
생각나 그것을 이유로 거절하고 있었지만, 사실 시하루는 그때 유
시후와의 한 판으로 자신의 실력으로는 그를 이길 수 없다는 것을
깨달아 버렸다. 어차피 질 텐데 굳이 발버둥 치면서까지 하고 싶
은 마음은 없었다. 의욕이 없어 보이는 시하루를 힐끔 바라본 유
시후는 잠시 생각에 잠기더니 곧 엄청난 결심을 한 눈빛으로 조심
스럽게 입을 열었다.

"이기시면 제가 전하의 신하가 되겠습니다. 꼬박꼬박 존댓말도
쓸게요……. 저 엄청 소중한 인재입니다? 반짝반짝 빛나는 보석입
니다?"

시하루가 쉽게 답을 내지 못하고 고민에 빠져 있자, 유시후는
다급하게 자신이 얼마나 가치 있는 존재인지를 역설했다. 이걸 해,

말아? 그런 시하루의 고민을 싹둑 잘라 버릴 정도로, 유시후가 제안한 조건 중에는 너무나 파격적인 게 섞여 있었다.

'저 녀석을 마음껏 부려 먹을 수 있다니!'

정확하게 말하면 '부려 먹을 수 있다.'는 말까지는 하지 않았지만, 자존심이 하늘을 찌르고도 남을 그의 입에서 저런 말이 나왔다는 건 엄청난 일. 아니, 이건 사건과도 같았다. 도대체 이 장기가 뭐라고?

"……대신에 제가 이기면 전하께서 갖고 계시는 '어떤 걸' 저에게 주세요."

그럼 그렇지, 뭔가가 있는 게 분명했다. 그나저나 '어떤 거'라니 도대체 뭘 말하는 거지? 자세한 설명은 생략한 채 '어떤 거'라고만 지칭한 유시후 때문에 그 물건이 뭔지 도통 감을 잡을 수 없는 시하루는 눈만 끔뻑거릴 뿐, 하겠다는 대답이 없었다. 아무리 기다려도 원하는 대답이 들려오지 않자, 아까부터 그의 눈치를 보던 유시후가 아주 조심스럽게 입을 열었다.

"……혹시 무슨 종이 한 장 갖고 계시지 않으세요?"

"종이? 종이가 필요한가?"

뜬금없이 '종이'를 요구하기 시작한 유시후의 말에 고개를 갸웃거리던 시하루가 정확히 어떤 종이를 갖고 싶은지 말해 보라며 서랍을 열었다. 하지만 지금 그가 원하는 '종이'는 이 세상에 널려 있는 흔한 종이와는 다른 종이인 게 틀림없었다.

"아니요. 평범한 종이는 아닌데요. 예를 들면…… 달랑 이름 석

자가 적힌 오래된 종이라던가…….”

“아…… 그걸 네가 어디에 쓰려…….”

유시후의 말에 시하루의 머릿속에 어떤 종이 한 장이 떠올랐다. 이제야 생각이 났다는 듯 고개를 끄덕이며 먼저 장기짝을 움직이던 시하루가 멈칫했다. 그리고 말을 든 채로 굳어, 놀란 표정으로 유시후를 바라봤다.

“……내가 너한테 그 종이에 대해 이야기를 했던가?”

아니, 절대 한 적이 없었다. 그와 길게 대화를 나눠 본 적도 없을 뿐더러, 함께 있으면 불편해 미칠 거 같은데 굳이 그에게 이런 비밀스러운 이야기까지 해 줬을 리가 없었다. 심지어는 그 꼬맹이조차 종이에 대한 이야기를 모른다. 그럼 누가? 이신이 말해 준 건가?

“……이신이 말해 준 건가?”

“아…… 이신 공께서도 알고 계시나 보죠?”

이신이 알려 준 건 아닌 거 같았다. 한 가지밖에 없던 가정이 무너지자 시하루의 머릿속은 복잡하게 꼬여버렸다.

시하루, 그에게는 부적처럼 항상 품 안에 넣고 다니는 ‘어떤 것’이 있었다. 얼마 전 이신이 그에게 이제 그만 잊고 깔끔하게 버리라는 충고를 했던 물건이 그것이다. 첫사랑이었던 그 여인과 관련이 있는 유일한 증표. 방금 유시후가 말한 대로 달랑 석 자의 이름이 적혀 있는 종이. 이신을 제외한 그 누구에게도 보여 준 적이 없었고, 말한 적도 없었는데 그걸 유시후가 알고 있다는 것은…….

“너…… 역시 뭔가 알고 있는 거지?”

조금 전까지만 해도 무기력해 보이는 시하루였지만 이제는 달랐다. 표정부터가 진지해진 그는 으르렁거리듯 ‘네가 알고 있는 모든 것을 말해라.’라고 말했지만 유시후는 그것을 능숙하게 무시했다.

“글쎄요. 그나저나 어쩌실래요? 이제야 저랑 한 판 두실 마음이 생기셨나요?”

＊　　＊　　＊

“그 자식, 뭔가 알고 있는 게 분명해.”

“이렇게 궁금해하실 거면 그냥 하시지 그러셨어요?”

“남자가 되어서 배짱이 없으시네요.”

일 따위 다 미룬 지 오래. 아니, 일할 생각조차 없어 보이는 주군을 상대로 한마디씩 하고 있는 부자였다. 한숨을 내쉬던 시하루는 신경질적으로 자신의 머리를 긁적였다. 그리고 이신의 말대로 차라리 도전하는 게 나았을까 하는 생각을 해 봤지만 이미 지난 일. 벌써 하루가 지나고 있었지만, 불과 24시간 전의 일은 아직까지도 그를 괴롭히고 있었다.

“……안 해.”

“……의외로 포기가 빠르시네요.”

유시후가 당황할 정도로 시하루의 대답은 너무나 빨랐다. 그리고 대답이 빠른 만큼, 그 뒤를 따르는 후회 역시도 빨랐다.

"하지만 해 봤자 내가 질 게 분명한걸."

어설픈 마음으로 도전해 봤자, 정보를 얻을 수도 없을뿐더러 괜히 마음에 패배의 상처만이 남을 게 분명했다. 그리고…… 아마 이것도 녀석에게 빼앗겼겠지.

시하루는 손안에 쥐고 있는 종이를 가만히 바라보았다. 호랑이 녀석이 이걸 어떻게 알고 있는 건지도 궁금했지만, 더더욱 궁금한 건 이걸 왜 필요로 하는지였다. 시하루가 개인적으로 안고 있는 추억을 제외한다면 평범한 종이 한 장에 불과하다. 심지어는 이미 글자가 적혀 있었기 때문에 재사용도 불가능한 종이. 도대체 이게 뭐라고…….

그는 무작정 피한 것이 아니다. 반대로 자신을 너무도 잘 알고 있었기 때문에 내린 결론이었다. 아무 말 없이 시하루의 뒤늦은 후회와 고민, 그리고 절망을 차례로 관찰하던 이신은 조심스러워 보일 정도로 뜸을 들이다 물었다.

"……만약 정말 살아 있다면 어쩌실 건데요?"

"……기쁘겠지. 살아 있어 줘서 고맙겠지."

"그런 다음에는?"

"다음도 있나?"

시하루는 이신이 왜 자꾸 가능성도 없는 이야기로 시간을 잡는 건지 이해할 수 없었다.

"이랑 님을 왕후로 들이시겠다 다짐하신 이상, 다른 여인을 후궁으로 들일 수 없다는 사실은 이미 알고 계시는 거겠죠?"

"당연하지."

삼화의 예의인가 뭔가 때문에 이랑을 왕후로 들이면 시하루는 후궁들을 들일 수가 없었다. 하지만 그것은 큰 문제가 되지 않는다는 반응이었다. 그도 그럴 것이, 그의 아버지 역시 삼화셨던 어머니와 혼인을 하셨기 때문에 후궁을 두지 않았다. 어렸을 때부터 이러한 어머니와 아버지의 영향을 받은 그는 장래 한 명의 여인만을 부인으로 두겠다고 다짐하며 자라왔다. 그것이 꼭 삼화와 혼인을 하겠다는 뜻은 아니었지만, 결과적으로 보면 어머니와 아버지의 뒤를 그대로 따라가는 느낌이었다.

"만일 그 아이가 살아 있다면 궐에 못 들인다는 뜻이 됩니다."

"만약 그 아이가 살아 있고 궐에 들인다고 하면, 그때는 이랑을 못 들이는 거잖아."

삼화는 후궁으로 들일 수 없었기 때문에 그 또한 불가능했다. 즉, 이랑이 삼화인 이상 궐 안에 두 여인을 들일 수 있는 방법은 없었고, 반드시 둘 중 한 명만을 선택해야 하는 상황. 물론 추억 속의 그녀가 살아 있다는 전제하의 이야기인 데다가, 지금은 이랑마저 왕후로 들일 수 있을지 없을지 알 수가 없었다.

"내가 좀 더 노력해야겠구나."

"제가 볼 때는 아주 많이 노력하셔야 할 거 같아요."

이러다가 독신의 길을 걸어 나중에 후계자 문제로 대신들의 목소리가 높아졌을 쯤 돼서야, 대충 희안궁의 여우 아무나와 혼인을 할지도 모른다는 생각이 드니 눈물이 핑 도는 거 같았다.

"그분보다 이랑 님을 선택하시겠다는 뜻인가요?"

계속 되는 질문에 시하루는 지쳐 버렸다. 도대체 이신은 자신에게서 어떤 대답을 듣고 싶기에 계속해서 이런 질문을 하는 건지.

"꽤나 오래전부터 나는 그렇게 대답했던 거 같은데 여전히 못 믿는 건가?"

"아닙니다. 믿습니다. 결론은 만약 그분이 살아계신다면 기쁘긴 하겠지만 여전히 이랑 님을 선택할 거다, 뭐 이런 말씀이시죠?"

"그래, 물론 그 아이가 살아 있다면의 이야기지만."

이번이 마지막 대답이라는 듯 조금 짜증이 담긴 목소리로 그가 확답을 내렸다. 몇 번을 물어봐도 자신의 대답은 변함없을 테니 그만하라는 눈치를 주고 있었지만, 이안이 그것을 눈치챌 리가 없었다.

"하지만 전하께서 직접 죽는 장면을 보셨다거나, 시신을 확인하신 것도 아니시잖아요. 만약에 정말 살아 계시면 어느 분을 선택하실 거예요?"

한구석에 치워 두었던 두루마리를 집어든 시하루는 끈질기게도 물어 오는 이안에게 그것을 집어던졌다. 미처 피하지 못한 이안이 얼굴을 감싸 쥐며 주저앉자, 이신은 그럴 줄 알았다는 표정을 지을 뿐 제 아들을 감싸고돌지는 않았다. 이번엔 맞을 만했으니까.

"그거면 충분히 대답이 되겠지."

이미 옥새까지 완벽하게 찍힌 이랑의 왕후 책봉 교지였다. 물론 지금은 쓸 수가 없는 상황이지만.

"내 마음은 이미 굳혔다. 그러니 더는 그 아이에 대해 이야기하지 말 것."

원래 첫사랑은 이루어지지 않는다는 말이 있지 않은가.

"전하."

다시 혼자만의 세계에 빠진 시하루는 유시후의 속셈을 알아내기 위해 머리를 굴리기 시작했다. 하지만 이번에는 이신과 이안, 이씨 부자가 아닌 다른 이가 그의 집중을 방해했다. 문밖에서 들려오는 소리에 가볍게 '들어와라.'라는 말을 하며 엎드려 있던 자세를 바로 고친 그가 다급히 들어온 한 대신을 향해 물었다.

"무슨 일이지?"

"……부둣가에서 시무형을 본 목격자가 나타났습니다."

"시무형?"

뜬금없이 등장한 누군가의 이름에 시하루는 저도 모르게 몸을 돌려 되물었다. 그런 그에게 방금 전의 정보가 확실하다는 걸 알리기 위해 대신이 고개를 크게 끄덕였다.

"시무형이라면 소월가의 전(前) 대리가 아닙니까?"

"전 소월가의 대리라면…… 죽었다고 들었는데요? 가주 부부가 사고를 당했을 때 같이 있었다고…….'

현재 소월가의 가주는 진유한이고, 시무형은 전 소월가 가주의 대리인 자격을 가진 인물이다. 하지만 사고 당일 그 역시 가주 부부와 동행한 기록이 있었고, 비록  시신은 발견할 수 없었지만 그가 항상 지니고 다닌다는 물건이 발견되면서 그의 죽음은 거의 기정사실이 되었다.

그런데…….

"……살아 있었다니."

"소월가의 늙은 여우가 그의 생존 소식을 들으면 난리 나겠는걸."

시하루 못지않게, 이 부자들 역시 시무형이란 존재에 관심이 있어 보였다. 저마다 한마디씩 거들며 말하는 그들 사이에서 어두운 표정을 한 시하루를 발견한 이안이 물었다.

"……전하께서는 왜 그렇게 진유한님을 싫어하세요?"

이안의 눈치 없는 질문에 옆에 앉아 있던 이신이 그의 옆구리를 툭툭 쳐 보았지만, 효과는 없었다. 시하루는 이름만 들어도 불쾌하다는 표정으로 이안을 노려보았고, 아들 녀석은 이미 꽁꽁 얼어붙어 있었다.

"그 인간은 원래 가주의 빈자리를 차지한 늙은 도둑이야."

또다시 주군께서 짜증을 낼 것만 같은 분위기를 감지한 이안은 기분 풀라는 듯 다시 활짝 웃으며 말했다.

"어쨌거나, 시무형의 귀환은 전하께 좋은 일 아닌가요?"

"무슨 소리지? 나한테 득이 될 게 뭐가 있다고."

자신과 아무 관계도 없는 사람이 살아 돌아왔다는 것이 자신에게 뭐 좋은 일이라고.

"그 화재 사건에서 살아남은 생존자가 발견된 거잖아요. 어쩌면 그 아가씨도…….”

조심스럽게 희망을 전하려는 이안의 말이 도중에 잘려버렸다.

“아니, 그럴 일은 없어.”

“어째서요?”

이안은 그 나름대로 시하루의 기분을 풀어 주려는 생각이었겠지만, 그것은 오히려 역효과였다.

“그 녀석 시신은 확인되었으니까.”

*　　*　　*

천유국에서는 귀족 가문 가주의 이름 앞에 그 가문에 맞는 두 개의 성을 붙였다. 이는 뼈대 있는 가문과 일반 가문에 속해 있는 이들을 구별하기 위함이었다.

천유국 귀족 권력의 양대 산맥, 소월가와 유월가. 전 소월가의 가주인 ‘소휴 시오란’과 현재 유월가의 가주인 ‘유월 하림’은 어릴 적부터 친분이 두터웠다고 한다. 이 양대 산맥은 가치관까지 맞는 바람에 왕에게 어떤 안건에 대해 발언할 때 그 힘이 두 배가 되었고, 이는 왕에게 상당한 피로를 줄 정도였다.

솔직히 둘이 힘을 합쳐 반역을 일으켜 왕권에 도전했다면 이 천유국의 주인은 누가 됐을지 모르는 일. 하지만 그들은 권력 욕심 따위 전혀 없었다. 그래도 만약이라는 경우를 생각 안 할 수가 없던 다른 대신들이 딸이 있는 소월가와 국혼으로 연을 맺는 것을 추진했지만, 당시 시오란은 태어난 지 얼마 안 되는 딸과 떨어질 수 없다는 말로 정중히 거절했다고 한다.

"전 소월가의 대리, 시무형이라······."

그런 시오란이 곁에 두고 항상 조언을 구하기로 유명한 이가 있었으니, 그가 바로 시무형이었다.

"······이신, 너는 어떻게 생각하지? 시무형 말이야."

한참 동안 침묵을 유지하던 시하루는 조심스럽게 이신을 향해 물었다.

"시무형이요? 음. 좋은 사람이죠."

"아니, 그거 말고. 시무형이 갑자기 이 시점에 등장한 거 말이야. 뭔가 있다는 생각 들지 않아?"

이신은 그의 말에 고개를 끄덕이며 건성으로 맞장구를 쳐 주려다가 멈추었다. 그리고 대수롭지 않다는 듯 말했다.

"전 그냥······ 전하께서 너무 깊게 생각하시는 거 같은데요. 쓸데없는 일까지 너무 그렇게 신경 쓰지 않으셔도 돼요."

이신의 말에 시하루는 '그렇겠지?'라고 말하며 고개를 끄덕였다. 하지만 어디까지나 그것은 걱정이 는 시하루를 진정시키기 위한 말일 뿐, 사실은 이신 역시 그의 등장이 신경 쓰였다.

전 소월가 가족의 죽음 이후 소월가의 가주에 오른 게 친척 관계인 진유한이었다. 그가 소월가에 들어간 이후, 전 소월가 가주의 측근들은 무슨 이유에서인지 사고를 당하거나 내쫓기거나 행방불명이 되었다. 덕분에 현재 소월가는 진유한의 사람으로 꽉 채워 있었고, 다른 이들은 그러한 측근들의 불행의 중심에 진유한이 있을 거라 생각했지만 증거도 없으니 입 밖에 낼 수도 없는 찝찝한 상황이 되어 버린 것이다. 당시 사망자 명단에는 소휴 시오란의 조언자로 유명한 시무형도 포함되어 있었다.

지금까지 죽은 줄로만 알았던 이가 천유국에 돌아왔다. 이는 분명 어떠한 이유가 있기 때문이 틀림없다.

*　　*　　*

"무슨 일로 저를 찾으셨습니까……."

조심스럽게 문을 열고 들어와 자리에 앉기까지, 다 죽어가는 시하루의 모습에 그를 기다리고 있던 대비가 고개를 갸웃거렸다.

"오랜만에 바쁜 아들 녀석 얼굴이나 한번 보자고 불렀는데 어째 표정이 좋지 않으십니다."

자리에 앉았지만, 똑바로 앉지 않고 비스듬하게 앉아 당장에라도 방에서 벗어날 준비를 하던 그는 입을 닫아 버렸다. 대비는 자신의 안부 인사를 계속 무시하는 시하루 때문에 서서히 짜증이 나기 시작했다. 결국 차근차근 물어보려고 했던 대비는 단도직입적으로 질문했다.

"그래서, 이랑이와의 관계는 나아지고 있나요?"

이럴 줄 알았어. 괜히 왔다는 생각에 시하루는 당장에라도 자리를 박차고 나가고 싶었지만, 그럴 수도 없고……. 자신의 얼굴이 보고 싶어서는 무슨. 그냥 현재 상황을 보고 받기 위해 부른 거면서!

요즘 들어 대비는 하루에 한 번씩 그를 불러다 놓고 잔소리를 늘어놓으며 시하루의 숨통을 조여 왔다. 물론 매일같이 이랑이 찾아오기는 했지만 '화해'라는 단어를 사용하기는 그랬다. 그녀가 궐을 찾는 이유는 자신을 보기 위해서가 아니라, 단순히 장기에 대한 승부욕 때문이었으니까.

"……그나저나 이것들은 다 뭡니까?"

끝이 보이지 않는 대화에서 피하기 위해서 시하루는 재빨리 다른 화젯거리를 찾아야만 했다. 그런 그의 눈에 대비의 탁자 위에 잔뜩 놓여 있는 종이 뭉치들이 들어왔다. 호기심 가득한 눈빛으로 종이 중 한 장을 집어 들어 대충 훑어보니, 글자들이 빼곡하게 쓰인 그것이 편지라는 걸 알 수 있었다.

"아, 그건 이 어미가 서하연을 다녔을 때 받은 연서들이랍니다. 후후."

연서라니.

대비의 말에 시하루는 인상을 찌푸렸다. 그리고 그 종이를 들어 올리며 마음에 안 든다는 투로 말했다.

"아버지가 살아 계셨다면 아마 찢어 버리셨을 거예요."

다른 남자(들)에게 받은 연서를 지금까지 고이 모셔놓고 있다니, 여자들은 원래 그런가? 돌아가신 아버지가 이 일을 아신다면 두 눈을 번쩍 뜨고 자리에서 벌떡 일어나 한바탕 잔소리를 늘어놓을 정도였다.

“그럴 리가요. 호호. 그 아버지란 인간이 쓴 연서랍니다~”

아버지가 어머니께 쓴 연서라고? 천유국에서 둘째가라면 서러울 정도로 닭살 부부로 유명했다는 어머니와 아버지 이야기는 이미 어렸을 때부터 익히 들어 알고 있었다. 하지만 말로만 들었지 이렇게 직접 증거물을 접하는 건 처음이었기에 왠지 모르게 기분이 꺼림칙했다.

“보고 싶지 않나요? 사실 궁금하죠?”

대비의 눈이 ‘안 궁금하다.’라는 말이 나오면 안 된다고 말하고 있었다.

“네…… 갑자기 궁금해졌네요.”

사실 자기 사랑 지키느라 정신없는 그는 다른 사람의 사랑 이야기 따위 관심도 없었지만 어찌하겠는가. ‘자, 어서 읽어봐. 이게 내가 가장 좋아하는 부분이야.’라는 듯, 벌써 마음에 드는 순서대로 편지를 늘어놓고 있는 대비마마가 앞에 있는데.

처음으로 넘겨받은 편지를 대충 읽던 시하루가 어딘가 이상한 곳을 발견한 건지 눈썹을 일그러뜨리며 대비의 눈치를 보기 시작했다. 잠시 말할까 말까를 고민하던 그는 아주 조심스럽게 입을 열었다.

“……어머니…… 이 편지 조금 이상한 거 같은 데요…….”

“이상하다니요?”

별생각 없이 편지를 읽던 그가 이제는 땀을 삐질삐질 흘려가며 뭔가 단단히 일이 잘못 돌아가고 있다고 생각했다.

"이거…… 아무래도 아버지께서 다른 여성분께 쓰신 연서 같은데요……."

"그게 무슨 말이죠?"

시하루 못지않게 깜짝 놀라며, 잽싸게 그의 손에 들린 종이를 빼앗은 대비가 매의 눈으로 편지를 훑기 시작했다. 그러나 그녀의 눈에는 별다른 이상이 발견되지 않은 건지 고개를 갸우뚱하며 편지에서 눈을 떼지 않고 있었다.

"……첫 문장을 보세요. '사랑하는 수령에게.'라고 쓰여 있어요. 어머니의 성함은 '세연'이잖아요."

어머니의 심기가 불편해질까 두려워, 시하루는 아주 조심스럽게 자신이 발견한 부분을 지적해 주었다. 그러자 그 말을 들은 대비가 피식 웃었다.

"아, 그거요? 그건 '서하연의 호'라는 겁니다."

"서하연의 호?"

처음 들어 보는 말에, 시하루의 표정에서 혼란스러움이 엿보였다. 그런 그에게 이걸 어떻게 설명하면 좋을지 고민에 빠진 대비가 잠시 생각을 하더니 입을 열었다.

"음…… 서하연의 꽃들은 입학과 동시에 '서하연의 호'라는 또 다른 이름을 받는답니다. 졸업하기 전까지는 본명이 아닌 그 이름으로 살아감으로써 서하연의 일원이 되는 거죠."

그제야 이해가 되었다는 듯 고개를 끄덕이며, 지금까지 몰랐던 어머니의 또 다른 이름에 신기하다는 눈치를 보이는 시하루였다. 순간 아버지가 어머니를 내버려 두고 다른 여자에게 마음이 있던 건 아닌가 하고 심각하게 고민하던 그는 안도의 한숨과 함께 다음 종이를 넘기다가 멈칫했다.

"그런데 이 다음에 주고받은 편지에는 어머니의 이름이 제대로 적혀 있는데요?"

"그때는 청혼을 수락한 상태였기 때문에 그렇습니다."

조금 전만 해도 분명 서하연의 호라는 다른 이름을 쓰다가 갑자기 지금부터는 본명으로! 라니……. 여자들의 사고방식이 복잡한 건가, 아니면 서하연이라는 곳이 복잡한 건가.

"음…… '꽃의 이름'이라고, 서하연에서만 내려오는 기밀 조항이 하나 있어요. 이 세상에 단 한 송이만 존재하는 꽃이 있다면, 그 이름을 아는 자가 그 꽃의 주인이 된다. 서하연의 꽃이 자신의 본명을 상대에게 준다는 건 즉, 무를 수 없는 '청혼'을 의미하는 거랍니다."

"여자가 남자에게 먼저 청혼을 한다는…… 어?"

중얼거리며 종이 뭉치를 대충 넘기던 그가 문득 어떠한 사실을 떠올리고는 고개를 들었다.

"……혹시나 해서 묻는 건데, 꼬맹이도 서하연의 호가 있나요? 일단 그 아이도 서하연의 꽃이니……."

그의 말에 다른 편지들을 읽던 대비의 눈이 반짝이기 시작했다.

"어머, 모르셨습니까? '이랑'이란 이름이 서하연의 호예요. 원래

성은 붙이는 게 아니지만, 그 아이의 경우에는 본인이 붙이는 걸 좋아하니까 '소이랑'이라고 부른 거고요. 실제로 서하연에서는 '이랑'이라고 불러요."

"잠깐, 그럼 어머니는 이미 그 사실을 알고 계셨다는 말이네요?"

"당연히 알고 있었죠. 저도 서하연의 꽃이었으니까요."

왠지 지금 자신이 엄청난 것을 알아 버린 것만 같은 기분에 시하루의 마음속에서는 알 수 없는 일렁임이 일고 있었다. 갑자기 다급하기까지 한 목소리로 그가 조심스럽게 질문했다.

"그럼 혹시…… 이랑이의 본명도 알고 계세요?"

"물론 알고 있죠. 저는 그 아이가 서하연에 들어가기 전부터 잘 알고 지낸 사이였으니까요."

긴 말이 들려 왔지만, 결론은 이러했다.

시하루, 그가 지금까지 알고 있던 꼬맹이의 이름은 '서하연의 호'라고 하는 또 다른 이름이었다. 그리고 그녀에게는 본명이 존재한다.

"이름. 그 꼬맹이…… 진짜 이름이 뭐죠?"

"서하연의 꽃의 본명은 함부로 발설하면 안 되는 거랍니다. 그것도 아직 혼사가 결정되지 않은 아이라면 더더욱."

알려 줄 생각이 없는 건지 대비는 단호하게 말했다.

하지만 다시 고개를 돌린 그녀의 표정은 약간 장난스러워 보였다.

"흐음…… 하지만…… 어차피 '서하연의 청혼'에 필요한 건 본명외에도 '증표'가 있어야 하니 상관없을지도 모르겠네요."

혼자 중얼거리던 그녀가 이제 슬슬 정리해야겠다는 생각이 들었는지, 탁자 위에 놓인 종이를 쓸어 모아 상자 안에 집어넣었다. 그러고는 재촉하는 아들의 눈빛에 이기지 못하고 입을 열었다.

"소유아. 예쁜 이름이죠?"

*　　*　　*

소이랑 소유아. 소이랑 소유아.

몇 번을 생각해 봐도 왜 자신이 바로 떠올리지 못했는지……. 너무 한심스럽게 느껴졌다. 물론 의심을 아예 안 해 본 건 아니었지만, 이렇다 할 근거가 없었으니 그냥 흐지부지됐을 뿐. 아니, 자기 후회와 반성의 시간은 좀 나중에 갖기로 하고 일단은 좀 기뻐하자. 생각해 보면 그거잖아? 지금 시하루는 주체할 수 없는 기쁨에 표정이 이상해졌지만 본인이 그걸 알 리가 없었다.

소이랑이 소유아이다. 그것이 그녀의 본명. 그리고 그녀는 서하연의 꽃……. 서하연에는 궁극의 규칙이란 게 있는데 본명을 아는 자가 꽃의 주인이 된다는 특이한 청혼 방법이 그것이다. 자신은 그녀의 본명을 알고 있으니 이 얼마나 유리한 상황인가. 게다가 꼬맹이 성격이라면 절대 규칙을 깨는 일 따위 상상조차 못 할 테니 말이다. 교지보다 더더욱 강력한 것이 그의 손에 들어왔다.

"이번에는 내가 한발 더 나아갔군."

하지만 그가 갖고 있는 건 이름뿐. 절대 무를 수 없다는 청혼을 위해 필요한 '증표'라는 게 문제였다.

"도대체 '증표'라는 게 뭐지……."

결론에 거의 도달한 거 같았지만 정작 중요한 정보는 손에 넣지 못했고, 어제 하루 종일 대비마마께 부탁을 해 봐도 그 대답까지 얻을 수는 없었다. 그 증표라는 건 정확하게 어떤 걸 의미하는 거지? 그리고 도대체 어떻게 생긴 거지? 더 이상 대비마마께 여쭤 봐도 그에 대한 해답을 얻기는 힘들 거 같고……. 그럼 또 누구에게 의논을 해 봐야 할지 시하루는 고민에 빠졌다.

"소이랑. 소유아. 소이랑. 소유아. 이랑. 유아. 이랑. 유……."

혼자 자리에 앉아 두 이름을 중얼거리던 시하루는 갑자기 자리에서 벌떡 일어났다. 또 다른 무언가가 그의 머릿속에서 반짝하고 떠올랐다. 곧 그는 문을 박차고 나가 밖에서 대기 중이던 신하에게 이 문제의 명쾌한 해답을 갖고 있을 또 다른 사람을 데려오라 명령했다.

"당장 이신을 불러와라!"

*     *     *

이신과 시하루가 열 번을 싸운다면, 아홉 번은 이신이 이기고는 했다. 그리고 그것은 이안이 자신의 아버지를 자랑스러워하는 이유 중 하나였다. 하지만 지금, 열 번 중 한 번 일어날까 말까한 일이 눈앞에서 벌어졌다. 왜인지 모르게 다짜고짜 화부터 내고 있던 시하루는 명단으로 추정되는 종이를 이신의 앞에 내밀었다.

"제대로 말하는 게 좋을 거야, 이신. 이게 마지막 기회다."

그때 왜 제대로 보지 않았던 거지? 시하루가 놓치고 있던 게 또 하나 있었다. 물론 처음에 그녀의 성이 '소월가'의 성씨와 같아 신기했지만, 딱히 그것이 이상하다고 생각하지는 않았다. 천유국에는 같은 성씨를 사용하는 게 법적으로 금지되지 않았기 때문에 귀족들과 같은 성씨를 사용하는 평민들도 있으니까. 하지만 한 번쯤 의심해 볼 필요는 있었다. 물론 그 이름을 처음 본 순간, 아주 순간적으로 저도 모르게 '혹시'라는 생각이 들기는 했지만…….

"큰일 났네……."

하루 종일 '소유아'라는 이름을 머릿속으로 되새기다 보니 또 다른 익숙한 이름이 그의 머릿속에 떠올랐다.

바로, '서화당의 유아.'

물론 '우연'일 경우도 있겠지만, 분명 국시 참가자 명단을 확인할 때 들었다. 서화당의 유아가 이제 막 18살이 되어 호패를 받았다고. 가만히 생각해 보니 이랑 역시 올해로 18살이 되지 않았던가. 과연 이걸 그냥 우연으로 받아넘길 수 있을까?

현재는 그저 '의심'의 단계. 좀 더 확실한 '증거'나 이 가정을 뒷받침할 무언가가 필요했다. 그렇게 한참을 생각하니 문득 누군가의 말이 그의 머릿속을 스쳤고, 그 즉시 명단을 뒤져 보았지만 그는 자신이 원하던 이름을 찾아내지 못했다.

'그런데 어떻게?'

이랑은 국시를 보러 왔었다. 하지만 분명, 지원자 명단에는 '소이랑'이라는 이름이 없었다. 명단에 적혀 있는 이들 중 그녀와 성별과 나이가 같은 여성은 오직 '서화당의 유아'뿐. 그런데 어떻게…… 이신은 그녀가 올 것을 미리 알고 자신을 감독관으로 넣은 거지? 그리고 또 하나. 지원자 명단에는 없던 소이랑의 이름이 합격자 명단에 들어 있다는 것도 이상했다.

그렇다면 결론 단 한 가지.

'이신은 서화당의 유아가 이랑이라는 걸 미리 알고 있었다는 말인가?'

확신이 필요했다. 그래서 지금 이렇게 이신을 앞에 불러다 놓고 심문하듯 묻고 있었다.

"내 질문에 한 치의 거짓 없이 대답하는 게 좋을 거다, 이신."

자신이 불리한 상황, 또는 도움이 필요한 상황에서는 가끔 존댓말을 사용하기도 하는 그였지만, 이렇게 처음부터 술술 반말로 나오는 경우는 이신도 어떻게 할 수 없는 상황이란 뜻이다.

"소이랑이 서화당의 유아라는 사실을 그대는 미리 알고 있었던 건가?"

분노한 시하루의 시선을 피할 수 없던 이신은 결국 포기하는 심정으로 고개를 끄덕여 버렸다. 어쩐지, 자신을 부를 때부터 불안하더니 결국 일이 터지고 말았다. 이럴 때는 그냥 솔직하게 대답하는 것이 모두에게 좋은 일.

“예, 그렇습니다.”

“……어떻게?”

“그 아이가 궁에 들어오기도 전부터 저는 그 아이를 알고 있었습니다. 이랑을 특히나 예뻐하시던 대비마마의 곁에서 쭉 보고 있었으니까요.”

“그럼…… 내가 알고 있는 그 ‘소유아’와 동일 인물이 맞는 건가?”

시하루가 아주 조심스럽게 질문을 했고, 그 질문에 이신이 잠시 고민하는가 싶더니 밖에서 들려오는 소리에 주의하며 고개를 끄덕였다. 저 이름이 나왔다는 건 이미 모든 사실을 다 알고 자신을 찾았다는 뜻이었다.

아무래도 중요한 이야기를 하려는 모양이다. 잠시 밖의 상황에 귀를 기울이던 이신은 아무런 소리가 들리지 않자 안심한 건지 입을 열었다.

“……맞습니다. 이랑 님은 소월가의 후계자, 소유아 님이십니다.”

기껏 들려 달라는 대답을 해 주었으니 기뻐할 만도 한데, 어째서인지 시하루는 평소보다도 더 조용해졌다. 닫혀 버린 그의 입에 방 안에는 무서운 침묵이 맴돌았고, 눈치 없는 이안이 그 잠깐을 못 참고 침묵을 깨려고 했지만 그의 아버지에 의해 저지당했다.

“……죽었다고 들었는데?”

방금 전까지만 해도 조용하던 그가 갑자기 벌떡 일어나더니 따지듯 물었다. 아주 잠시 고민하던 이신은 인상을 찌푸렸다. 괜히 말을 꺼냈나 싶었지만, 이미 다 말해 놓고 이제 와서 빠질 수는 없는 노릇이었다. 설명하려면 끝까지 모든 걸 말해야만 했다.

과연 이게 옳은 선택인지는 모르겠지만…….

"그건 어쩔 수가 없었습니다. 그 아이를 보호하기 위해서는 그게 최선의 선택이었으니까요."

잠시 고민하던 이신은 시하루 성격에 그냥 물러설 리가 없으니 차라리 입단속을 시켜 그를 같은 편으로 끌어들이는 게 나을 거라 생각했다. 게다가 그는 이랑에게 마음이 있고 일단은 왕이니 든든한 방패가 될 것이다.

"설마 소월가의 전 가주 부부를 해한 건…….”

"그건 아닐 겁니다. 두 분은 볼일이 있어 지방에 내려가셨다가 사고로 돌아가신 게 맞습니다."

"난 분명히 유아도 그 여행에 함께 갔다고 들었는데? 사고를 당했다고."

자신이 알고 있는 정보와는 너무도 다른 이야기였다. 당황한 듯 보이는 시하루는 자리에서 일어나 정신없이 방 안을 돌아다니기 시작했다. 머릿속에 너무 많은 사실을 한꺼번에 집어넣으니 정신이 없었다.

"아니요. 여행을 떠나는 날, 그녀는 갑자기 몸이 좋지 않아 이웃집인 유월가에 맡겨졌습니다."

"그런데 왜 죽었다고 한 거지? 다들 그렇게 알고 있잖아. 소월가의 후계자도 그 자리에서 함께 죽었다고."

시하루는 이미 정신을 놓아 버린 상태나 다름없었다. 늘 하던 표정 관리도 이미 소용이 없었다. 얼이 빠진 표정으로 계속 이신에게 질문을 했고, 대답 하나하나에 놀라워했다.

"그녀를 지키기 위해서는 어쩔 수 없었습니다."

이신뿐만 아니라, 분명 어머니도 같은 대답을 했었다. 도대체 자신이 모르게 무슨 일을 하고 계셨던 걸까. 시하루는 살아 있는 사람을 왜 죽은 사람으로 바꾸어 놓았냐고 따져 물었다. 하다못해 십 년 전, 그녀가 궐에 들어왔을 때 자신에게 소유아라는 걸 알려 줬다면 이렇게 돌아오지 않아도 되었을 텐데. 원망이 섞인 그의 질문에 이신은 이 모든 일에는 이유가 있었고, 지금부터 이야기하겠다는 말로 일단 그를 진정시켰다.

"소월가의 전 가주이신 시오란 님께는 형제가 없었습니다. 그리고 가까운 친척들도 없었죠. 이를 기회로 빈 가주 자리를 넘보는 이들이 있었습니다. 시오란 님의 부인이셨던 진유희 님의 오라버니 되시는 분이셨죠. 그가 바로 진유한입니다."

"……."

"귀족들은 혹시 모를 일에 대비해 세 명 정도의 후계자를 둡니다. 그분은 자신이 소월가의 후계자 중 한 명으로 임명받았다고 주장하며 소월가를 차지했습니다. 저희로서는 확인을 할 수가 없었죠."

"잠깐, 정식 후계자인 유아가 있잖아. 그녀가 살아 있다는 걸 밝히면 그 자리를 되찾을 수 있었을 텐데?"

가만히 이신의 이야기를 듣던 시하루는 예전에 이랑이 자신은 궐 밖에 나가 해야 할 일이 있다고 말했던 걸 떠올렸다. 이제야 그때의 그 말이 이해가 갔다.

그녀는 궐 밖에 나가 원래 자신의 자리였던 소월가를 되찾으려고 했던 것이다.

더 이상 이 궐 안이 그녀에게 안전한 장소가 되지 못한다고 어머니께서 말씀하셨던 것도, 자신이 아무것도 모르고 그 아이를 희수궁으로 불러들인 탓이 분명했다.

'혼자서 뭘 할 수 있다고. 그 애는 좀 주위의 도움을 받는 방법을 배워야 해!'

"아니요, 그럴 수가 없었습니다. 그들은 이미 다 알고 있었으니까요. 유아 님의 시신이 발견되지 않았으니 그들은 그녀가 여행에 동행하지 않았다는 사실을 알고 있었을 겁니다. 그럼에도 불구하고 그녀 역시 사고사라 공표한 것은 무슨 이유이겠습니까."

"……자신들이 소월가를 차지하는 데 있어 걸림돌이었겠군."

"예. 그 뒤로 진유한은 유아 님을 찾아다니기 시작했습니다."

이제야 이야기가 이어지는 거 같았다. 이신이 망을 보라고 세워 놓은 이안 역시 어느새 이야기에 빠져든 건지 탁자까지 다가와 그 비밀스러운 대화에 몰입한 상태였다.

"진유한의 계획을 눈치챈 유월가의 가주, 하림 님께서는 유아 님의 존재가 밖으로 새어 나가면 그녀의 신변에 문제가 생길 것을 염려해 대비마마께 도움을 요청한 겁니다. 당시에 저도 그 자리에 함께 있었고요."

"왜 어머니에게 도움을 요청한 거지?"

"진유희 님께서는 서하연의 삼화셨습니다. 하지만 시오란 님과의 혼인을 위해 삼화에서 물러날 수밖에 없었죠. 당시 삼화의 동기였던 분이 대비마마와 현재의 려화이십니다. 유아 님이 태어나던 날, 대비마마와 려화님을 그녀의 후견인으로 정하셨다고 들었습니다."

저만 모르게 주위에서는 똘똘 뭉쳐 일을 꾸미고 있었다니, 시하루는 슬슬 짜증이 나기 시작했다. 아니, 어떻게 자신에게는 말 한마디 안 해 줄 수 있는가! 이신은 그렇다고 쳐도 설마 자신의 어머니까지 이럴 줄은 몰랐다. 이신은 슬슬 시하루가 짜증을 낼 거라는 예상을 할 수 있었다. 그가 궁시렁거릴 틈을 주지 않기 위해 바로 말을 이었다. 될 수 있으면 그의 관심을 바로 끌 만한 말을.

"십 년이라는 기간이 거기서 나온 겁니다."

항상 그가 투덜거리며 물어오지 않았던가. '왜 나만 소이랑의 존재를 몰랐던 거야?', '왜 십 년이라는 제한을 둔 거지?', '어째서 왕후로 올린 거야?' 기타 등등. 과연 이신이 의도한 대로 그 말이 나오기 무섭게 시하루는 고개를 돌려 시선을 고정했고, 슬슬 발동이 걸리려던 그의 짜증은 단숨에 잦아들었다.

"대비마마와 려화님께서 서로 유아 님을 데려가려고 하셨거든요. 한 치의 양보도 없이. 하지만 당장 서하연에 들어갈 수가 없었기 때문에 대비마마께서 먼저 십 년 동안 유아 님을 돌보는 것으로 합의를 본 겁니다."

"처음부터 서하연으로 갈 수도 있었다는 말이야?"

"예. 하지만 그럴 수가 없었죠. 최대한 타인의 눈에 띄지 않아야 하는데, 서하연 최연소 합격생이라는 명예를 갖고 있던 유아 님이 입학하시면 모든 이들의 주목을 받을 테니까요. 대비마마께서는 최대한의 주위의 눈을 피하고자 유아 님을 영희궁에 보내신 겁니다."

아무리 그녀의 안전을 위해서였다고는 해도, 그냥 영희궁에 보내면 되지 왜 굳이 '왕후'로 들인 건지도 의문이었다. 시하루는 왜 그녀를 왕후로 영희궁에 들인 거냐는 질문을 할까 말까 고민했지만 다행히도 이신이 그의 생각을 읽은 건지 그가 묻기도 전에 먼저 대답했다.

"궐 안에 궁녀도 아닌 어린 아가씨가 돌아다니면 눈에 띄지 않겠습니까? 그렇다고 후궁으로 희안궁에 넣을 수도 없으니 말입니다. 할 수 없이 대비마마께서 점찍어 둔 왕후라는 이름으로 궐에 들어오시게 된 겁니다. 희수궁에서 지냈다면 희안궁의 아가씨들의 시선이 쏠렸겠지만, 영희궁에서 지냈기 때문에 왕에게 관심을 받지 못한 비운의 왕후가 됨으로써 다른 이들의 관심에서 벗어날 수 있었고요. 전하께서 유아 님의 존재를 모르고 계셨던 게 오히려 무관심이라는 말로 잘 포장되어 더 좋은 효과를 주었죠."

시하루는 허탈하다는 듯 한숨을 토해 냈다. 그가 이랑을 모르고 지내는 것 역시 대비마마를 포함한 모든 이들의 계획에 포함되어 있었다는 말. 이신은 이미 다 알고 있었다는 사실에 그의 눈이 다시 찌푸려졌다. 알고 있었다면 미리 알려 주든가. 게다가 저번에 분명, 국시에서 그녀를 떨어뜨려 달라는 부탁도 들어 주지 않았다. 도대체 이신은 누구의 편이란 말인가.

"……예전에 이랑 님을 떨어뜨려 달라는 전하의 부탁을 거절한 건……."

역시 이신은 눈치가 백 단이었다. 이신은 시하루의 눈치를 보며 머뭇거리다 피식 웃으며 대답했다.

"저 역시 그 아이가 왕후의 자리에 올라, 시간 낭비 하는 건 반대였거든요. 그분은 더 크게 될 인재니까요. 려화와 왕후, 두 자리에 모두 오를 수는 없습니다. 둘 중 하나는 반드시 포기해야 합니다."

*　　*　　*

"오늘은 왜 그러세요?"

이랑은 당장에라도 눈앞에 놓인 장기판과 말들을 뒤집어엎고 싶었다. 오늘도 여느 날과 마찬가지로 시하루에게 장기 도전을 하러 온 그녀였다. 하지만 어째서인지 그는 평소보다 집중을 못 하고 있었다. 자신의 실력을 이리도 무시해도 되는 건지……. 그녀는 자존심이 상했다.

"제대로 안 하실 거예요?"

자신을 무시하지 말아 달라고 충고했지만, 지금 시하루의 머릿속에는 그 어떤 말도 들리지 않았다.

'난 네가 서화당의 유아라는 거 알고 있다.'

'난 네 본명이 소유아라는 걸 알고 있다.'

'넌 아마 모르겠지만, 우리는 예전에 만난 적이 있다.'

자신이 이 모든 걸 알고 있다는 걸 그녀가 알게 된다면 어떤 반응을 보일까.

'서화당의 유아, 넌 다른 사랑이 쉽게 찾아온다고 했지만 나는 아니야. 난 지금까지 줄곧 한 사람을 기다려왔고, 새롭게 찾아온 사랑 역시 그 사람이었으니 말이야.'

시하루는 고민에 빠졌다. 지금이라도 당장 말하고 싶어서 미칠 거 같았다. 하지만 괜히 말을 꺼냈다가 오히려 거리가 벌어질 수도 있으니 그럴 수도 없고…… 그렇다고 계속 모른 척하기에는 너무 큰 문제이기도 했다. 저 좋을 대로 그녀를 희수궁으로 불러들이는 바람에 위험에 처하게 했으니 이제부터는 신중하게 행동해야 했다. 신중하게…… 아악! 하지만 말하고 싶어서 미치겠어!

"잠깐, 오늘 정말 왜 그러시는 거예요? 어디 아프세요?"

겉으로 다 드러나는 시하루의 갈등을 관찰하던 이랑은 약간 걱정이 되기 시작했다. 아무래도 문제가 심각한 듯 보였기 때문이다. 평상시에도 정신없긴 했지만 오늘따라 계속 시선을 돌린다든지, 탁자를 손으로 친다든지, 하여튼 가만히 있지 못하고 너무 산만했다. 하지만 그의 산만함은 장기의 흐름을 조금씩조금씩 이랑

쪽으로 끌고 와 주었고, 어쩌면 오늘이야말로 그녀가 첫 승리의 기쁨을 거머쥘 수 있을 거 같았다.

최대한 티를 내지 않으며 장기에 집중하고 있던 이랑은 잠시 멈칫했다. 그리고 무슨 이유에서인지 고개를 숙이고 있는 그를 바라봤다. 혹시 안 그래도 일하느라 힘든데 자신의 고집대로 매일같이 장기를 두다 보니 피곤한 건 아닌가 하는 생각이 들자 미안해진 것이다.

일단은 정신 사나우니 그만 두라는 듯 눈치를 주던 이랑이 탁자를 톡톡톡 치고 있는 그의 손을 덥석 잡았다. 그러자 시하루가 깜짝 놀라며 손을 뿌리치고는 자리에서 벌떡 일어나기까지 했다.

"만지지 마!"

기껏 걱정해 줬더니, 이 사람이. 마음 같아서 이랑은 그가 붙잡든 말든 신경 쓰지 않고 밖으로 나가고 싶었지만, 막상 일 저질러 놓고 후회하는 아이처럼 이러지도 저러지도 못하고 있는 그를 보니 또 마음이 약해졌다.

"변태 취급 당하기는 또 처음이네요."

심지어 그는 갑자기 벌떡 일어나는 바람에 무릎을 탁자에 찧은 건지 꽤나 아파 보였다. 고개를 숙이고 있어서 못 봤는데, 얼굴 역시 빨갛게 물들어 있는 것이 열까지 있는 듯 보였다.

"흐음…… 괜찮아. 아무 문제 없어."

본인이 괜찮다니 문제없겠지 싶은 이랑은 고개를 끄덕이며 다시 장기판을 바라보았다.

"뭐, 그럼 다행이고요. 후후, 어찌 되었든 어쩌면 오늘은 저의 첫 승리가 되겠네요."

이런. 지금 내적 갈등이니 고뇌의 시간이니 그런 걸 할 때가 아니었다. 초반부터 집중하지 못한 시하루가 흐트러진 정신줄과의 사투를 벌이고 있는 동안, 이랑은 여전히 집중력과 승부에 대한 집념을 발휘했다.

그가 방심한 것도 있었지만, 요즘 들어 유시후의 훈련 덕분인지 이랑의 장기 실력은 확실히 늘어가고 있었다. 때문에 시하루는 정말 이대로 가다가 언제가 그녀에게 패배할 날이 올지도 모른다는 생각에 불안해했다.

"잠깐잠깐. 너도 봤듯이 지금 내 상태가 좀 안 좋잖아? 이건 무효……."

"어? 안 되죠, 자기 정신과 건강 챙기는 것도 능력이에요."

이제부터 노력한다고 해도 뒤집을 수 없을 흐름이 돼서야 그는 정신을 차렸다. 아무리 우는소리를 해 봤자 이랑은 절대 봐줄 생각이 없다는 듯 고개를 완강하게 저었다.

"저번에도 제가 한 번 봐 드린 거 같은데요."

두 번은 없다는 말이었다. 그만큼 승부의 세계는 냉혹했다.

*　　*　　*

"그냥 확 말해 버릴 걸 그랬어."

시하루는 또다시 폭풍 후회 중이었다. 요즘 들어 뭔 후회를 그렇게 많이 하는지. 그리고 그런 그의 곁에는 이번에도 역시 천유국에서 남 일 참견에 둘째가라면 서러운 국민 부자가 앉아 있었다.

"왜 저러신대요?"

이안은 아직 상황 파악을 못 하고 자신의 옆에 앉아 여유롭게 차를 마시고 있는 이신을 바라보며 눈치 없이 물었다. 아들의 질문에 이신은 잠시 씩씩거리는 시하루의 눈치를 보더니 말했다.

"다른 생각 하시느라 집중을 못 해서 이랑 님에게 지셨다는구나."

"아~ 장기요."

고작 장기 대결 하나 때문에 늘 기고만장한 인간이 저렇게 풀이 죽어 있다는 건가. 이안은 겨우 한 판 졌다는 이유로 풀이 죽어 있는 그를 한심하다는 눈으로 바라보다 고개를 돌렸다. 기운이 없어 보이는 시하루의 모습 때문인지, 어디서 그런 용기가 났는지 그는 또다시 그 입을 놀리고 말았다.

"겨우 한 판 지신 거 가지고……."

"겨우 한 판?"

이안 나름대로 시하루를 위로할 생각이었지만, 그는 자신의 심기를 건드리는 그 말을 그냥 넘어가지 않았다. 그제야 자신이 실수했다는 걸 깨닫고 손으로 입을 가렸지만 이미 늦은 상황. 이안은 아버지를 바라보며 도움을 요청했지만 이신은 그 눈빛을 매정하게 무시해 버렸다. 아무리 아들이라지만 혼날 만하다는 이유에서였다.

"그, 그동안 계속 이기셨잖아요…… 사람이 한 번쯤은 질 수
도……."

혼자 자신의 몸을 지켜야만 하는 이안이 눈물을 글썽이며 변명
을 해 봤지만 그다지 효과는 없어 보였다. 어느새 자리에서 일어
나 그의 앞으로 다가온 시하루는 상당히 화가 나 있었다.

"한 번? 그 한 번이 문제라고!"

지금까지 이랑이 그를 찾아왔던 게 무엇 때문이었던가. 그 바보
같은 승부욕 때문이 아니었나. 슬프지만 그에게 관심이나 흥미가
있었기 때문에 매일 같이 찾아온 게 아니라, 그를 이기려는 그 도
전 정신 하나 때문이었다. 그것은 자신도 잘 알고 있었다.

그런데 바로 어제.

"잠깐, 설마 너 한 번 이긴 거 가지고 만족한다든가 뭐 그런 거
아니겠지?"

"왜요. 충분히 만족했는데요?"

이럴 수가. 시하루가 놓치고 있는 게 있었다. 승부욕만 높았지,
목적을 달성하고 나면 바로 흥미가 떨어지는 녀석이었다니.

"아니지, 아니야. 이런 건 승률로 따져야 하는 거라고. 다시 앉
아. 한 판 더해."

상황이 역전됐다. 하루 한 판으로 규칙을 정해 둔 건 그였으면
서 싫다는 이랑을 붙잡고 억지를 부리기 시작했다. 하지만 한 번
결심을 하면 바꾸지 않는 굳은 의지의 그녀는 그를 본체만체하며

자리에서 일어났다.

"이겼으니까 이제 이곳에 올 이유는 사라졌네요."

이랑은 아주 작은 미련조차 없다는 듯 매정하게 말했다. 눈앞이 깜깜하진 시하루가 그녀가 방에서 나설 때부터 궐의 정문에 도달할 때까지 끈질기게 쫓아다니며 호소를 한 덕분에 다행히 한 번의 도전 기회를 얻을 수 있었다.

'그런데 겨우 한 판이라고?

"한 번만 더 지면 끝이라는 뜻이야."

예전이야 가볍게 한 판이었지, 지금은 상황이 달랐다. 왠지 가까운 시일 안에 더는 자신이 실력으로 그녀를 이길 수 없게 될 거 같은 예감이 들었으니까.

"그 녀석이 학습 능력이 빠른 녀석이라는 걸 잊고 있었지……."

＊　　＊　　＊

"소이랑."

자신을 부르는 목소리에 이랑은 인상이 절로 찌푸려졌다. 안 그래도 저녁 시간이 가까워져 배가 고팠기 때문에 신경이 예민한 상태였는데 자신을 가로막는 존재에 의해 그녀의 짜증은 배가 되었다.

사정상 유시후의 집에 얹혀살고 있는 그녀가 밥을 먹기 위해서 지나야 하는 관문. 그나저나 그가 저렇게 위협적인 목소리로 자신을 부른다는 건 분명 무슨 잘못을 했다든가, 아니면 지금 기분이 안 좋은데 그 짜증을 풀 상대가 없을 때 하필 자신이 희생양으로 지목되었다든가 둘 중 하나였다.

"듣자 하니 너 이겼다며."

"응. 순식간에……는 아니지만, 결과적으로 이겼지."

인상을 찌푸리고 있던 이랑은 승리했을 당시의 기쁨을 떠올린 듯 눈을 반짝였다. 하지만 이 기쁜 소식을 듣고도 어째서인지 유시후의 표정은 어두웠다.

순간 그녀는 생각했다.

'뭐지? 지금 이기게 해 줬으니까 과외비라도 달라는 건가?'

"그런데 왜 한 번 더 기회를 준 거야?"

"……그냥?"

스스로 생각해도 너무 불확실한 대답. 이랑 본인도 마음에 안 들었는데 오라버니라고 만족스러웠을까. 누군가의 도움 없이는 이 상황에서 벗어나기 힘들 거 같았다. 하지만 그가 이렇게까지 나오는 걸 보면 아무래도 그 누군가가 현재 부재중인 게 틀림없었다.

"너, 설마 마음이 있는 건 아니겠지?"

"……없을걸?"

"뭐야, 그 어정쩡한 대답은."

"하지만 나도 잘 모르겠는걸."

진심이다.

최근에 이랑은 지금까지 해 본 적 없는 색다른 고민에 빠졌다. 며칠 동안 그 문제에 대해 고민을 해 봤지만, 결국 그녀가 내린 답은 고작해야 '모르겠다.'였다. '마음'이 있다는 말의 의미가 단순히 '좋아한다.'라고 생각하면 확실히 싫어하는 건 아니었다. 물론 처음에 얼굴도 모르고 살던 때에는 막연히 싫어했지만 꽃따리 오빠와 어울리다 보니 그렇게 나쁜 사람이라는 생각은 들지 않았다. 게다가 같이 있으면 즐거웠으니까.

그렇다면 좋아하는 건가? 싫어하지 않으면 무조건 좋아하는 건 아니지 않은가?

"소이……."

"어머, 이랑이 왔니? 잠깐, 시후야. 너 또 이랑이 괴롭히고 있던 건 아니겠지? 아, 저녁 다 되었다던데 다 같이 나와서 먹을까?"

또다시 이랑을 꾸짖으려던 유시후는 누군가의 등장에 입을 다물었다. 하필이면 이때 등장하신 그의 어머니는 인자한 미소를 지으며 그들에게 다가왔고, 곧 이랑의 손을 잡아끌며 그에게서 구출해 냈다. 이랑은 생각하면 생각할수록 신기했다. 어떻게 이런 인자한 아주머니에게서 저런 오라버니가 탄생한 건지.

아주머니에 의해 그 자리에서 벗어날 수 있게 된 그녀의 발걸음이 가벼워졌다. 물론 식사 후에 또 자신을 괴롭혀 오겠지만, 그 안에 히연이 돌아올 테니 문제없었다.

"유시후! 너도 빨리 오렴!"

어머니의 말에 순순히 자리에서 일어난 유시후가 별 말없이 뒤를 따르기 시작했다. 하지만 그는 여전히 불만이 있어 보였고 혼자 멀찍이 떨어져서는 중얼거렸다.

"이렇게 될까 봐 내가 거리를 두라고 경고했던 건데……."

워낙 눈치가 빠른 유시후는 좋지 않은 예감이 들었다. 누군가의 얼어붙었던 마음이 서서히 녹아 내리고 있는 거 같았으니까.


〈다음 권에 계속〉